小学館文庫

鳴かずのカッコウ

手嶋龍一

小学館

鳴かずのカッコウ　目次

プロローグ

リヴィウ――二〇〇六年　初夏

我こそは古都の王者なり――。

駿馬に跨った聖ゲオルギオス像が、鋭い槍で龍を刺し貫き、旧市街を睥睨している。

ポーランド国境までわずかに七十キロ。ウクライナの西端に位置するリヴィウの丘に聳え立つ聖ユーラ大聖堂は、ファサードの頂上に英雄を戴き、黄金のドームを朝陽に輝かせている。

この荘厳な伽藍は、ローマ・カトリックとギリシャ正教が溶けあったウクライナ東方典礼教会のシンボルであり、ハプスブルク帝国の栄華をいまに伝えている。

早朝の礼拝式はすでに終わり、広々とした信者席には髭面の大男がたったひとり手を合わせていた。慈愛に満ちた眼差し（まなざし）の聖母マリアを見上げて一心に祈りを捧げ（ささげ）ている。

「マリアさま、愛する娘をどうかお救いください。ターニャの肝臓が蘇る（よみがえる）なら、いかなる犠牲もいといません。たとえ一生を酷寒の地で送ることになろうとも、家族が共に暮らせるならそれも構いません。彼女はヴィオラ奏者として更なる高みを目指していますしかし、私ども夫婦はけっして多くを望みません。ただ、毎日を健やかに過ごしてくれればそれでいい。聖母マリアさま、どうか、どうかターニャの命をお救いください」

髭面の大男は十字を切って頭を垂れた。そして大聖堂の扉を押し開け、まばゆい陽光のもとに歩き出した。なだらかな坂道を下り、朝露に濡れ（ぬれ）た芝生を踏みしめて、イヴァン・フランコ公園を抜けていった。

新緑の香りをのせた風が白樺（しらかば）の葉を銀色に輝かせている。

「この生命のきらめきをわが娘にもお与えください」

男は眼を閉じると祈るようにつぶやいた。

スヴォボディ大通りには、近代ウクライナ語の礎をつくった詩人にして独立運動の闘士、タラス・シェフチェンコ像が立っている。右手を大きく広げ、ウクライナよ、雄々しく立ち上がれと説く民族の英雄。男はこの人を見上げて敬意を表した。

かつて城壁で囲まれていた旧市街は、ユネスコの世界遺産に登録されている。三層の鐘楼を天高く戴くウクライナ正教会、コーカサス文様が刻まれた廻廊を持つアルメニア教会、ローマ・カトリックのラテン大聖堂、そしてユダヤ教のシナゴーグまで、百近い宗教建築群がそれぞれに意匠を凝らして妍を競い合っている。

青いトラムが走る石畳を横切ると、人々のさんざめきが聞こえてきた。ウクライナ語で市場を意味するリノック広場は、かつてもいまもリヴィウの街の中心だ。

わが街のこの美しさはどうだろう。ウクライナのどの都市と較べても際立っている。広場の中央には、落ち着いたベージュの外壁に高さ六十五メートルの時計台を持つリヴィウ市庁舎がどっしりと構え、瀟洒な建物が広場を取り囲んで建つ。ファサードの色合い、窓の装飾、屋根の形、どれ一つとして同じ意匠はない。ルネサンス、ゴシック、バロック、ロココ、ウィーン古典派、そしてアール・ヌーヴォー。じつにさまざまな建築様式がリズミカルに調和している。ウクライナ系、ポーランド系、ロシア系、ハンガリー系、アルメニア系、それにユダヤ系までじつに多様な民族、言語、宗教を全て呑み込んだ特異な街であり、まるでマリア・テレジアの治世に足を踏み入れたような気持ちになる。黄色と青のウクライナ国旗さえはためいていなければ、ウィーンの街なかと見紛うことだろう。

帝政ロシアの版図に組み入れられることを拒み、スターリンの鉄の支配にも抗い、ここ東ガリツィア地方は、ウクライナ・ナショナリズムの策源地となってきた。リヴィウはその象徴としてウクライナの気高い精神と民族文化を守り続けている。そう考えると、男はいつも誇らしい気持ちになるのだった。

地元で発行されている新聞『ヴィソキザモク』を買おうとキオスクに立ち寄ると、なぜかトイレット・ペーパーがうずたかく積まれていた。ロシアのプーチン大統領の顔が黒いインクで印刷されているではないか。土産物なのだが、この街はロシア嫌いまで商売のネタにしている。

広場の東側の角に来ると、なんともかぐわしい香りが漂ってきた。ここは「リヴィウシカ　コパルニャ　カヴィ」。リヴィウ珈琲鉱山と名付けられた風変わりなカフェだ。古風な焙煎機が、ガラガラと音を立ててアラビカ種のコーヒー豆を炒っている。

リヴィウの街ではコーヒーを飲まずに一日は始まらない。髭面の男は、広場に面した窓際のちいさな丸テーブルに腰を下ろした。ココアとシナモンの入ったコーヒーを注文すると、さっそく『ヴィソキザモク』紙を開いた。この新聞は、かつての支配者の言葉、ロシア語を蛇蝎のように嫌い、母語のウクライナ語を宝石のように扱っている。そうしてウクライナ・ナショナリズムを鼓舞しているのだが、この日の紙面にも反ロシアの活字が躍っていた。

二〇〇四年にオレンジ革命が起きると、ウクライナの政治は、反ロシアに大きく傾斜していった。だが、ロシアからのガスの供給問題を巡って内閣不信任案が可決されるや、親ロシア派がにわかに息を吹き返しつつある。この国の政治はヤジロベエのように西に東にと揺れ動いている。

分厚いタンブラーグラスに入ったコーヒーが運ばれてきた。砂糖を二つ入れてかきまぜて、紙面に眼を戻したその時だった。アジア系の男の顔が親しげにこちらを見ている。どこかで見覚えがある――。そうだ、かつて一緒に机を並べて学んだ中国・ハルビンからの留学生じゃないか。黒海沿岸の造船大学で過ごした四半世紀前の光景が突如蘇ってきた。

「なんという偶然なんだ。卒業してから初めてだよな。ああ懐かしい。そんなところに突っ立っていないでまあここに座れよ」

かつてのクラスメートとがっちりと抱き合い、椅子を勧めた。

「本当に久しぶりだなぁ。俺はいま、上海に本社がある貿易会社の欧州支配人を任されている。フランクフルトが本拠だが、ワルシャワやリヴィウにもこうして時々出張してくる。君こそ、ここで何をしているんだ」

ロシア語の発音と単語が混じってはいるものの、きれいなウクライナ語だった。

「じつはここが俺の郷里なんだ。リヴィウにはいまも実家がある。卒業してからずっと黒海の造船所で働いているんだが、ちょっと家庭の事情で帰ってきたところだ」

学生時代からこの中国人はひとの心の内にすっと入り込み、気持ちを察するのが巧みだった。

「家族に何か心配事でもあるのか」

親身になって聞いてきた。

「それが――」

男は一人娘が篤い肝臓の病を患っていることを打ち明けた。

「ウクライナには肝移植をやれる病院がない。移植手術を受けるにはワルシャワまで行かなきゃならない。だが、運よく貰い受ける肝臓が見つかり、手術をしてくれる病院が手配できても、問題は費用なんだ」

「そうか、どの国でも肝移植には相当なカネがかかると聞くからなぁ」

「俺はこの国では高給取りかもしれない。女房だって稼ぎがある。だが、それでも移植手術となれば気の遠くなるようなカネが要る」

そう言って眉間に皺を寄せた。

「うーん、それじゃ、肝移植の手術代さえ工面できれば、なんとかなるんだな」

「ああ、だから銀行にも掛け合ってみた。だが、リヴィウのアパートを抵当に入れてもまったく足りない。それしきの担保じゃカネは貸せないと断られたんだ」

「そんなに費用がかかるのか」

ふたりはコーヒーをすると、黙り込んでしまった。中国人はしばらく考え込むと、おもむろに口を開いた。

「なあ、中国はいま、鄧小平の改革開放が功を奏して、経済が急速に拡大している。知っているだろう。君のような腕利きの造船エンジニアなら、いい働き口はいくらもある。中国企業の技術顧問を務めれば、手術代なんて二年も経たずにたちまち稼げてしまうぜ。俺にも心当たりがある。知人にあたって連絡するから、メールアドレスと電話番号を教えてくれ」

「本当にそんな稼ぎ口があるのか」

思いがけない申し出に、髭面男の表情がぱっと明るくなった。

「ウクライナには『金の鍵はどの錠前にも合う』って諺がある。金さえあれば、何だって可能だってことさ。俺に金の鍵を授けてくれる君はまさしく救いの天使だ」

「東洋には『地獄で仏に会う』って諺がある。旧友の役に立てるなら、仏でもなんでもなってやるよ」

ふたりは固く手を握り合って席を立った。

根室・旅館「照月」――二〇〇八年　初冬

国後島（くなしり）から吹きつける烈風が砂混じりの粉雪となって舞いあがり、海沿いに建つ旅館「照月」の灯りを小刻みに揺らしていた。

普段通りに歩けば十三分で定宿に辿（たど）り着ける。JR根室駅のホームに降りたって、改札口を抜けた時にはそう思った。だが、海からの強風に煽（あお）られて足がどうにも前に進まない。地吹雪のなかを大股で歩いたが、「照月」の灯りが見えてくるまで二十分以上もかかってしまった。まだ十一月だというのに、眉毛まで凍（い）てついている。真冬と変わらぬ寒さだ。

アノラックのフードを被（かぶ）った男は、「照月」の玄関を力いっぱい開けて土間に飛び込んだ。

「ああ、凍（しば）れる」

「中尾の旦那、寒かったべぇ。こんなに凍れて――。すぐ風呂さ入るといいべさぁ。この寒さだぁ、ことしは流氷も早いかもしれね」

宿の主人が奥から飛び出してきて、全身の粉雪を払ってくれた。この親爺とは、時しらず、花咲ガニ、バフンウニの買い付けと称して、納沙布(のさっぷ)岬に通い始めてもう二十年近い付き合いになる。その日も二階の階段をあがってすぐ脇の和室を用意してくれていた。石油ストーブの火が赤々と燃えている。

あれこれ世話を焼いてくれるのはナカイさんだ。「照月」に泊まり始めてしばらくは仲居さんだと思い込んでいた。実名だと分かったのは、日本列島でもっとも東端の一帯に通い始めて数年が過ぎたころだった。

中井さんは熱いほうじ茶を分厚い茶碗に注ぎ入れると、押し入れから真新しい布団を取り出した。

「どうしたんだ――。照月はまたえらく景気がいいじゃないか。布団まで新調して。親爺、また漁に出て荒稼ぎしているんじゃないだろうな」

糊(のり)のきいたシーツを勢いよく伸ばしていた中井さんが即座に首を振ってみせた。

「中尾の旦那は、布団窃盗団にやられたのはうちだと思って、かまをかけてるんだべ。そうでないんだぁ、布団をやられたのは、別の宿だぁ。先月、中国からの団体客が泊まってさぁ、二十組あまりの布団さそっくり盗んでいったんだわ。夜中に二階の窓からトラックに放り投げて」

「そんな話、いくら根室でもホラ話だろう」

「ほんとだってばぁ。道新の根室版にもちゃんと載ったんだぁ。嘘だと思ったらその記事をもってきてやる」

その一件以来、根室の主だった旅館では中国からの団体客には遠慮してもらっているらしい。

「今夜、八時すぎに客がひとり訪ねてくる。一緒に飯を食うから、親爺にそう伝えてくれ」

中尾が「心ばかり」と書いた祝儀袋を渡すと、中井さんはぺこりと頭を下げた。

「膳はどれに?」

「特上の『月膳』を頼む。ただ、客はとんかつが好物だ。それにキャベツのサラダも大盛りでつけてくれ」

照月の「月膳」には、獲れたての花咲ガニと名物のウニの茶わん蒸しがつく。一泊二食付きで一万八千百五十円。品数も多く美味しいと評判で、観光客には人気がある。

中尾は一階の大浴場で冷え切った体を温め、浴衣と丹前に着替えた。「北の勝」の熱燗で独酌をしながら客を待っている。外はどうやら雪も熄んだらしい。国後島南端の泊山の影がうっすらと浮かび上がり、青白い月光が冴え冴えと北の海を照らしている。凄絶な初冬の風景だった。

晴れた日には、国後島、歯舞諸島、色丹島がすぐそこに見える。根室半島の前浜に拡がる海は、地元の漁師たちにとって、戦争が終わっても変わらず戦場であり続けてきた。

「照月」の親爺の父親は、国後島の漁師だった。日本がポツダム宣言を受諾して連合軍に降伏した後、スターリンの赤軍は突如、日ソ中立条約を破って南千島の島々に襲いかかってきた。

漁師は着のみ着のままで根室に引き揚げた。そして「照月」の愛娘だった照井ヨシの婿養子になった。照井の家の援けもあって、漁船「良江丸」を手に入れ、根室港から北方海域に漁に出るようになった。

「国後島はニッポン固有の領土だぁ。自分らの海で戦前と同じように魚を獲って何が悪いんだ。俺たちの漁場だべさ」

これが父親の口癖だった。いつもは近場でカニ漁やホタテ漁をしていたが、時にはクナシリ沖のケラムイ浅瀬まで出かけていったという。国後島での戦前の暮らしを懐かしく思い浮かべながら、ウニカギでウニを思うさまひっかけてくる。

だが、一帯の海にはソ連の警備艇が遊弋しており、拿捕の危険と隣り合わせの漁だった。仲間の漁船が次々に拿捕され、色丹島のアナマに連行されて厳しい取り調べを受けることもあった。こうしたなかで、ソ連の官憲に渡りをつけ、カネを渡して摘発を逃れる漁船が出てきた。いわゆる「レポ船」である。彼らはいつしか、先方の求めに応じて、根室管内の警察官の名簿や自衛隊の駐屯地に関する情報を提供するようになっていった。そうすれば、ソ連側の摘発を免れて、しこたまウニやカニを獲ることができたからだ。

その一方で、日本側の官憲に漁業法違反の容疑で摘発される危険もあった。このため、北方海域で獲った魚を信頼できる仲買人に託して捌いてもらわなければならなかった。うまくやれば、びっくりするほどの儲けが転がり込んでくる。

そんな危うい魚の仲買人のひとりに中尾がいた。時折、根室漁港に姿を見せては、もっぱら北方海域で密漁したサケ、カニ、ウニ、ホタテを言い値で買い取ってくれた。

「中尾の旦那にブツを捌いてもらえば、決して足がつかない。そのうえ金払いもいい」

中尾の後ろには、農林水産大臣を経験した政治家がついている。いや、その筋の大物が控えている。浜の漁師たちは様々に噂しあっていた。

仲買人として漁師たちの信頼は篤く、約束を絶えて違えたことがない。口もめっぽう堅い。加えて、ロシア側の官憲とも水面下でルートがあるらしく、密漁で捕まった漁民を不起訴処分にして取り戻してくれたこともあった。中尾は闇のルートを介して、大胆にも北方の島々にも出没し、ロシアの官憲とも接触しているらしい——。そうささやく者もいるが、その実像は海霧(うみぎり)の彼方(かなた)に隠れて判然としない。

玄関の戸がきしむ音が階下から聞こえ、中井さんが待ち人を案内して別室に招き入れた。まもなくテーブルに「月膳」の品々が運び込まれてきた。

「ありがとう。ウォッカと焼酎、それに氷を置いといてくれ。あとは俺がやる。九時半きっかりに迎えの車が来るからタクシーは呼ばなくていい」

「それじゃ、あとはまかせますよ、ごゆっくり」

客と二人きりになると、中尾は静かに口を開いた。

「あんたとは色丹島アナマのラーゲリ以来になるなあ。あれから達者でやっていたのか。わざわざ足を運んでくれてありがとう。アナマやユジノクリルスクより根室のほうがよっぽど凍れるだろう」

丁寧な口調でそう言うと、「ストリチアナ」の封を切ってグラスになみなみと注いだ。相手は一気にウォッカを飲み干した。

「じつは、あんたを男と見込んで頼みがある。ウラジオ港の近くに日本人食堂がある」

中尾は懐から紙切れを取り出した。

「この食堂に時折、樺太(からふと)生まれの朝鮮系の男がやってくる。食堂の女主人に渡りをつけて、こいつの身辺を洗ってくれないか」

眼前の客は、戦前は日本領だった南樺太に住む朝鮮系の両親の間に生まれた。日本語が堪能なことから、色丹島アナマのラーゲリで密漁漁民の聴取にあたる官憲に日本語通訳として雇われていたのだ。ふたりが知り合ったのは、中尾が色丹島に密(ひそ)かに姿を見せたときのことだった。

中尾は黙って丹前の袖から紙袋を取り出した。かなりの分厚さだった。男はしばし躊躇(ちゅうちょ)したが、手をのばして上着の左ポケットにねじ込んだ。

ロンドン・パブ「ラム」――二〇〇九年 初夏

「やあ、ジョン、元気にやっているかい」

仕立てのいいブルーの背広を着こなした日本人ビジネスマンが、踏み台に右足をのせた。黒い革靴はジョンロブのシティーIIだった。

靴みがきの青年は、客の顔を見上げると淡いブルーの瞳を輝かせた。

「ようこそ、ロンドンにお帰りなさい。半年ぶりですね」

「その後、いい役にありついたのかい」

青年は、柔らかな馬毛のブラシで手際よく靴の汚れ落としにかかる。

「あれから、Doctorsのちょっとした役をもらいました。まあまあってとこかな」

「アクターズ・シュー・シャイン」。このコーナーで靴磨きをしている青年たちは揃って役者なのである。テレビドラマやウエストエンドの劇場に出てはいるが、芝居だけでは食っていけない。一足につき五ポンドの靴磨きをしながら日銭を稼ぎ、いつの日か大役をと夢見ている。

午後七時だというのに、ガラスの天井を通して降り注ぐ光はまだ昼間のように明るい。

「客のしぐさを観察して芸の肥やしにするには、格好のバイトじゃないか。前列で舞台を見上げる角度はちょうどこんなものだよ。ところで、シティの景気はどうだい」

「いやぁ、さっぱりですね。リーマンショックからまだ立ち直っていない。ただ、ハリー・ポッターのロケ地に巡礼にやってくる若い子たちは相変わらず多いですよ。でも連中はみんなスニーカーだから、僕らの商売にはならない」

革靴に乳化クリームをたっぷりとつけ、しなやかな手つきでブラッシングする。たちまち黒革に光沢が出てきた。最後は薄いフランネルのクロスで磨き上げておしまいだ。その間、わずかに五分。

「つぎに会うときは、お互い、いいニュースを披露したいもんだね。じゃあ、元気で」

客は財布から十ポンド札を取り出し、笑顔を残して去っていった。

ここは金融街シティの一角にあるレドンホール・マーケット。分厚いガラスとロートアイアンのアーチ天井を持つ豪奢(ごうしゃ)なアーケードだ。栗色を基調に緑と黄色の装飾で華麗に彩られたこの市場に足を踏み入れると、まるでヴィクトリア朝のロンドンに迷い込んだような気分になる。生鮮食料品店、精肉店、花屋、カフェなどが軒を連ね、その日も大変な賑(にぎ)わいを見せていた。

足元が輝くと好事に遭遇する——。そんな格言を思い起こしながら、男は小石を敷き詰めた舗道を歩き、四つの道が交差するマーケットの真ん中にやってきた。

真っ青な空に煌(きらめ)く星々が描かれた天蓋(てんがい)。その真下にパブ「ラム・タヴァーン」はある。十八世紀末から続く由緒ある店だ。ダークスーツ姿の男たちが、ビールのパイントグラスを手に店の前で大勢たむろしている。その多くがシティで働くバンカーや株を商うブローカーだ。一日の仕事を終えてラムに立ち寄れば、決まって顔見知りに出くわす。ここで交わすさりげない会話、そのなかにこそダイヤモンドの原石が混じっている。耳寄りな情報で暮らしを立てている彼らは誰もがラムの効用を心得ている。

ここからほど近いセント・メリー・アクス通りには、世界三大海運市場のひとつ「バルチック海運取引所」がある。船主、荷主、シップブローカーが集って情報を交換し、傭船（ようせん）の引き合いを行っている。日々の船腹需要を見ながら傭船料が取り決められ、それが世界の海運相場の指標となる。

バルチック・エクスチェンジを拠点とする海運関係者もまた、ここラムの常連客だ。とびっきりの情報は、海運取引所では出てこない。ここでの何気ない会話に埋もれている。船舶取引のプロたちにとって、ラムはもう一つの「情報交換所」なのである。

シティーⅡを履いた日本人もシップブローカーだった。各国から売り出される中古タンカーやコンテナ船の出ものを見つけて仲介し、利ざやを稼ぐビジネスだ。

「ゴーストシップをワンパイント」

日本人はカウンターでビールを注文した。幽霊船という名のエールは、香ばしく甘い麦芽のアロマをホップビターが優しく引き締めている。英国らしいペールエールだ。なみなみと注がれたパイントグラスを受け取ると、シップブローカーたちがたむろする戸外の丸テーブルに歩いていった。顔見知りの連中がグラスを上げて挨拶してくる。

「お、珍しい奴がきたな。生きてたか」

「まあね。ところで、今年のシックス・ネーションズはアイルランドのグランドスラムだったな」

ラグビーの話題なら半年のブランクはたちまち埋められる。すぐに仕事の話を持ち出す者などいない。

「やめてくれよ、あの悪夢をようやく忘れかけていたのに」

そういいながらも、嬉しそうな笑顔をみせた。

「シックス・ネーションズ」は、イングランド、フランス、アイルランド、イタリア、スコットランド、それにウェールズの六つのナショナルチームが総当たりで戦うリーグ戦だ。今年はアイルランドが全勝優勝を果たした。

「イングランドはたったの一点差で負けたんだぜ。十四対十三。ミッドウェー海戦でハルゼー提督に敗れた君らならこの悔しさはわかるだろ」

「ああ、僕も日本で観てたよ。ハーフタイムまでは三対三だったよな」

「何といっても六十分時点での選手交代がまずかった。代わって出てきたダニー・ケアの野郎が、マーカス・ホランの背中に凄(すご)い勢いで激突しやがったんだ。全く正気とは思えない」

隣で聞いていた赤ら顔の男も大声を上げた。

「おかげでイエローカードをくらった。アイルランドにペナルティゴール三点を献上させられたよ」

「まったく惜しかったよな。ゲーム終了一分前にトライとコンバージョンで一点差まで詰め寄ったのに――」

「そうだろ。ダニー・ケアさえ馬鹿なことをしなきゃ、勝てた勝負だった」

ラグビー話で盛り上がっている輪にバングラデシュ系の船舶ブローカーが割り込んできた。

「ちょっといいか。耳寄りの話があるんだ」

二年前、この男の口利きで二十年物のタンカーをインドの船会社に売ったことがある。それ以来の付き合いだ。男はシティのすぐ東隣に拡がるタワーハムレッツ区で生まれ育ったと聞いた。「バングラタウン」と呼ばれ、バングラデシュから多くの移民を受け入れている。

男の父親もイギリスの植民地時代、紅茶を運ぶ貨物船の船乗りとしてここにやってきたという。シティで働く息子は一族の出世頭なのだろう。ピンストライプのスーツに身を固めている。

「途上国向けに中古車を運搬する船を欲しがっている会社がある。しかも、どでかいやつをな。日本製の自動車専用船で手ごろな出物はないだろうか」

「そりゃ無理だよ」

日本人ビジネスマンは即座にそう応じた。

「日本じゃ、自動車専用船は転売しない。古くなったら廃船にすると決まっている。そういう掟（おきて）なんだよ」

「なーに、心配することはないさ」

男はインド亜大陸に独特のイントネーションで自信ありげにそう言うと、耳元に顔を寄せてきた。

「船は、いったんわれわれが引き取って、解撤屋（かいてつや）に回したことにしてやる。むろん、コミッションはいただく。あとは解撤屋がどう捌こうと、おたくには一切責任がない、そうだろう」

「相手はバングラか」

そんな危ない話には乗れないと思いつつ、日本人ビジネスマンは尋ねた。

「そうだ。新興の会社だが、日の出の勢いだ。でかい儲けになるぞ」

「いや、やっぱりやめておくよ」

「そうか、いい話なんだけどな。前にうんと儲けさせてもらったから、おたくに真っ先に話をしたんだが。興味がないなら他に回すよ」

リーマンショックの煽りを受けて、会社が傾きかけているいま、日本のシップブローカーには抗いがたい儲け話だった。

だが、それにしても話が出来すぎている——。そんな疑念を拭い去れない。とはいえ、このまま手を拱いていれば、三代続いた会社が潰れてしまう。

ピカピカに磨いたシティーIIがグッドラックを呼び込んだのかもしれない——。男は自分にそう言い聞かせて踵を返し、ピンストライプの背中を追いかけた。

第一章　ジェームス山

ピッチを一気にあげて坂道を駆けあがると、御影石のライオンがあんぐりと口をあけて梶壮太（かじそうた）を睨（にら）みつけた。

「ここから先は私有地につき、立ち入りを一切禁止します。許可なく立ち入った者は、不法侵入者とみなします。ジェームス山外国人住宅」

そう表示されているのだが、高い塀もゲートらしきものも見当たらない。かつて「異人住宅地」と呼ばれた敷地内には、意外にも不動明王を祀（まつ）る小さな祠（ほこら）がある。おばあさんが背中を丸めて手をあわせ、賽銭（さいせん）箱に小銭を投げ入れていた。ヤマモモの木立からメジロの澄んださえずりが聞こえてくる。

ジョギングをしていて迷い込んだと言えば咎められないだろう。そのまま坂を駆けていくと、突然、眺望が開けた。新鮮な空気を思いっきり肺に吸いこみ、彼方の海に視線をむけた。南西の方角には明石海峡大橋が架かり、その先には淡路の島影が春霞に揺れていた。

山陽電鉄の月見山駅から歩いて一分。低層マンションの二階に、梶壮太が1LDKの部屋を借りて二年余りになる。大家に頼んで玄関のカギは二重にしてもらった。ピッキングに強いアルファFBロックに加え、補助錠も取り付けた。

帰宅するとまず、侵入の形跡がないかを確かめる。扉を開けて内側からロックをかけ、上着からスマホを取り出した。短縮ダイヤルの「1」を押す。

「おう、なんや」

上司のダミ声が返ってきた。

「梶です。きょうは調べ物がありますので、直帰します」

「うん、わかった」

壮太の勤め先は神戸公安調査事務所。調査官となって六年になる。出先からまっすぐ自宅に帰った日は、ジョギングをすると決めている。三日前には桜の開花宣言もあり、絶好のジョギング日和だった。

すぐさま背広を脱ぎすて、Tシャツにネイビーブルーのパーカー、ジョガーパンツに着替える。相棒はミズノ製のエアシューズ「ビルトトレーナー」。二カ月前の給料日に思い切って買った新鋭兵器だ。履いてみると薄くて足の甲にぴたりと吸いつき、着地のたびに心地いい反発力が伝わってくる。すこぶる調子がいい。

月見山を後にしてまっすぐ須磨海浜公園を目指した。視界いっぱいに瀬戸内の穏やかな海が広がっている。潮の香り溢(あふ)れる海沿いの道を西に針路をとって四キロ。JR塩屋駅を左手に見ながら、小高い丘を快調に駆けのぼっていった。

地元の人々はこの界隈(かいわい)を「ジェームス山」と呼ぶが、公式の地図にその名は見当たらない。戦前、神戸でカメロン商会を営んでいた英国人アーネスト・W・ジェームスが、高台からの眺望を気に入り、ここに私邸を建てたことに由来する。ジェームスはさらに私財を投じて周辺の山林七万坪を買い取り、英国人向けに六十戸の邸(やしき)を建てた。こうして異人住宅地が出現した。

GHQ(連合国軍総司令部)が日本に進駐してくると、かつての英国人住宅街は高級将校用の住宅として接収された。

GHQといえば、壮太が勤める公安調査庁とは深い縁で結ばれている。占領期日本の支配者となったマッカーサー司令部は、軍閥・財閥解体の号令をかけ、軍人、政治家、財界人、高級官僚を次々に公職から追放していった。だが、誰がこの戦争を主導したのかが判然としない。突如ニッポンに乗り込んできた占領軍は、精査された追放者リストを手にしてはいなかった。調査のための手足も欠いていた。彼らに代わって、地道な調査を担ったのが、公安調査庁の前身、当時の法務府特別審査局だった。

　占領期には、ジェームス邸もGHQ幹部の屋敷として接収された。オレンジ色の丸瓦にクリーム色の土壁、随所にアーチを施したスパニッシュ様式の邸宅は、その後、地元の財界人に買い取られ、いまでは洒落(しゃれ)たフレンチ・レストランになっている。

　彼女がいればランチに誘えるのに、いや、やっぱり分不相応かな——。心の中でそう呟(つぶや)きながら、壮太はジェームス邸の正門を出て、塀沿いに裏手の敷地へと走っていった。

　かつてはこのあたりにも豪壮な洋館が立ち並んでいたのだろう。いまは金網で囲まれ、掘り起こされた地面からコンクリートの塊が顔を覗(のぞ)かせている。大手の不動産会社に買い取られ、大がかりな造成工事が進められていた。あと二年もすれば、華麗な横文字が冠され、億ションとして富裕層向けに売り出されるのだろう。まあ自分には一生無縁な世界だ。そう言い聞かせながらジェームス坂を横切り、丘陵にある外国人住宅地へと走っていった。

＊

美しいイタリック体で彫られたネーム・プレートが次々に後景に飛び去っていく。軽快に駆ける壮太の脳裏に突如、パソコンの一画面が蘇ってきた。三日前、霞が関の本庁から送られてきた調査要請だ。部内では「情報関心」と呼ばれている。

「中国人・中国資本による不動産買収・働きかけ事案」

近年、我が国の防衛施設周辺では、中国系資本による不動産買収の事例が数多く報告されている。しかしながら、民間企業には警戒感が希薄であり、広大な遊休地が処分・売却される事例が後を絶たない。買収された土地の周辺には、重要な防衛施設が置かれている事例もある。他方、南西諸島の離島にあっては所有者の警戒感が高いため、売買が不成立となった事例も報告されている。中国等による外国勢力の不動産売買の事例を調査し、速やかに報告されたい。

中国系資本がニッポン列島をつぎつぎに買い占めている——。そんな話は壮太も耳にしたことがある。台湾海峡の有事を想定して、台湾に最も近い与那国島に陸上自衛隊の部隊が近く配備される。そう伝えられると、日本列島の最南端にある離島の地価がにわかに高騰した。陸上自衛隊の駐屯地ができることで土地取引が活気づいただけではない。中国系の資本が、与那国島、宮古島、石垣島の土地を買いつけようと動いたからだ。

さらに、日本版の海兵隊といわれる「水陸機動団」が、要衝の地、佐世保の相浦(あいのうら)駐屯地に配備されるや、中国系企業が基地周辺の土地の取得に乗り出した。不穏な動きに神経を尖(とが)らせた総理官邸の情報チームは、公安調査庁に各地の実態を調べるよう要請した。これを受けて千六百人の調査官を擁するインテリジェンス機関は、全国の出先に「情報関心」を一斉に発出したのである。

戦後のニッポンは、開かれた国家のゆえに、外資系企業が土地を購入するのを阻む手立てを持たなかった。農地の取得には中国系企業に限らず制限があるが、市街地や山林は自由に買うことができる。懸念を強めた政権与党は、外国勢力による買い占めを制限しようと立法に動いたが、そのたびに「地価の値下がりを招いてしまう」という反対の声があがり、いまだに有効な手を打てずにいる。

外国勢力の動きを封じる法的な歯止めさえあれば、財務、経産、警察といった官庁が、土地の取得に待ったをかけることもできる。だが今のところは、彼らの動静を密かに監視するほか手立てがない。それゆえ、強制捜査権は持っていないが、現場での地道な調査を得意とする公安調査庁が、官邸の「情報関心」に応え、地を這うように真相に迫っている。

幕末の一八六七年に港を開いて以来、神戸は欧米人や華僑、印僑などじつに様々な外国人を迎え入れてきた。国際都市KOBEにとって外国人のいる風景は至極ありふれた日常だ。埠頭近くの旧外国人居留地、北野界隈の異人館、そしてジェームス山には、いまも多くの外国人のビジネスマンや家族が暮らしている。神戸っ子には何の不思議もない光景である。

だが、それゆえに外国勢力がそっと身を潜めるのにこれほどぴったりの土地はない。草むらの奥深く、保護色と擬態に身をかためて潜むバッタのように。日々の仕事を頭から追い払いたくて走りに出たんじゃなかったのか——。壮太はそう自分を叱りながら、夕陽にゆらゆらと揺れる水平線にむかって丘を駆けおりていった。

ジョギングにでかける壮太の足は、近頃ではついジェームス山周辺に向いてしまう。芽吹きはじめたハナミズキの木立から少年たちの賑々しい声が聞こえてきた。日本でいえば小学二、三年生くらいだろう。みな肌が透き通るように白い。一人はブルーの瞳にカールした赤毛、もう一人は褐色の瞳に栗色の髪。欧米系とアジア系のハーフと見える男の子もいた。壮太は思い切って英語で話しかけてみた。発音は新幹線の車掌アナウンス風のベリー・ジャパニーズだ。

「やあ、君たち、この近くに住んでいるの」

そばかす顔の赤毛くんが人なつっこい笑顔で答えてくれた。

「そうだよ」

「君たちの家族はどの国からきたの、アメリカ？」

子供たちは揃って首を横に振った。

「ぼくはアイルランド」

「うちはドイツから」

「ボクんちはジョージアだよ」

「えっ、ジョージアってアメリカの？」

壮太は思わず聞き返した。

「違うよ、ジョージアはジョージアだよ。相撲レスラーもいるだろう。コーカサスにあるきれいな国だよ」

「あっ、あのジョージアか。日本じゃ以前はグルジアって呼んでいたんだ」

九十年前はもっぱら英国人向けだったこの住宅地も、いまではすっかり多国籍化している。

「そう、みんないろんな国から来てるんだね。中国人の友だちもいる？」

三人は首をかしげて顔を見合わせた。

「この前引っ越していったよ」

「あとは知らない」

「僕のマミーはホンコン・チャイニーズだよ」

ジョージアの少年はそう言うと、ミモザの梢めがけて力いっぱい小石を放った。三人は笑い声を立てながら早足で駆けていった。

いまこの界隈に住む外国人は、神戸の貿易商社や外資系企業に勤める駐在員が大半なのだろう。並んでいる表札は、たしかに欧米と南米系の名前がほとんどだ。中国系の姓はひとつも見当たらない。

肩透かしをくらった気分を振り払うように、壮太は針路を北にとった。福田川沿いの水辺で遊ぶ子供たちの姿を見ながら、整然と区画整理された住宅街に入っていった。陽はまだ随分と高い。この辺りも住宅の建て替えブームなのだろう。古い家屋を壊してマンションが次々に建てられている。「建設計画のお知らせ」の表示板がいくつも視界に飛び込んできた。

あじさい公園にさしかかったとき、さっき目の端でとらえた文字がフラッシュ・バックのように脳裏に蘇ってきた。どうにも気がかりでならず、現場に引き返してみた。やっぱり――。「建築主」の欄に書き込まれていた会社、その名前が壮太の内なるデータバンクにヒットした。

＊

どうやら自分は周りの友だちとは違うらしい。物心ついた頃から壮太はうすうす気づいていた。いちど目にした光景を細部にいたるまで憶（おぼ）えている。スマホのシャッターを押すと高画質の映像が自動保存されていくように。

壮太は、トランプの「神経衰弱」を本気でやって負けたことがない。こんな簡単なゲームに、なぜみんな夢中になるのだろう。次に開けるカードなんてすぐ分かるのに――。そのうち、独り勝ちする壮太に突き刺さるような視線が向けられるようになった。あいつはズルをしているに違いない。そう思われていることに気づいてからは、時々、わざと負けるようにした。

「うちの孫は捨て目がよう利くぞげな。何年も前に蔵にしもうた掛軸やなんや、そげなことよう憶えちょます」

城下町松江の大橋北詰めで古美術商を営んでいる母方の祖母からそう言われたことがある。だが両親からは、どうでもいいことも事細かに覚えている「けったいな子や」と言われ続け、人には打ち明けないことにした。

壮太は中学二年の時、インターネットで「フォトグラフィックメモリー」という言葉を見つけた。映像記憶と呼ばれる特異な能力をいい、三島由紀夫やウォーレン・バフェットもそんな記憶力の持ち主だったらしい。

幼少期には誰もが持っているのだが、通常、思春期までには失われてしまうという。洞窟で暮らしていた太古の人類はみな周辺の光景を画像として記憶に刻んでいた。だが、複雑な言語を操るようになるにつれ、原初の能力は次第に失われていった。

壮太はいまでも少し集中力を高めれば、文字も映像もたやすく記憶することができる。便利なようだが、本人はさして嬉しくもない。困ったことに、この能力はメモリー消去が不得手なのだ。嫌な記憶まで残像となって居座ってしまう。だから、壮太はできるだけぼんやりとあたりを眺めることにしている。映像情報をあまり多く抱え込まないよう、自己防衛本能が無意識に働くのだろう。そのせいか「なにボケーッとしとんねん」と言われることも多いが、仕方がないとあきらめている。
表示板の建築主にある「株式会社エバーディール」。たしか、前に「要注意対象」として調べた覚えがある。中朝国境の延辺一帯に拠点を置く中国系企業がダミーとして使っていた疑いのある会社だ。不動産もやっているのか。やはり上司に報告し、改めて調査をかけたほうがいいかもしれない——。そう思ったとたんに、急に空腹を覚えた。職場の近くにある中華料理店「ハッカク」の酢豚定食が無性に食べたくなった。

*

翌日の午前八時四十六分、梶壮太はJR神戸駅に程近い法務総合庁舎に出勤した。まず一階ロビー奥にある自販機でコーヒー牛乳を買う。取り出しの番号は「1128」。数字の配列こそ違うが、機密文書へのアクセス・コードと似ている。そんなことまで気になるのは一種の職業病だろうか。エレベーターで八階にあがり、セキュリティ・カードをかざしてロックを解く。ドアを押し開くと、半分近くの調査官がすでに席に着いていた。

神戸公安調査事務所は所長を含め総勢で二十八人。さして大きな所帯ではない。その代わり全員が公安調査官であり、小回りが利いて機動的だ。部署は大きく二つに分かれている。国内を担当する第一部は、右翼団体やカルト系組織、それに左翼系の過激派を主な調査対象としている。第二部は海外情勢の担当だ。主に朝鮮総聯の動きを監視する北朝鮮班、中国・ロシアの動向を監視する外事班、国際的なテロ組織や有害な外国勢力の国内への浸透を監視する班。これら三つの部門を抱えている。

壮太が所属しているのは国際テロ班、部内では「国テ」と呼ばれている。二〇〇一年にアメリカを襲った同時多発テロ事件をきっかけに発足し、最近では人員も増強されている。だが、北一筋の守旧派からは、さして重要な部署とはみなされていない。

壮太は国テ班の自席に着くと、パスワードを幾重にも操作してパソコンを起動させ、鞄からメガネクリーナーを取り出して画面を丁寧に拭いた。

「おはようございます。今朝は早いですね」

隣席の西海帆稀がよくとおるアルトで話しかけてきた。色白でナチュラルメイク、涼しげな瞳と眉の上でまっすぐ切りそろえた漆黒の髪がシャープな印象を醸し出している。

「おはよう」

壮太はいつもどおりに返事をしたつもりだった。

「梶さん、なんだかきょうは明るい声ですね。なにかいいネタでも仕込んだんですか」

「え？」

何事につけ勘のいい帆稀は、「おはよう」のトーンがいつもと違うと感づいたらしい。

公安調査官は、それぞれが独自に調査を任されている。手がけている案件は直属の上司に報告するが、隣席の同僚にも中身は漏らさない。同じ班の先輩にも開示の義務はない。仲間がどんな案件を追いかけているのか。国テのメンバーは互いの手の内を知らない。

秘すれば花。帆稀は、隣席の先輩がどんな標的を狙っているのか、よほど気になるらしい。大きな目を見開いて、壮太の瞳の奥をじっと覗き込んだ。

「さあ、まだなんもわからんけど」

いつもどおり、拍子抜けする答えが返ってきた。じつに自信なげだ。だが、帆稀はそんな壮太が嫌いではない。いまどきの脱力系男子の一類型ではあるが、よくいえば癒し系も加味されている。根拠のない自信を振りかざす男よりはよほどましだ。

身長は百七十四センチでひょろりとした痩せ型。毎日のようにジョギングをしているわりに色白だ。日ごろから口数は少なく、話し声もぼそぼそとして聞き取りにくい。そのため、職場では、いまひとつやる気に乏しい男と見られがちだ。実際、仕事で目立った成果を挙げたことがない。かろうじて練習生枠で阪神タイガースに採ってもらったものの、鳴かず飛ばずの二軍暮らしといったところだろうか。ベンチを温めている壮太にくらべて、帆稀はすでにホームランを二度も放っている。

公安調査官は「調査報告書」をまとめあげると、上司に提出し査読してもらう。価値ある情報だと認められれば、霞が関の本庁分析部門に送られる。そのうえで、政権の要路に報告する価値ありと認められると、総理官邸の合同情報会議などで披露される。なかには公安調査庁の次長が官邸に赴き、総理や官房長官に直接報告することもある。

「調査報告書」にはその重要度に応じて「A」から「C」までの評価が与えられる。それは調査官の昇給や昇進にあたって、大切な判断材料となる。誰が貴重なインテリジェンスをものしたか。業績の評価には明確な基準があり、職場の情実や上司の恣意的な判断が入り込む余地は比較的少ない。

西海帆稀は、入庁してまだ二年目だが、テロリストの拠点になる恐れがある非公表のモスクを突きとめて、すでに「C評価」を二回も受けている。つまり、本庁に採用された情報が二つもあり、未完の大器と嘱望されている。それにくらべて、壮太は六年間、一度も評価を受けたことがない。

*

帆稀は、毎朝、出勤時間の三十分前には登庁し、職場の給湯室に向かう。冷蔵庫のキャニスターからイエメン・モカの珈琲豆を取り出す。そして古風な手動式ミルを使って細かく挽く。それを把手付きの小鍋「イブリック」に入れて水を注ぎ、カルダモンをひとつまみ入れて、弱火でとろとろと沸かす。粉がぷくぷくと膨らんでくると、火を消して三十秒ほど蒸らす。それから再び火にかけて、珈琲の粉がふわーっと吹きこぼれる寸前を見計らって、小鍋を火からおろしてカップに並々と注ぐ。このアラビア珈琲を自席に運び、ゆっくりと味わう。瞼を閉じ、甘酸っぱい芳香を心ゆくまで楽しむのである。帆稀の一日は、沙漠の珈琲が醸し出す清涼感とともに始まる。

壮太にも一度、飲みませんかと勧めたことがある。

「エスプレッソ、あかんねん。遠慮するわ」

そう言って壮太は再三固辞した。

「エスプレッソとは違います。いっぺん試しに飲んでみてください。きっと気に入りますから」

壮太はやむなくカップを受け取り、一気に飲み干そうとした。

「あっ、だめですよ」

だが、時すでに遅し。カップの底に溜(た)まった珈琲の粉が喉の奥まで流れ込んでしまったのだろう。これ以上ないほど渋面をつくってみせる壮太を前に、帆稀は嫣然(えんぜん)と微笑(ほほえ)んだ。

「梶さん、アラビア珈琲っていうのは上澄みを啜(すす)ってゆっくり、ほら、こうやってゆっくりと飲むものなんです」

帆稀は職場では「Miss ロレンス」と呼ばれている。大阪の大学でアラビア語を専攻し、特殊語学の才を買われて、是非にと請われて入庁した。

「T・E・ロレンスに憧れてインテリジェンス・オフィサーを志しました」

採用面接ではロレンス愛を熱く語って、「いまどきの若い女の子がロレンスなんて」と面接官をたじろがせたのだった。

帆稀は、十二歳から四年間、中東地域に幅広い商圏をもつ巨大商社に勤める父親に連れられて渡航し、ヨルダンの首都アンマンで暮らした。通ったのはインターナショナル・コミュニティー・スクール。戦後、アンマン駐留の英国軍の子弟のために創設された名門校だ。イギリス国内の有力なパブリック・スクールと肩を並べるレベルで、帆稀のクラスメートの多くもオックスブリッジやアイヴィー・リーグに進んでいる。その後、ロンドンの諜報機関にスカウトされた同級生もいる。帆稀もきれいなブリティッシュ・イングリッシュを話す。

帆稀のロレンス熱が突如発症したのは十三歳の時だった。歴史の授業で映画『アラビアのロレンス』を観て、碧眼（へきがん）のピーター・オトゥール演じる英国の情報将校に魅せられてしまった。

ロレンスがふっとマッチの火を吹き消す。その瞬間、壮大なシンフォニーが流れ、沙漠に燃えるような太陽が昇ってくる。ロレンスとベドウィンたちが繰り広げるスペクタクルは、日本の少女の心を鷲摑（わしづか）みにした。沙漠の遊牧民を率いて宿敵トルコを撃破し、アラブ民族を独立に導く英国陸軍将校は、彼女の心の恋人となった。

ロレンスが横断したヨルダン南部の沙漠ワディ・ラム。紅海に面したトルコ軍の要塞アカバ。彼女はその跡を実際にたどって歩き、鉄道爆破のシーンを思い描きながら、ラクダにもまたがってみた。遊牧の民の白い衣装を身にまとったロレンスを、いまもスマホの待ち受け画面にしている。

その後、実在のロレンスは意外にも背の低い男だったと知って落胆したが、その事実は記憶からすぐにデリートしてしまった。

いま帆稀はインテリジェンス・オフィサーとして国テの仕事に精を出している。本心を明かせば、公安警察のような逮捕権もなく、銃の携行も許されず、ひたすら調査し、報告書を提出する日常がやや物足りない。将来はイスラム世界の専門官として在外公館に出ようと考えている。

彼女は隣席の超地味な先輩、壮太をジミー、時にMr.ジミー・チョーと呼ぶことがある。Missロレンスとジミーは、性格も、仕事ぶりも、まるで真逆なのだが、席を並べる仲間としての相性は悪くない。他の同僚にはそっけないのだが、Missロレンスは、ジミーを密かに認めている。やる気に乏しいように見えて、資料の読み込み方は半端じゃない。三年前のデータを探していたら「ああ、それなら」といって、五ページ分の内容をすらすらと諳(そら)んじてみせたこともある。ただのジミーじゃない、ナニカモッテイル――Missロレンスはそう睨んでいる。

＊

壮太は、インテリジェンス・オフィサーに憧れて、この職場を選んだわけではなかった。学校は関西の国立大学法学部。専攻は国際政治で、卒論は「戦後日本占領史の研究」だった。サークル活動では「漫画研究会」に属していた。

二年生になった春のことだ。はるき悦巳の『日の出食堂の青春』の合評会があり、その後、部員揃って飲み会に出かけた。そこで先輩たちから就活をめぐるボヤキをさんざん聞かされた。

「リーマンショックの余波で民間企業はどこも採用枠を絞り込んでいる。壮太、お前みたいなやつは、給料が安うても、景気に左右されへん国家公務員がええと思うわ」

先輩の就活苦戦記はずしりと胸にこたえた。かくして壮太の安定志向は揺るぎないものになった。早速、アルバイトで貯めたなけなしの金をつぎ込み、公務員試験の予備校に通い始めた。生真面目な性格なのである。

初めから上級職は望まず、地元採用枠のある一般職に狙いを絞った。期せずして迷いこんだのが公安調査庁だった。

この役所のことは就活を始めるまで名前も知らなかった。官公庁合同の説明会でたまたまブースに立ち寄ったところ、手持ち無沙汰の担当者と一対一の面談になってしまった。

「君、酒のめる？」

「はぁ、まあ」

「いける口？　ビール何本？　日本酒何合？」

いきなり型破りな質問が飛んできて困惑した。その一方で、給料は悪くないなと感じた。公安職は一般の行政職より初任給で二万五千円近くも多く、率にして十二％も高い。公安調査官は国民の生命安全を守る仕事だからだろうと勝手に解釈した。その後の試験は難なくクリアした。

「公安職として採用する」

そう通知を受け取ったものの、公安調査官が果たしてどんな仕事なのか、具体的な活動内容が分からない。さすがの壮太も不安になり、採用パンフレットをもう一度、隅々まで読み返してみた。末尾の「Q＆A」にこんなくだりがあった。うかつにも読み落としていたのだ。

「仕事の性質上、公安調査庁のことを好ましく思っていない勢力が存在するのは事実ですので、自らの勤務先や仕事の内容をあまり積極的にオープンにしないようにしている職員もいます」

身分を明かすか否かは、各人の自由な意思に委ねている。そんな書きぶりだが、身の安全を鑑(かんが)みて身分は明かすべきでない――組織は狡猾(こうかつ)にもそう示唆していたのである。自分が何者であるか、公にできない職業。その代償として報酬が上乗せされているのだ。

そんな不安を抱える壮太にとって、導きの書となったのが『スパイのためのハンドブック』だった。「この本を読めば、ほんもののスパイの世界がどういうものであるかがわかる」と帯に書いてあったからだ。

著者は、ウォルフガング・ロッツ。イスラエルの諜報特務庁「モサド」の伝説的なスパイだ。ナチス・ドイツ軍の元将校を装ってカイロに潜入し、アラブ共和国軍の将官から一級のインテリジェンスを入手した輝かしい経歴を持つ。

本の冒頭にあった「ロッツ流スパイ適性検査」に壮太も早速チャレンジしてみた。「スパイになりたい動機は」という設問に「1．冒険　2．金　3．理想」と選択肢が挙げられている。壮太は2に○をつけた。続いて「あなたは上手に嘘がつけるか」「あなたはどれほど勇敢か」「あなたはどんなタイプの酒飲みか」といった十項目の設問がある。答え終わったら配点表に従って採点して、総得点を集計する。

二百五十点が満点だが、高得点をとった人が「スパイの適性あり」と判定されるわけではない。実際、二百三十五点以上のハイスコアの回答者は次のように告げられる。

「あなたは利己的で無節操、卑劣な人である」

周囲の人々をうまく騙して生き残れるかもしれないが、重く責任ある地位を委ねるわけにはいかない。いかにもスパイ向きとみえる人物は「早々にお引き取りください」と通告される。

「崇高な理想に身を捧げ、国家のために堂々と嘘をつき、酒は嗜まない――」

こんな絵にかいたような人物が、必ずしもスパイ向きというわけでもない。市民の暮らしにごく目立たないようすっと入っていける人物こそ、この職業に適性がある、とロッツは述べている。

壮太の得点は百九十五点、「中の上」といったところだった。

「われわれのような職業でも、あなたなら使い道はある。身を入れて勤めあげれば、まずまずの情報部員になれるだろう」

ロッツのご託宣に少しだけ気持ちが楽になったことを覚えている。

＊

初対面の相手に堂々と身分を名乗れず、所属する組織名を記した名刺も切れない──。公安調査官となって何より戸惑ったのはこのことだった。

警備・公安の警察官なら、警察手帳を示して話を聞く。だが、公安調査官は正体を明かさない。時に大学の研究者や民間会社の調査員を装い、アポイントメントを取りつけて話を聞きにいく。

情報源と接触するに当たって、どのように身分を偽装するか。公安調査官のヒューミント、対人諜報活動の成否はこの一点にかかっている。偽装が巧みなら、相手を自然とリラックスさせ、思うさま貴重な話を引き出すことができる。

その一方で偽装が露呈する危険は常につきまとっている。情報源が後日電話をかけてきたとしよう。

「おかけになった電話番号は現在使われておりません──」

そんな応答メッセージが流れようものなら、名刺の会社は架空で、住所も偽りだとばれてしまう。相手は騙されたと気づき、もう二度と会ってはくれない。効果的なカバー、見破られない身分偽装こそ、公安インテリジェンスの核心なのだ。神戸のような街では、三宮駅の周辺で情報源にばったり遭遇しないとも限らない。我が身を偽る。それは、高層のビルとビルに渡した綱を渡るようなリスクを伴う。

梶壮太は、両親を除いて、祖母にも親しい友にも公安調査官になったことを話していない。広島に赴任した同期は、公安調査庁に就職が決まったと明かすと、地元に住む祖父母の表情がこわばり、「おまえ、特高じゃの、中野学校じゃの、よう知らんが、そがぁな秘密組織入ってどうするんなら。やめとけ」とたしなめられたという。

公安調査官はみな、いわゆる「薄皮一枚」を身にまとっている。職業を聞かれると、壮太は「いや、しがない役所勤めです」とやりすごす。嘘ではないが、真実も明かさない。虚実ないまぜにして凌いできた。

あれは公安調査官となって一年目の秋だった。当時、壮太が所属していた北朝鮮班の二年上の先輩の結婚式に招かれたことがあった。新婦は保育園の愛らしい保育士だった。姫路にある短大時代の同級生や同僚も列席し、トアロードのホテルで披露宴は華やかに執り行われた。

「それではここでお仲人様より、新郎、新婦のプロフィールをご紹介いただきます」

ホテル専属の女性司会者に促されて、大学時代の恩師がマイクの前に立った。

「新郎、新婦はどうぞお座りください」

新郎の経歴紹介は型どおりに始まり、大学を卒業するくだりまではすらすらと運んだ。だが、「社会人として――」と言いかけたとたん、仲人が一瞬声を詰まらせた。ハンカチを出してうっすらと額に浮かんだ汗を拭う。新郎の職場関係者は、上司、同期、後輩がそろってうつむいてしまった。

公安調査庁には触れないでほしい――。新郎側からそう頼まれていた仲人は、実直な研究者なのだろう、緊張のあまり声がうわずり、一オクターブ高くなった。

「新郎は神戸の法務総合庁舎に職を得て、公務員としてじつにまじめに職務に精励しておられます」

新婦側の列席者はさして奇異に感じなかったとみえて、ああ、法務関係かという顔をしている。だが新郎側の関係者は身が縮むような思いだった。俺たちは総合庁舎の管理人か――。配られた座席表の肩書にも、公安調査事務所の表記はない。所長は「新郎上司」、壮太ら職場の仲間はみな「新郎同僚」と記されているだけだ。

公安調査官になってまだ日が浅かった壮太が受けた心の傷は深かった。自分の職場の名すら明かせないのか。公共の安全を守る使命を担いながら、胸を張って身分も名乗れない。自分がそんな組織の囚（とら）われ人になったと知り愕然（がくぜん）とした。

自分が結婚するときは、相手にどう説明すればいいのだろう。先方の両親に正体を告げることができるだろうか。安定志向のゆえに選んだはずの職場が、密やかな諜報活動を生業にしているとは――。しばらくは転職という二文字が頭から消えなかった。

*

梶壮太は、ジェームス山のジョギングで目にした一連の出来事を、国テ班の首席、柏倉頼之（かしわくらよりゆき）に報告した。上司はほとんど無言のまま部下の話にじっと聞き入った。この話に興味があるのか、モノにならないと思っているのか。壮太にはわからなかった。しばしの沈黙の後、柏倉は口を開いた。

「お前がぜひ手がけてみたいと思うなら、やってみればええ。それにしても、なんで、エバーディールなんや」

「首席はお忘れだと思いますが、北朝鮮の貨物船がパナマで武器密輸事件を起こしたとき、私も追跡調査に駆りだされました。調査官になったばかりの頃でした。その時に調べた神戸の会社に確かそんな名前がありました」

柏倉はにわかに身を乗り出して言った。

「ああ、パナマでの臨検の件か。キューバのマリエル港からパナマ運河に向かった北朝鮮の貨物船から、どえらいブツが出て騒ぎになった——ああ、あれならもちろんよう憶えとる。神戸でも妙な船の動きがないか、調べるよう言うたな」

「その時、もしや北朝鮮が陰の船主ではないかと疑われる船がいくつかありました。いずれも、いわゆるサブスタンダード船。安全運航の国際基準を満たしているとはいえない外航船でした。そのうちの一隻、エクアドル船籍の貨物船に食料や日用品を手配していた船舶代理店が株式会社エバーディールでした。最終仕向け地が中国の延辺朝鮮族自治州だったので、おやっと思ったんです」

柏倉はしばし瞑目（めいもく）して呻（うめ）くようにいった。

「うーん、そういや、そんな名前の会社があったかもしれんなぁ」

「当時、この会社の登記簿や取引相手、それに従業員の動きも探ってみたのですが、これといった材料は見つかりませんでした」

壮太は視線をあげて柏倉の目を見た。

「だからといって、あの会社がクリーンだとは言い切れない。あの時も、そしていまもそう思っています」

調査活動は生き物だというのが柏倉の口癖だ。

「前の調査ではものにならなかったが、時間を置いて同じ案件を手がけてみたら、こんどは突破口が見つかった。そんなことはようあることや。リターンマッチに賭けてみるのもええやろ」

壮太は自席に戻ると、ふーっと小さく息を吐いた。張りつめていた緊張が解けたのだろう。すると、Ｍｉｓｓロレンスがパソコンの画面から眼を逸らさずに、声を潜めて話しかけてきた。

「梶さん、ジェームス山に何かあるんですか」

調査の中身を聞かれていたことに、壮太は珍しくムッとした表情を見せた。

「ジェームス山、行ったことあるん？」

「そりゃ、わたしは神戸っ子ですから。父の友だちのアメリカ人が住んでいたので、子供の頃、よく遊びに行きました。イースターに庭でエッグハンティングをしたことを覚えています」

「僕も加古川育ちなんやけど、ジェームス山なんて聞いたこともなかったな。もっともうちは転勤族やけど」

さすがよそ者、ちっともわかっていない――彼女はそう言わんばかりに首を横に振り、壮太のほうを向いた。

「知ってます？　兵庫県は、ヒョーゴスラビア連邦って言われてるんですよ。但馬、丹波、摂津、播磨、淡路島。それぞれにまったく異なる文化、風習を持つ五つの共和国から成る連邦なんです」

「それって、旧ユーゴスラビアをもじってるんか」

「なかでも複雑なのが、ここ摂津の国。尼崎、阪神間、神戸にまたがる一帯は、とりわけ込み入ったボスニア・ヘルツェゴヴィナなんです。須磨の西に位置するジェームス山は、梶さんの出身地、加古川と同じ播磨の国に属していますが、ここだけはいわば摂津の租界地。まあ飛び地の自治州といってもいいですね」

「つまり、僕がジェームス山など知らへんのも当然というわけや」

その質問には答えず、帆稀は暗号のように呟いた。

「李蘭」

「リラン？」

「そう、『ジェームス山の李蘭』――。李蘭は中国人で、片腕しかない絶世の美形です。彼女がイケメンのジゴロ青年と暮らしていたのがジェームス山」

「はあ？」

「ジゴロ小説の隠れた傑作です。作者は父の商社の同僚でもあった樋口修吉さん。李蘭は異人館の車庫兼用の小さな洋館に住んでいて、一階は鏡張りのバレエ・スタジオ、二階は鎧窓と暖炉がついたリビングルーム。一階に降りていく鉄のポールがある、とても風変わりな内装だった。そう物語にありました」

あの一帯は実に奥が深い。だから、転勤族(ヨソモノ)などにはとても手に負えない。帆稀はそう言いたいのだ。

気まずい空気を感じたふたりは、それぞれの仕事に戻った。夕方、Ｍｉｓｓロレンスは静かに席を立ち、自分にはアラビア珈琲を、壮太にはカフェオレをトレイにのせて運んできた。

*

元町アーケード街から細い横道に入った漫画カフェ「ポエム」で、梶壮太はひとりの男と向かい合っていた。男は店主お勧めのブレンドを、壮太は熱いミルク珈琲を手にして、囁(ささや)くように話し込んでいる。店内には地元のアーティストが作詞・作曲したヒップホップが流れ、ふたりの会話は周りの席から聞き取れない。

春たけなわだというのにくたびれたコーデュロイのジャケットを着た男の名は兵藤(ひょうどう)

史郎。かつて刑事だった者だけが持つ空気をまだうっすらとまとっている。兵庫県警を七年ほど前に退職し、いまは嘱託のような身分でJR尼崎駅近くの調査会社に籍を置く。そこから月々もらうわずかな報酬と警察時代の年金、それに妻がスーパーで品出しのパートをして何とか暮らしている。現役時代はそれなりに腕利きの刑事として鳴らして警部補で退職した。だが、実力の割にはあまりいいポストに恵まれなかった。

本人は多くを語ろうとしないが、警察組織のいわば保守本流である警備・公安の連中と真っ向からぶつかったのが原因らしい。警備・公安部門がネタ元としていた極右の政治団体が絡んだ事件で、兵藤は彼らの聖域に踏み込み、相当な返り血を浴びたという。

「警備・公安はどうにも好かん。舟中敵国や」

真の敵は身内にあり。兵藤がよく口にする中国のことばだ。

二年ほど前のこと、壮太は職場の先輩に誘われ、現役の公務員や役人OBが集まる飲み会にでかけ兵藤に出会った。引っ込み思案の壮太を見かねて声をかけてくれ、雑談しているうち漫画という共通の趣味があることがわかって意気投合した。兵藤は三国志の英傑たちを描いた大作が好みだという。以来、時折会って漫画の話をし、そのうち仕事の相談も持ちかける間柄になった。

「あんたらハム庁はええな。職場でどえらい派閥争いはないやろ。それに比べて県警の組織はめんどうでかなわん」

警察の連中は、同じ公安官庁である公安調査庁を時に「ハム庁」と呼ぶ。「公」の字をばらして読んでハムである。やわで薄っぺらなハム。その口調には巨大組織の傲慢（ごうまん）さが滲（にじ）んでいる。

だが公安調査庁と警備・公安警察は、結局、似た者同士である。追いかけている標的が重なることも多く、極秘情報こそが日々のメシの種であることも共通している。敵の敵は味方。警備・公安嫌いが、兵藤と壮太との距離をぐんと近づけた。

「Z条項」と呼ばれる黒い資金の流れを調査せよ――。そんな「情報関心」が本庁から降ってきたときのことだった。反社会勢力が資金洗浄に使っている投資顧問会社から関西の極右団体に資金が流れていた。その事実を調べあげ、堅牢な裏付け書類をつけて提供してくれたのが兵藤だった。

彼が現場で長年培ってきた勘と経験には教えられることも多い。壮太にとって調査の指南役ともいえる。それだけに付き合いには慎重を期してきた。警備・公安の連中に兵藤との会合を目撃されてはならない。待ち合わせ場所にはことのほか神経を使った。

様々な試行錯誤の末、兵藤と会うのは、この漫画カフェに落ち着いた。それも奥まったテーブルの一角。ここが壮太の小さな居城となった。特別に仕切られた個室ではない。『度胸星』『皇国の守護者』『バッコス』――。漫画コレクターである店主の趣味を窺わせる漫画本がうずたかく積まれ、外からの視線を巧みに遮断してくれている。

「兵藤さん、明石町筋にある会社をそれとなく探ってもらえませんか。名前はエバーディールといいます。六年前、北朝鮮の貨物船がパナマで起こした事件を機に、神戸港で北の海運ネットワークに繋がる会社を洗い出したことがありました。そのとき浮かび上がってきたのがこのエバーディールです。もしかしたら北のフロント企業ではないかと調べたのですが、僕の力不足で確証がつかめませんでした。税関や税務に照会する手はありますが、いまはこちらの手の内を知られたくありません」

兵藤は内ポケットから老眼鏡と薄い手帳を取り出し、ボールペンでメモをとり始めた。

「それで、何が知りたいんや」

「ここ数年の経営状態や財務内容、人の出入りなどに疑わしいところはないか。最近、不動産事業にも手を広げているようなので、その辺りの事情もわかるといいのですが」

「それなら、まずは基礎調査からやな」

　壮太は、ターゲットの会社名と住所、代表者の氏名を記した紙切れを手渡した。

「さて、どこから手をつけるか」

「すみませんが、くれぐれも古巣の警備・公安の連中には気づかれないようにしてください」

　兵藤は顔を歪（ゆが）めた。

「あの連中のこと、ごっつ嫌いなんは、あんたらハム庁さんより俺のほうやで」

　ハム庁がスズキのアルトなら、警備・公安はトヨタのランドクルーザーだ。搭載しているエンジンも強力なら、給油するガソリンもハイオク。坂道を並んで走ってみれば、力の差は一目瞭然だ。抱えている人員の多さ、捜査費の潤沢さ、それに政治力にいたるまで、物量では勝負にならない。

　兵藤はひとしきり警備・公安への恨み節を繰り返すと、急にすかっとしたと言わんばかりの笑顔を見せた。

「ほんなら、五日ほど時間をもらえるか」

　そう言いながら勘定書きの伝票に伸ばした手を、壮太は慌てて押し戻した。

「それでは来週の水曜日、同じ時間にここでということでよろしくお願いします」

壮太は頭を下げ、王欣太(キングゴンタ)の『蒼天航路(そうてんこうろ)』に差し込んだ薄い封筒をそっと差しだした。自分の裁量で出せる心ばかりの車代だった。

第二章　蜘蛛の巣

遡(さかのぼ)ること六年前――。

はるか彼方に望む六甲山系が萌黄(もえぎ)色にかわり、港町神戸はまばゆいばかりの春の陽光に包まれていた。柏倉頼之は、公安調査庁で最も北東に位置する釧路事務所から、ここ神戸に異動になった。

粉雪舞う釧路空港を後にしたのはつい二週間前。真夏でも海霧に覆われる北の港町、釧路で四年を過ごし、海を隔ててロシアや中国の動きを探ってきた。ともに苦労した同僚たちが、肌を刺すような寒さのなか空港まで見送ってくれた。

「海霧の町から帰ってきた男」は、北朝鮮情勢を追う班の首席調査官として久々に神戸に舞い戻ってきた。引っ越しの荷をほどいて春物を取り出す暇もなく、さあ仕事をと思っていたまさにその時、凶報が飛び込んできた。太平洋上にいた海上保安庁の巡視船から打電された緊急通報が発端だった。公安調査庁の本庁を経由し、各地の出先に送達されてきた文書には「厳秘」と刻印されている。

四月十七日、北朝鮮船籍の貨物船『清川江号（チョンチョンガン）』（Chong Chon Gang）九千トンが日本海より太平洋に入ったことが確認された。本船は四月上旬、北朝鮮の興南（フンナム）港を出港し、清津（チョンジン）港を経由して、ロシアのヴォストーチヌイ港に寄港した模様。現在、東に針路をとっているが目的地は不明。当船は累次にわたって禁制品の密輸等に関与した前歴があり、関係方面に於かれては厳重な監視にあたられたし。

柏倉は急いでパソコンを開き、「ロイズリスト・インテリジェンス」のウェブサイトにアクセスした。「シーサーチャー」をクリックし、船舶名の欄にChong Chon Gangと入力する。この検索サイトは海上を航行する船舶の位置を瞬時に割り出してくれる。地上の船舶自動識別装置（ＡＩＳ）と情報衛星を組み合わせて船の航跡をトラッキングできる優れものだ。

柏倉は「Chong Chon Gang」号の現在位置を追った。この札付きの貨物船は、釧路に在勤した「北オブザーバー」の柏倉にはお馴染みの相手だった。スリ専門のベテラン刑事と年季の入った巾着切りのような間柄なのである。ウラジオストク港から露朝国境のザルビノ港へ、さらに清津港へと多くの禁制品を運んできた密輸船だ。

神戸へ異動となって、この悪名高い運び屋とやっと手が切れたと思っていた矢先、俺を追いかけて日本海から太平洋に抜け出してくるとは。これじゃまるで幣舞橋に程近い末広町のナイトクラブ「シェリー」のホステスと同じじゃないか。白系ロシアの血を八分の一引くという女は、一緒に内地に渡りたいとせがんだ。国後島の沖合で密漁したブツをさばく仲買人の「中尾」と名乗っていた俺を格好の金づるとみて、離れようとしなかった。白系ロシア女との腐れ縁を思いだしてため息が出た。

清川江号は、日本の巡視船に追跡されていると気づいたのだろう。まもなくＡＩＳの送信スイッチを切って姿をくらましてしまった。

柏倉は「ロイズリスト・インテリジェンス」に続いて「マリン・トラフィック」や「ヴェッセル・ファインダー」といった船舶検索のデータベースを次々にあたり、不審船の現在位置を割り出していった。

航跡から推測すると、どうやらアメリカ大陸を目指しているらしい。この日から、出勤するとまず船舶の検索サイトを開いて、彼女の居場所を確かめるのが柏倉のルーティーンとなった。

清川江号は、太平洋をひたすら東南東に航行していった。かつて択捉島の単冠湾から真珠湾を目指した南雲忠一提督率いる空母機動部隊を思わせる航路だった。

じつに一カ月半の時間をかけて中米のパナマに到着したことが確認されたのは六月一日のことだ。神戸は例年になく早い梅雨入りを迎えていた。トアロード沿いの菩提樹は小さな白い花を咲かせ、足元からはローズマリーのほのかな香りが漂ってくる。あの船の影さえなければ、爽やかな気分で久々の神戸を満喫できるものを——柏倉は性悪女が恨めしかった。

「おい、梶。きょうからお前がこの女の担当や。いいか、毎日、こいつの動静を見張るんや。日報をつくって報告してくれ」

柏倉頼之が神戸に転勤してきた一カ月後に、梶壮太が新人研修を終えて配属されてきた。中堅の公安調査官は緊迫する尖閣問題の応援要員に貸し出している。やむなく清川江号の追跡調査をこの新人に任せることになった。

それにしても、なんとも頼りなげなひよっこだ。アオキのスーツにポリエステルの縞のネクタイを締めて立つ姿からは、覇気のかけらも伝わってこない。

「ええな、梶。自前の情報源を持たない調査官なんて、この世界に存在する価値がないと思っとけ。独自の情報源から引き出したヒューミントが入ってない報告書は、そうや、クリープを入れないコーヒーなんて――いうCMがあったやろ。あれや、ええな」

「はぁ」

眼前の新人は、俺の言うことが分かっているのか、いないのか。それすら定かでない。よその惑星から来たような若者だ。こんな連中とこれからどうやってコミュニケーションをとったらいいものか。さしもの〝密漁品の仲買人〟も不安を覚えてしまった。

壮太にすれば、そんなコマーシャルなど見たことがない。ただ黙って頷くことにした。だが、次の瞬間、一枚の画像が浮かんできた。そうだ、『キン肉マン』の古い漫画に似たようなセリフがあった。

「キミにとって相手の力を利用しない技などクリープをいれないコーヒーと同じだ」

ジェシー・メイビアとの戦いで、たしかキン肉マンが吐いたセリフだ。

「おい、梶、何をぼけーっとしとるんや」

柏倉の怒声は、壮太をレスリングのリングから職場に引き戻した。

この日から壮太は自前のチャートをせっせとこしらえ、清川江号の寄港地と航跡を克明に記録し始めた。有料の検索サイトにアクセスしていいかと柏倉に恐る恐る尋ねてみた。

「おまえ、十年早いやろ」

即座に却下されてしまった。それ以来、もっぱらタダのサイトを使っている。

時折、柏倉が耳毛を抜いている時を狙って、チャートを手に短い報告にいく。するとたちまち千本ノックが始まってしまう。

「梶、こいつはパナマ運河を通過している。このあと、カリブ海に抜けてどこへ行くつもりや。コロンビアに行って麻薬のディールか。キューバに寄ってサトウキビを仕入れるんか。それともブラジルのコパカバーナで海水浴か。おまえはどう思うんや」

「それは、はい、あのぅ。居場所を追うのに精一杯で、行き先までは考えてませんでした」

「いいか、インテリジェンスいうんはなぁ、単にその時点で貴重な情報でありゃええいうもんやない。近未来をぴたりと言い当てる力を秘めていてこそ、真のインテリジェンスや」

そういえば、つい先日、朝鮮人民軍総参謀長の金格植（キムギョクシク）がキューバに招かれ、首都ハバナでラウル・カストロ国家評議会議長と会談したと外電に載っていた。もしかすると、何か関連があるのかも――。そう思ったのだが、壮太は近未来に踏み込むことがどうにも恐ろしく、口ごもってしまった。

「お前、なんか言うてみい、マンパチや。万に八つ当たったらええんや」

その後、北朝鮮の錆（さ）びついた貨物船は、全長八十キロのパナマ運河を抜け、クリストバル港を経て大西洋に出ていった。壮太はその航跡を懸命に追った。すると、清川江号は針路を北西に定めた。

「えっ？　こいつキューバに行くんか」

壮太はめったに感じることのない興奮を覚えた。このわくわく感はなんだ。脳内にアドレナリンが溢れ出ている。

四日後、北の貨物船はハバナ港の埠頭に接岸した。タダの検索サイトでは現場の詳しい様子は分からない。おそらく積み荷を降ろしているのだろう。

その後、清川江号はにわかに不可解な動きを見せ始めた。壮太のチャートは蛇行する航跡を描いている。舵（かじ）が故障でもしたのだろうか。いったんはハバナの西方四十キロのマリエル軍港に近づいたのだが、港には入らないまま、沖合で回遊を繰り返している。もはや、壮太の手には負えない。千本ノックを覚悟して、柏倉のデスクに向かった。

「あのぅ、清川江号の動きがおかしいです」

そう言ってチャートをおずおずと差し出した。

「それで、お前はどう思うねん？」

壮太は勇気を振り絞って言ってみた。

「あのぅ、研修所でマトリの捜査官から受けた講義を思い出したんですが、ヤクを買いに来た客が、売人のサインがなかなか出ずに、受け渡し場所の周辺で時間潰しをしているような——。貴重な燃料を喰うのに、なぜ港に入らないんでしょう」

「お前みたいにただぼーっとしとるわけないやろ。アメリカのすぐ裏庭でこんな妙な動きをしとったら、あいつらの目に留まらんはずはない。なんかある。ひょっとしたらなんか起きるぞ。ええか、警戒を怠るな」

＊

夕方五時半すぎ、突然、後ろから柏倉の声がした。

「おい、梶、今日はもうあがれ。十分後に出かけるで」

あわてて振り向いた時にはすでに後ろ姿だった。自分にも夜の予定があるので——と言いかけたものの、思わず「はい」と頷いてしまった。つきあっている彼女などいるはずがない。勤め先も明かせないんじゃ、大学の漫画研の連中とも気楽に会えない。だから予定などあるはずがない。そんな事情など柏倉にはとっくにお見通しらしい。

机の上のチャートをしまい込むと、壮太は一階に駆け下りて自販機前で柏倉を待ち受けた。エレベーターの扉が開き、色黒でがっしりした体軀の上司が大股で歩いてくる。

「早く梅雨が明けんかなぁ。ご苦労さんです」

柏倉は守衛さんに笑顔であいさつすると、黒い傘をさして小雨が降りしきる通りを歩きだした。三つ先のビルに消え、エレベーターに乗り、三階で別のエレベーターに乗り換えて裏玄関から細い通りに出た。尾行されていないか。それを確かめる柏倉流のルーティーンなのだ。決して後ろを振りむかない。すべてを気配で読みとれ——後ろ姿がそう語っている。これも千本ノックのひとつなのだろう。壮太はビニール傘をかざして上司の後を追いかけた。

神戸駅から新長田駅前行きの市バスに乗る。途中で降りて、町工場や住宅が立ち並ぶ界隈を歩いていくと、食欲を刺激する香ばしい焼肉の匂いが漂ってきた。「牛若丸」の看板がライトアップされている。この焼肉屋の前で柏倉は初めて振り返った。

いいか、余計なことは口にするな――。柏倉は壮太に鋭い視線を向けた。

扉を開けると、女店主が嬉しそうに声をあげた。

「いやぁ、中尾はん、何年ぶりやろ。いつ根室から戻ってきはったん。シベリア地方いう管内でしたっけ、お勤め先は」

えっ？　根室、ナカオさん――。きょとんとした壮太を従えて、柏倉はいたって真顔で応じた。

「根室は根室支庁の管内にあるんや。ディープインパクトがいるのは胆振(いぶり)支庁の管内や。それにおばちゃん、あれはシベリアやのうて、後の志と書いて後志(しりべし)支庁いうんやで」

まだ午後六時半だというのに、もうもうと煙がたちこめる店内はほぼ満席だった。すっかり出来上がった常連さんもいる。テーブルにつくと眞露(ジンロ)の一リットルボトルがどんと置かれた。

これが「ヤキニク十年、マッコリ二十年」なのか――。

柏倉が駆け出しの頃は、公安調査庁の最大にして最重要のターゲットは朝鮮総聯だった。情報提供者を先輩の調査官から引き継いで、なんとか話を聞き出せるようになるまで、新米調査官はひたすら北系統の焼肉店に通い詰めたという。「焼肉工作」こそ最良の新人教育と信じられていた時代だった。柏倉もまた「マッコリ学校」の卒業生のひとりだったらしい。

「まずユッケからいくぞ。この店のユッケはいけるで。それから生センマイ、塩タン、たれロース、レバー、山カルビ。おい、お前はなにが好きや？」

渡されたメニューを見ると、千円を超すのは牛の骨付きカルビだけ。安心して、五百円のメニューから三つを選んだ。

「とんとろ、ひも、豚なんこつをお願いします」

「おい、若いのに遠慮すな。ここは俺のシマや」

かつては若き日の柏倉もここで焼肉の煙にじっくりと燻ぶされたのだろう。若い漁師に塩っけを染み込ませるように、人好きのする男に鍛えられたに違いない。人に心を開かせるにはどうすればいいのか。機密を打ち明けてもらえるまで、相手とどう間合いをつめていけばいいのか。身分証をかざして捜査できない公安調査官にとって、人間力こそが「ヒューミント」の真髄なのだ。「ナカオ」は新入りの自分にそう伝えようとしているにちがいない。

電話、インターネット、無線などのシグナルを傍受し、分析するのは「シギント」。新聞、雑誌、テレビなどの公開情報を分析するのが「オシント」。そう研修所で教わった。だが、そこに生身の人間は登場しない。

「人間が好きやないと、この稼業は勤まらん」

柏倉は口癖のように部下たちに言う。それを聞くたび、壮太は落ち込んでしまう。自分はこの仕事にまったく向いていない――。

「なあ、梶。人との付き合いも様々や。不愛想もよし。無口もよし。おまえの良さは何か、自分で分かっとんのか」

そう言われても、自分の強みなど何一つ思い浮かばない。壮太は思わず俯いてしまった。

「この店が繁盛しとるんは、肉が旨くて安いからだけやない。ここのおばちゃんはいっぺん見た客の顔は絶対忘れへん。何年ぶりに来ても、名前で呼んでくれる。いっぺん来たら、お馴染みさんや。そりゃ客は気分がいい。ところがや、お前はさっきトイレに立ったやろ。出てくると、おばちゃんは他の席に案内しかけた。たいしたもんや、あのおばちゃんの記憶にさえ痕跡を残さへん。お前の地味さ加減は図抜けとる。ひょっとして、それが武器になるかもしれん」

他人の印象に少しも残らない。これって、誉め言葉なのか。ヒューミントの真髄の真逆じゃないのか。それがなぜ公安調査に役立つというのだろう——。対人諜報で聞き込んだ情報を報告書に盛り込む。いまの壮太には、そんな自信は露ほどもない。柏倉に命じられるまま、清川江号の居場所を追いかけるだけで日が暮れていく。

「梶、オシントも決してバカにはできんぞ。新聞のベタ記事やネットの書き込みなら誰だってアクセスできる。けどな、その行間を読み込んで丹念に分析するのはまた別の話や。ひょっとしたらヒューミントに匹敵するインテリジェンスに変身させられるかもしれん」

黙って頷くと、柏倉がマッコリを注いでくれた。

「知っとるか、こんな話がある。イスラエルに名うてのインテリジェンス・オフィサーがおった。この男は、宿敵シリアの政権内部にとびっきりの情報源を抱えとった。そのヒューミントは、海千山千の諜報当局の首脳陣も度肝を抜かすほどのもんやったんや。ところが、その未来予測があまりにぴたりと的中しすぎる。もしやシリア側に取り込まれとるんやないか、そう疑った防諜当局が自宅に踏み込んでみた。すると、なんと札束が山ほど出てきて、男は逮捕された」

「やっぱり、二重スパイだったんですか」

「いや、この男はもともとオシント、つまり公開情報の分析官やったんや。ところが、オシントじゃ、いくらいい報告を上にあげても、誰ひとり見向きもせん。そこで現地工作員の管理官に配置換えを申し出た。そして政権中枢に幻の情報源をでっちあげたんや。『アサド政権の幹部によれば』とクレジットをつけて、オシントから自分で予測した内容をヒューミントであるかのように報告した。この情報源の予測は百発百中や。たちまち脚光を浴びるようになった。男は『シリアの情報源はカネ目当てだ』と説明してあったから、上層部は惜しげもなくカネをつぎ込んだ。ところが、ほんまは、カネを渡す相手など、どこにもおらん。ただ、こいつは清廉な奴で、自分の懐にはビタ一文入れず、カネはそっくり残してあった」

「へぇ、それって本当の話なんですか」

「せや、嘘のようなほんまの話や」

「そこまでいけば、オシントだって立派なものですね」

「近未来をぴたりと言い当てられるなら、オシントだろうがヒューミントだろうが構わん。やがて起きるに違いない出来事を精緻（せいち）に見通す。そんな力を秘めた情報がほんまのインテリジェンスや。お前も、いま見えとるものにじっと眼を凝らして何か見つけ出してみぃ」

そう言い終わらないうちから、柏倉は脂ぎったツラミをほおばり、周囲のテーブルにその筋の連中がいないか、さりげなく目を配っていた。

マッコリを飲みすぎたのか、壮太は思わずうたた寝をしてしまった。はっとして顔をあげると、柏倉は穏やかな顔で眞露のコップを傾けていた。

*

彷徨(さまよ)える清川江号。なお沖合で不可解な動きを繰り返すこと十日、ついにキューバのマリエル軍港に着岸した。六月二十日のことだ。ひっそりとした埠頭で二日間を過ごし、錨(いかり)をあげてキューバ本島の東、プエルト・パードレ港に入っていった。そこから再びパナマ運河を目指し、帰国の途に就いたのだった。

関西ではようやく梅雨が明けて、真夏の太陽が法務総合庁舎に照りつけている。壮太が北の不審船を追い始めて、もう四十日が過ぎていた。

七月十一日、パナマ沖に姿を見せた清川江号の挙動がいよいよ怪しくなった。パナマ運河の大西洋側の入口、クリストバル港にさしかかったのだが、そこでぱったりと動きを止めてしまった。なぜ、パナマ運河に入っていかないのか。何か異変が起きたのかもしれない——壮太の目は「シーサーチャー」に釘付けになった。

「北朝鮮の不審船が拿捕された模様だ」

東京・霞が関から一報が飛び込んできた。発信元は公安調査庁本庁の調査第二部第二課だ。ここは外国の情報機関と極秘情報をやり取りする窓口だ。担当官はリエゾン・オフィサーと呼ばれ、協力諜報を意味する「コリント」の最前線を担っている。

異変があれば一報を、という柏倉の根回しがきいたのだろう。

壮太より三年先輩の高橋悠介(たかはしゆうすけ)が、連絡メモを鷲摑みにして柏倉のもとに駆け寄っていった。

「首席、パナマ当局が清川江号を捕捉しました。アメリカ経由で本庁に緊急報が入電しました」

「いつや？　積み荷は何や？　捕まった場所は？」

長身の高橋は背中をかがめて、黄色いマーカーが付された英語の通報文を指さした。

柏倉は常に似合わず声をあげた。

「なんや、戦闘機とミサイルか！」

「はい、パナマ当局がクリストバル港の沖合に停泊する船に踏み込んだところ、黒砂糖が詰まった二十五万個の袋の下から、コンテナに入った二機のミグ21戦闘機、それに地対空ミサイルの関連部品が見つかったということです。現地時間の七月十五日の日中と書かれています」

呆けた顔でフリーズしている壮太に柏倉が声をかけた。

「お前んとこの年増女は、またえらいことをやらかしたな」

「麻薬だとばかり思っていましたが、まさか戦闘機とミサイルですか」

高橋は、本庁から入ってくる続報を柏倉チームの面々に刻々と伝えた。身長百八十一センチ、ウェリントン形のメガネをかけ、グレンチェックのスーツを着た調査官は、柏倉チームの若手有望格だ。簡潔にして要点をついた報告で、現地の捜索の模様が次第に明らかになっていった。

「パナマのマトリ、麻薬捜査当局が清川江号に踏み込むと、三十六人の乗組員は揃って金属パイプを手に激しく抵抗したようです。彼らの反抗は執拗をきわめ、この騒動の合間に船長はナイフで自らの喉を掻き切って自殺を図りました」

北の友好国、キューバの港から、戦闘機やミサイル機器を密かに運び出す。この大胆不敵な作戦は、国際社会を驚かせるに十分だった。二〇〇六年以来、国連の安全保障理事会は、累次にわたって北朝鮮に制裁決議を科し、核関連物質、生物化学兵器、ミサイルなどの移送を禁じてきた。国連加盟国が揃って北朝鮮の貨物船の動きに監視の眼を注いでいるなか、白昼堂々と戦闘機とミサイルの輸送作戦が敢行されたのである。

＊

パナマの事件が伝えられた翌日の朝だった。

「俺はちょっと出かけてくる。帰りは夕方になる。緊急の案件があれば、携帯にショートメールをくれ」

柏倉はそう言い残し、上着を摑んで法務総合庁舎を後にしていった。首席調査官が自ら外に足を運んで調査することは滅多にない。壮太は高橋にこっそり尋ねてみた。

「あのぅ、首席はどこへ行かれたんでしょう」

「お客さんに会いにいったんだろ」

公安調査官は、仲間内で情報源を「お客さん」と呼ぶ。

「きっと、大阪のアメリカ総領事館の担当官か、神戸のその筋に情報をあてにいったんやと思うよ」

「その筋って？」

「壮太、お前、俺をからかってんのか。鯉川筋やら京町筋のはずないやろ。その筋と言えばその筋や」

プロの縄張りに不用意に踏み込んではいけないらしい。情報源は調査官にとって地雷原なのだと自分に言い聞かせ、壮太は口をつぐんだ。柏倉のカウンターパートも情報を生業にする者たちなのだろう。

昨夜の緊急会議で、柏倉は「裏をとる必要があるが」と前置きして、自らの見立てを明かしていた。

「パナマ当局の摘発はアメリカさんの要請で行われたはずや。キューバでひと仕事済ませて北朝鮮に引きあげようとしていた密輸船がパナマ沖にさしかかったところで踏み込ませた。とはいえ、アメリカもこの船が初めから戦闘機やミサイル部品を積んでると睨んでいたわけやない。麻薬捜査官を差し向けたことからして、ブツは麻薬と踏んでたんやろ」

壮太はおそるおそる尋ねてみた。

「あのぅ、アメリカは軍事・情報衛星で、貨物船がカリブ海に入った時から監視を強めてたんじゃないでしょうか。それでも積み荷は戦闘機だって分からないものですか」

「そう簡単やない。コンテナに入れてしまえば、麻薬なんか戦闘機なんか、外からは判別できんはずや。キューバは、革命からこのかた、常にアメリカの偵察機や軍事衛星に監視されてきた国や。北と示し合わせれば偽装なんぞお手のもんや」

どんよりとした空の下、気温は三十度を超えている。午後四時前、柏倉は汗でよれよれになった上着を手に戻ってきた。

「高橋、梶、いつもの喫茶店に集合や。三十分後や、ええな」

法務総合庁舎を出て、北長狭通を東へ五分ほど歩いたところに「カフェ ハル」はある。三人はそれぞれに周辺のビルに入ったり出たりする。彼ら独特の「ルーティーン」のため、到着まで数分よけいにかかってしまう。

「カフェ ハル」は古民家を改造したレトロな店だ。ネルドリップの珈琲が美味しい。一階のL字カウンターはわずか六席。その後ろを蟹歩きで通り抜け、狭い階段をあがっていく。二階は屋根裏部屋のような空間になっている。壁際のカウンターには地球儀や本、椅子の上にも雑誌が無造作に積んである。

奥まった窓際にちょうど三人が座れる席があり、ＪＲ神戸線の高架が見える。腰窓の外には植木鉢が並べられ、外からの視線を絶妙に遮っている。壮太が手前の椅子に座ると、続いて高橋が現れ、やや遅れて柏倉が一人掛けの黒いソファにどんと腰をおろした。

「今月のおすすめをふたつと、カフェラテひとつ」

幸い、他に客はいない。しばらくすると、店主が小さな丸テーブルにコーヒーカップを置き、階段をおりていった。柏倉が黙って茶封筒を差し出す。高橋が封を切り、数枚の写真を取り出した。その手が微かに震えている。清川江号の摘発現場を撮ったLL判のプリントだった。

「秘」の押印があっていいはずの証拠写真。しかし、機密の指定はどこにも見当たらない。本来なら庁舎の個室で開示されるべき重要資料のはずだ。だが役所で広げてしまえば、柏倉は入手先を上に報告しなければならなくなる。

「お客さん」から「柏倉限り」と条件付きで渡されたのだろう。若手ふたりは黙って顔を見合わせた。柏倉はコーヒーに砂糖を二つ入れてかき混ぜた。

「清川江号はマリエル港でコンテナ二十五個を積み込んだ。それからプエルト・パードレ港に寄り、偽装用に大量の黒砂糖を載せてコンテナを覆い隠したんや。この写真を見てみい。砂糖の重さに耐えかねてコンテナの天井が見事につぶれとる」

壮太は思わずつぶやいた。

「ずいぶんとオンボロですね、この戦闘機。こっちのエンジンもガラクタ同然に見えます」

柏倉も苦笑してうなずいた。

「冷戦のさなかに活躍した旧ソ連製のミグ戦闘機やろ。五十年以上前の、アンティークとも言ってええ代物や。ハバナの革命博物館に陳列してあってもおかしくない」

高橋は外電が報じたハバナ発のニュースを伝えた。

「キューバ政府はすぐに声明を出して『兵器は北朝鮮に修理に出したものであり、修理が終わればキューバに戻される』と釈明しました。キューバは武器の密輸に加担などしていないと言っています」

「苦しい釈明やけど、案外、キューバの言い分はほんまかもしれんな。北朝鮮は中東諸国へ新鋭のミサイルを売って外貨を稼ぐ、れっきとした武器輸出国や。それにキューバより、よほどましなミグ戦闘機を持っとる。こんな危険を冒してオンボロを貰い受ける理由はない」

壮太は素朴な疑問を口にした。

「砂糖はただのカモフラージュですか」

「いや、北は兵器の修理を請け負って、代金を砂糖で受け取ったのかもしれん。中古の兵器を修理したいキューバと、砂糖を買う金にも事欠く北朝鮮。奴らの思惑が一致したんやないか」

＊

パナマ当局の捜索で、清川江号の船長室と通信室からドキュメントが押収されたらしい――。この貨物船が北朝鮮本国と交わした通信録、実際の積み荷の記録、それに大事な積み荷をどう偽装するか指示した書類も見つかった。この情報は少し遅れて日本政府にも伝えられたという。

柏倉頼之は、かつて同じ事案を追いかけたことがある本庁の調査第二部第二課の村山邦彦課長に電話で尋ねてみた。「自分には情報開示の権限がないのだが――」といいながら、村山は押収されたドキュメントについてワシントンから内報があったことをそれとなく漏らしてくれた。村山はワシントンの在勤が長く、米国の情報関係者の信頼も厚い。米国からの来客には休暇を取って鎌倉に案内するほど義理堅い。いまも個人的な人脈を大切にしている。

柏倉は高橋と壮太を呼んだ。

「パナマ当局が船の臨検でどえらい書類を手に入れたことはウラが取れた。これを丁寧にたぐっていけば、北の連中がどんな秘密オペレーションを手がけているか、その内情を探ることができる。これ以上はない貴重な手がかりや。つまり、お宝は中古戦闘機やない。こっちが真のインテリジェンスや。けどな、アメリカさんや国連安保理のやつらが、現物のコピーを日本側に易々と渡すはずがない。よしんば本庁に送られてきたとしても、秘密保持がかかって、俺らのような末端の出先なんぞにおりてこうへん」

ふたりの若い調査官を前に、柏倉は情報世界の冷徹な掟を諄々と話して聞かせた。いつになく柔らかな口調だった。

「ええか、諜報機関の中枢は、組織の末端に貴重な情報を流そうとはせえへん。一級のインテリジェンスこそ偉いさんの命や。権威そのもんや。漏洩の危険を冒してまで、下々に大事な情報を流すお人好しなど、この世界にはおらん」

壮太はそういうものなのかと聞いていたが、高橋は不服そうに顔をこわばらせた。

「たしかに僕らは組織の最末端の、とるに足らないアシかもしれません。でも、僕らに情報を流せば、それが端緒になって新たな事実が明らかになる可能性だってあるじゃないですか」

「せやからこそ」と柏倉は身を乗り出した。

「俺たちの勝負は、価値ある自前のインテリジェンスをどれだけ持っとるかなんや。それなりの情報を握っとれば、敵も渋々応じてきよる。アメリカかて、北のヒューミント欲しさに、材料を小出しにしてくる。本庁かて神戸に情報を流さなんだら、北の海上ネットワークを割り出されへん、そう思たらネタを明かしてきよるはずや」

こってりした関西弁は、柏倉の闘志が沸きたっている証左だった。ふだんはデスクに足を投げ出し、『坂口安吾評論全集5　人物観戦篇』を顔にのせて昼寝ばかりしている無頼派も、本庁がパナマの一件で情報を出し渋るとみるや、にわかにやる気をみせた。海霧の町から帰ってきた男は矢継ぎ早に指示を飛ばし始めた。

「よし、神戸の港に張り巡らされとる北の海運ネットワークをもういっぺん洗い直してみようやないか」

「あのぅ」

「なんや、梶、言いたいことは言え。そんなんでは喫茶店に女ひとり誘われんやろ」

「たしか二〇〇六年から日本政府は北朝鮮船舶の日本への入港を一切禁止しているはずです。国連安保理の制裁決議を受けて――」

「せやから、徹底して洗い直せと言うとるんや。北の奴らには船籍を変えるくらい朝飯前や。あれから北の国旗を掲げた船は一隻も入って来とらんが、モンゴルの船ならどえらく増えとる。モンゴルいう国はなあ、北にとって特別な存在なんや。首都の平壌では、中国、ロシア、モンゴルだけが超一等地に立派な大使館を構えとる。ええか、海もないモンゴルが立派な海運国になったのは特別なからくりがあるからや」

「はぁ」

「北の貨物船は『朝青龍号』と名前を変えて、神戸の埠頭に出入りしとるかもしれん。北と繋がりのありそうな船舶ブローカー、船舶代理店、食料や雑貨を納めるシップチャンドラー、それに船の修理屋も徹底して調べてみい」

いまだ情報源を持たない壮太には過去の調査資料の洗い直しが命じられた。

「北の黒い事件簿をひっくり返して、何か糸口を摑め、分かったか」

＊

壮太は、来る日も来る日も書類庫に籠って膨大な文書と格闘し続けた。過去の調査報告を抜き出し、時系列に並べ替え、北の手口の概要をメモにしてみた。これじゃ「悪の百貨店」じゃないか――。北朝鮮貨物船団が各地の港で繰り広げた無法ぶりに啞然としてしまった。北の影は国際港ＫＯＢＥにも伸びていた。

阪神間を襲ったあの大地震は、幼稚園児だった壮太の身体に強烈な記憶となっていまも棲みついている。だが、おなじ年に東京で起きた地下鉄サリン事件は記憶のかけらもない。

　このおぞましい事件があった翌一九九六年、猛毒サリンの原料となるフッ素化合物が、あろうことか、ここ神戸港から北朝鮮に不正輸出されていたと知り、壮太は愕然とした。震災に見舞われた直後の神戸港なら監視も緩んでいると見て狙われたのだ。北朝鮮船はこの年の一月、「託送品」の名目で、フッ化ナトリウム五十キログラムをまず大阪港で積み込み、ついで二月には神戸港に入ってフッ化水素酸五十キログラムを積載している。

　日本政府は、この時、食糧難に苦しむ北朝鮮を助ける人道支援を名目にコメを運ぶ北の貨物船の寄港を許していた。ところが、北は日本側の善意を逆手にとり、化学兵器の原料となるサリンの不正輸出を目論んでいた。

　このとき、外為法違反で摘発されたのは、密輸の手配をした長田区にある貿易会社だった。そして、これらの貨物船を所有していたのは、北の「朝鮮東海海運会社」と判明した。結局、日本政府がこの船会社を制裁の対象にするまで十年の歳月がかかっている。壮太が検索したデータベースによれば、この間、「朝鮮東海海運会社」は所有する船舶を次々に別の会社の名義に切り替えていた。禁制品の密輸に関わって汚れた手をきれいに洗い流し、船体も真っ白に塗り替えてしまったのである。

そして二〇〇九年、国連安保理がようやくこの会社を制裁の対象とした時には、ほぼすべての船は、「オーシャン・マリタイム・マネジメント（OMM）」へ移籍を終えていた。国連安保理は、もはやモヌケの殻となった船会社を懲らしめたにすぎない。

かくして、平壌に本社を構えるOMMが常時、十四、五隻の貨物船を抱えることになった。訳ありの仕事はここに持ち込めば受けてくれる――各国の船舶ブローカーの間では、そう囁かれていた。

世界中の海運当局から厳しい監視の眼が注がれるようになるにつれて、OMMも鵺のように変身を遂げていく。ペーパーカンパニーをつくって配下の貨物船を一隻ごとに所有させていった。いわゆる「シングル・シップ・カンパニー」である。こうしておけば、一つの船が外国当局の手入れを受けても、実際のオーナーであるOMMには追及の手が及ばない。

見事なトカゲの尻尾切りだ、と壮太は舌を巻いた。

OMMは本社を平壌に、支店を大連、香港、深圳、ウラジオストク、バンコク、シンガポールなどに置いている。この会社の規模でこれほどの海外ネットワークを備えることなどかなわないはずだ。

　壮太は調べあげた資料を取りまとめて柏倉に報告した。

「ＯＭＭの背後には、朝鮮労働党39号室がいるようです。各国の情報機関もそう認めています。首席はご存じだと思いますが、39号室は、外貨獲得のため麻薬や偽造たばこの密売、通貨の偽造などを指揮しています。最高指導部の直轄部門で、マカオの黒い銀行『バンコ・デルタ・アジア』に口座を持ってマネーロンダリングもしています。このＯＭＭこそ39号室の対外工作を請け負う現場の実働部隊です。会社の名前も『イースト・シー・シッピング』など複数を使い分け、国際社会の制裁を巧みにかいくぐっています」

「もしかしたら――」と高橋が言った。

「清川江号のオーナー、清川江シッピング社もＯＭＭのフロントという可能性はないでしょうか。武器の密輸なんて、党の中枢に繋がっていなければやれるはずないですから」

　柏倉の眼に閃光(せんこう)が走りぬけた。

「ＯＭＭを起点とする北のネットワークがどう拡がっているんか。その実態を摑むには、清川江号から出たドキュメントの中身をもっと掘りだす必要があるな」

＊

柏倉は勤務時間中に黙って姿をくらますことが多くなった。

壮太が一階の自販機でコーヒー牛乳を買っていると、正面玄関を出ていく首席の後ろ姿が見えた。通りを挟んで三つ先のビルには入らない。別の白い七階建てビルに足早に消え、入念に尾行を絶った。よほど大切な「お客さん」に会いにいくのだろう。

柏倉は決まって二時間ほどで自席に戻ってくる。誰と会ってきたのか、上に報告している節も窺えない。だが、出かけた日には決まって高橋と壮太に招集がかかる。そして降ってくる指示は、一つのベクトルをぴたりと示していた。

清川江号のドキュメントに全てのカギが隠されている。その中身さえ分かれば北の手の内を暴くことができる。厚いベールで覆われた扉をこじ開けてみせる――そんな覚悟が、首席の檄となってふたりの部下に飛んできた。

「清川江号に積み荷の指令を出していたのは平壌やない。ロシアのウラジオストクや」

意外な情報に高橋と壮太は顔を見合わせた。

「発信元はオーシャン・ロシアという船舶運航会社や。ハンドルネームは『OCRU』。ウラジオストクからメールで船長に貨物をいかに巧みに隠すか、細かく指示した黒幕や。この会社について細大漏らさず調べあげてくれ。有料のサイトに入り込んでもええで、梶」

「はい」と返事はしてみたが、いったい柏倉はどうやってこんなネタを仕入れてくるのか。壮太にはまったく見当がつかない。

「自殺しそこねた船長は李と名乗っとった。パナマ当局の追及に音をあげて、『ウラジオストクのMr. Han Yong Kyuにじかに聞いてくれ』と泣きついて、電話とFAX番号を書き付けた紙を差し出したらしい。自分はハンの指示に従っただけで、荷物が何なのかは知らなかったと言い張っとるようや」

「お客さん」がドキュメントの中身を漏らしている。果たして柏倉はその見返りに何を渡しているのだろう——。そのとき、壮太の脳裏にふたつの情景が点滅した。

配属後、札幌の同期とLINEで近況を伝えあった時だ。

「お前のところのボスって、結構やばいらしいよ。根室のナカオっていやぁ、ちょっとしたもんだったって。ウラジオストクでエージェントを操っていたり、とびきりのネタ元を握っていたりって話だぜ。お前、気をつけろよ」

そして「牛若丸」での出来事だ。女店主が「シベリア地方いう管内でしたっけ、お勤め先は」と話しかけ、柏倉が大真面目で応じた後だった。マッコリをなみなみとついでくれ、上機嫌でウラジオストクの食堂「イシミツ」の話を始めた。

「なあ、梶。あの港町には、えらく気っぷのいいオバハンがおってな。ロシア語で『気持ちのいい日本のおばんざい』という看板を掲げて商売をしとった。姿かたち、度胸、地頭の良さ、三拍子揃った傑物やった」

ポークソテーと酢キャベツ、白いご飯、それに味噌汁というメニューが人気で、高麗(コリョ)航空の定期便がウラジオストクに着くたび、大勢の北朝鮮ビジネスマンが押しかけたという。

もしかしたら「根室のナカオ」はハンの正体に迫る情報を握っているのかもしれない。この日本食堂にハンが出入りしていたのでは――。「ウラジオストクのハン」と「押収ドキュメント」。これらの貴重な情報は等価で交換されている。大学の漫画研では、「物語の行間を読ませたら梶だ」と言われたものだ。この読みも案外イケてるかも――と壮太は思い、心のうちでほくそ笑んだ。

高橋も柏倉の情報源が気になって仕方がないらしい。

「首席のお客さんは、民間のビジネスマン、それも神戸に在勤するパナマの船舶関係者やと思うな」

「なんで民間人だって分かるんですか。パナマなら京町筋に神戸総領事館も構えていますよ」

総領事館なら表の顔でコンタクトするはずだ。「お客さん」は「もうひとりのパナマ総領事」といわれ、海外の船主に様々な税制上の優遇措置を提供し、便宜置籍船を扱うビジネスマンではないか。これが高橋の読みだった。

「研修所で外部講師も言ってたやろ。インテリジェンスとは、国家が生き残るための選り抜かれた情報だ——って。どんなに小さな国も、国家が生き抜くにはインテリジェンス機関は欠かせない。そうはいっても、パナマのような小国には、情報機関を維持・運営していく潤沢なカネはない。そこで民間の力を貸りて、インテリジェンス活動を彼らに委託する、そういうケースやないかと思うよ」

われわれには上司の情報源を確かめる術などない。この世界の掟でネタ元に踏み込んではいけないらしい。だが、自分の基礎調査が世界の耳目を集める事件に通じていると思うと、壮太の全身に微弱な電流が走り抜けた。

柏倉がひっかけてくる「パナマ情報」。その断片を繋ぎ合わせていくと、今回の事件の構図が次第に姿をあらわしてきた。清川江号にクルーを送り込み、目的地へ向かわせたのは平壌。積み荷の隠蔽工作を指揮したのはウラジオストク。パナマ運河の通航料を支払ったのはシンガポール。各地の港に巧妙に張り巡らされた蜘蛛(くも)の巣の真ん中に鎮座するのがＯＭＭだ。

＊

柏倉がこの十年で預かった新人のうち、覇気に欠けることでは梶壮太に並ぶ者はいない。

「あいつはモノにならんやろ」

十人の上司のうち九人までがそう言うはずだ。たしかに反応も鈍く、答えももぞもぞと要領を得ない。高校時代を加古川で過ごしながら、柏倉の関西弁さえ満足に分からず、「えっ？」としばしば聞き返してくる。

来年には舞鶴にでも出すか。いや、松江がいい。祖母が古美術商を営んでいると聞いた。あの長閑(のどか)な町なら、奴にぴったりな、おっとりした嫁も見つかるだろう。

とはいえ、壮太にもたったひとつ見るべきものがあった。資料の検索をやらせればじつに粘り強い。決してあきらめない。今度の件では奴の資質が遺憾なく発揮された。北が張り巡らす蜘蛛の巣の結節点に「サライ・ホンコン」という船会社がいる。そうあたりをつけたのも壮太だった。

その朝は、珍しくしゃきっと背筋を伸ばした壮太が資料を抱えて柏倉のもとにやってきた。

「首席、あのぅ、これをちょっと見てください」

「なんや、梶。松江からの見合い写真か」

「いえ、北が利用している旗国のリストです。それと、これらの国旗を掲げて船を動かしている会社が香港にあります。サライ・ホンコンです。この船会社がここ五年で運航した記録を見つけました」

北朝鮮は国連による経済制裁から逃れようと、所有船の国籍をカメレオンのように変えてきた。どの国を便宜置籍船の旗国として利用しているのか。超がつく脱力系の新人は、得体のしれない持続力で「ランキング・リスト」なるものをこしらえてきた。モンゴル、カンボジア、タンザニア、エクアドル、グルジア——。

資料に目を落としながら、柏倉は険しい口調で言った。

「ええか、世界の商船の半ば以上が便宜置籍船なんやぞ。税金は安いし、船の安全規制も緩い。えらい安い賃金で外国人船員も雇える。経済原則を考えたら当たり前や。ハンチング帽をかぶっとる奴が詐欺師とは決めつけられへんやろ」

「はぁ。でも、パターンが似てるんです」

「同じハンチングで同じ道を行き来しても怪しいとは限らんやろ。ただの偶然かもしれん」

「あのぅ、それが、そうでもなくて――」とひよっこ調査官が微笑んだ。

「清川江号がパナマ運河を通過する際、通航料を支払ったのはシンガポールの会社でした。香港のサライが実質的に所有するエクアドル船籍の貨物船が、先々月、スエズ運河を通過したんですが、その時、通航料を支払ったのも、このシンガポールの会社です」

「なんで、それをはじめに言わんのや」

複数の船舶データをクロス検索していて見つけたという。偶然だったのかもしれないが、運も実力のうちだ。北との接点を探りだしたことには変わりない。

「ということは、お前がひっかけてきた香港のサライもOMMのダミー会社か。北の39号室の息がかかっているということやな」

「かもしれないと思って、もう少し調べたんですけど――。このエクアドル船籍の船は、神戸と大阪の港に去年、二度入港しています。そのとき、この船のために入港料を支払い、食料などの調達を請け負うシップチャンドラーを手配したのが、明石町筋にある『エバーディール』という会社です」

とは言っても、この会社には取り立てて怪しいところは見当たらないと壮太は報告した。

「あの、ただひとつだけ気になることがあって——」

「なんや、はよう言うてみい」

エバーディールは、エクアドル船籍の貨物船の荷を引き受けていた。保税倉庫に預けて、通関業務を請け負っていたのだ。税関の記録によれば、積み荷は「松茸」三百箱。「原産地：中華人民共和国吉林省延辺朝鮮族自治州」と記載されていた。

柏倉は松江に放り出そうとしていたひよっこに思わず口走ってしまった。

「おい、梶。現場の調査に出てみるか」

そして、次の瞬間、しまったと言わんばかりの不安げな顔になった。

こうしてエバーディールという名の会社が壮太の人生航路にさざ波をたて始めた。

*

自分の実力では川上に遡ることなど到底かなわない。中朝国境に拡がる延辺朝鮮族自治州に遡及し、北が東アジアに張り巡らす闇のネットワークを洗い出すことなど望めないだろう。ならば、せめて川下に下って、北との接点を探るヒントのひとかけらでも摑めればいい。そう考えた壮太は、神戸の青果市場への潜入を試みた。柏倉に許可を求めると、壮太の調査などまったく期待していなかったのだろう。

「そうか、やってみい」

ぶっきらぼうな答えが返ってきた。

九月半ば、壮太は仲卸の作業員となり、初めて調査の一線に出た。税関職員の知人に紹介してもらい、神戸市中央卸売市場で輸入の青果物を専ら扱う会社に潜り込んだ。

「まずは仕事の流れを覚えてもらわんとな。現場をひとわたり回ってみい」

こうして一週間後には、目指す中国産野菜を扱う部門にたどり着いた。貨物船から荷物が降ろされて保税倉庫に収められ、通関業務を終えて、仲卸業者に渡るまでの過程をひと通り呑み込めた。「中華人民共和国吉林省延辺朝鮮族自治州」と刻印された松茸の箱を収めた貯蔵庫を探し当てたのは九日目だった。

輸入松茸のなかでも上ものを捌いているのは、大阪の仲卸業者だった。壮太は配送伝票から「まると青果(株)」の名前を割り出した。だが、この業者への伝手はどうにも見つからない。大学の漫画研時代に仲間と使ったバイト探しのタウンワークを丹念にチェックしたが、「まると青果」の求人広告は見つからない。思いきって直接電話してみることにした。

「あのぅ、配送関係のアルバイトをさせてもらえませんか」

応対にでた事務員は、面倒くさそうに条件を持ち出してきた。

「配送係の口はあるんやけどな、出荷と配達だけじゃ困んねん。包装もやってもらわんと」

「卒業後は、実家の青果店を継ぐことになっていますので、勉強のために何でもやらせてもらいます」

こうして面接の約束を取り付け、まると青果の配送係兼包装係に無事収まった。時給は千三百八十円と良かったが、臨時雇いにしては履歴書に詳しい記述を求められた。あらかじめ役所の担当者から指示されていた住所、氏名、電話を書き込んだ。

報酬は格別で、作業もきつくない。そのうえ、現場の指導員が気のいい男で、時折、昼飯にも連れて行ってくれた。ところが、美味しい話には裏があった。この仲卸は怪しげな商売に手を染めていた。丹波篠山産の松茸に姿かたちがそっくりな吉林省産の松茸を選り抜いて、高級な木箱に四分の一ほど混ぜ、京都の高級料亭に出荷していたのである。

松茸の価値は、産地と笠の開き加減で決まる。「つぼみ」「中開き」「開き」と三段階がある。このうち、いちばんの高値がつくのは「つぼみ」だ。食べるとシャキッと独特の歯ごたえがして、次の瞬間、得も言われぬ香気が鼻腔にまで広がる。丹波篠山産となれば、二百グラム入りで二万五千八百円もの値が付く。それらの特上品にそっと吉林省産を紛れ込ませる。原産地を偽装する「悪徳ブレンド商法」だった。

不安になった壮太は、尾行がついていないか、背後に気を配りながら、法務総合庁舎に出向いて柏倉に相談を持ちかけてみた。

「そりゃ、不正競争防止法に明らかに違反しとるな。その幇助、もしかすると主犯や。しかも報酬までもろとるからな。まあ、手が後ろに回るやろな。けどな、梶。そんなカラクリに一切気づいていなければ、お前は善意の第三者や。ええか、お前はボケっと現場監督に言われたまま包装の作業をしとる、それでいけ」

相談する相手を間違ったのではないだろうか。根室で密漁品の仲買人として、北方海域で獲れた危ない魚を捌いてきたらしい柏倉の言葉を聞いて、壮太はいっそう不安になってしまった。

まると青果の倉庫は、大阪中央卸売市場の西側、安治川に面した一帯にある。白いパーティションで仕切られた一角で、壮太は松茸の梱包を任されている。指導役の正社員の男がすべてを取り仕切り、ビニール手袋をしたバイトの若者がもう二人黙って手を動かしている。

大学生らしいバイトのひとりは、吉林省産の松茸に丹波篠山の土を付着させる作業にあたっている。七味唐辛子の容器を使ってまずざっと土を振りかける。ついで根元近くには少し多めに土を付けている。

「これは丹波篠山のアカマツ林からとってきた、ほんまもんの土なんや。近頃じゃ、DNA検査までされることがあるからな」

指導員の言葉に、善意の第三者たる壮太は、一切頷いたりしない。国産の松茸は軽く土を落とした状態で出荷されるが、吉林省産の松茸は土を洗い流した状態で輸入される。防疫関係の法律で外国の土がついた植物をそのまま輸入することはできないからだ。そこで、ほんまもんの土を付着させるというわけだ。

もうひとりのアルバイト、色白の茶髪は、杉の箱にサワラの葉を敷き詰めている。

「葉っぱに殺菌効果がある言うけど、ほんまはな、高級感を醸し出すためのもんや。見た目がええやろ」

指導員はそう呟いたが、壮太は見ざる、聞かざる、言わざるに徹している。

杉の香が匂い立つ木箱に松茸をおさめていく。それが壮太の仕事だった。丹波篠山産の三に対して吉林省産を一の割合で混ぜて、体裁を整える。高級セロファン紙で丁寧にくるんで、出荷用の段ボールに入れていく。生来の真面目な性格に加えて、手先が器用なことから、たちまち指導員に気に入られてしまった。

「おまえ、愛想はないけど、よう働くな。どや、本採用に応募する気はないか。彼女にええもん喰わせたるくらいの実入りはあるで。考えてみいひんか」

監督役の男は、どうやら本気でリクルートを持ちかけているらしい。

「心配すな。俺らがしとることなんかはなあ、中国の連中がやっとることに比べたら、可愛いもんやで。中国人言うてもな、吉林省延吉市場の仲買人はみな朝鮮族や。国境を越えて北朝鮮の咸鏡北道（ハムギョンブクト）に行って、松茸を二束三文で買いつけてきよる。それを持ち帰って、『中国産』と書いた証明書類をつけて日本へ輸出しよるんや。ご丁寧に『北朝鮮産は混入させない』と書いた誓約書まで付けてな」

そんな危うい話は聞いていないことにしたほうがいい。そうは分かっているのだが、あまりに面白い話で、壮太はつい手を止めてしまった。研修所で習ったヒューミントの真髄とはこういうことなのだろう。現場調査の面白さにハマりそうだ。

「じゃあ、この松茸も吉林省産じゃなくて、北朝鮮産なんですか」

茶髪のバイトが屈託のない顔で聞いた。

「そんなんはこの世界の常識以前や」

男は小鼻を膨らませて言い放った。

「プロが見ればわかる。ほんまの吉林省産はもうちょい笠が大きい。北朝鮮のは小ぶりや。それに吉林省の松茸は九月も二十日過ぎたら出荷は終わる。今時分、入ってくるんは、ぜんぶ北朝鮮産や。多い時には一日に七トンも入ってきよる。そのおかげで、おまえらも割のいい仕事にありついたんやろ」

松茸は二重に偽装されている。はたしてエバーディールは、松茸が北朝鮮産であることを承知で通関業務を代行していたのだろうか。それとも柏倉のいう「善意の第三者」なのか。そのあたりのことを詳しく調べなくては——壮太はそう自分を励ましてみた。

翌日、京都・祇園の老舗割烹「上川」に松茸を届けた時のことだった。納品伝票に受け取りのサインをもらい、勝手口を出ようとすると、「待ちや」と声をかけられた。

振り向くと、店の主人が立っていた。いきなり鼻先に二本の松茸を突き付けられた。

「あんた、鼻は利くんか？」

壮太の顔がたちまち強張った。

「どや、こっちは香りがせんやろ。どう見ても丹波の山で獲れたマッタケやない。北朝鮮産や。まるとの社長によう言うとけ。そこいらの料理人の目は誤魔化せても、この上川を甘く見ると、泣きを見るで」

主人は松茸を路地に放ると、戸をぴしゃりと閉めた。

二日後に、「まると青果」に天満署のガサ入れがかけられた。同時に警備・公安筋から、壮太の行為は商品偽装の幇助にあたり、直ちに手を引くよう本庁を通じて厳重に申し渡された。それにしてもなぜ、警備・公安の連中に潜入を知られてしまったのか。いま振り返ってみると、曲者はサワラの葉を敷き詰めていた色白の茶髪男だった。指導員が席を外した隙に、「俺の腕も随分あがったやろ」と言って、作業済みの箱をスマホで撮影していた。一瞬油断した隙に顔写真を撮られてしまった可能性がある。確証はないものの、どうやらここから面が割れたのではないか——。もしかしたら、寮に帰る際にも尾行されていたかもしれない。

だとすれば、この色白の茶髪は、警備・公安が送り込んだ内偵者だったに違いない。

おそらく若手の捜査官だろう。彼らは不正競争防止法違反の商品偽装などには全く興味がない。狙いは、北朝鮮産松茸の密輸ルートに北の協力者の影が落ちているかどうか。その一点に焦点を絞って「まると青果」に潜入していたのだろう。

だが、これといった情報は摑めなかったに違いない。そのうえ、新米の公安調査官があろうことか自分たちのシマに闖入してきたため、食品偽装を取り締まる生活安全課に通報して摘発させることにした。同時に、壮太の偽装を暴いて、横槍を入れてきたハム庁にお灸を据えたのだった。すべては壮太が未熟なゆえに起きた不祥事だった。

柏倉が事後処理に奔走して警備・公安の連中から散々油を搾られた挙句、この件からは一切手を引くことを約束させられたのだった。かくして、壮太の初めての現場調査は、これ以上はない惨憺たる結末で幕を閉じた。部内では「まったく使い物にならん奴」という烙印が捺されてしまった。次の異動で松江か舞鶴に飛ばされることを誰もが疑わなかった。

左遷されるのは一向にかまわない。だが、ライバルである警備・公安警察の手が伸びていることになぜ気づかなかったのか。神経を研ぎ澄まし、耳目をそばだてていれば、必ずや察知できたものを——壮太はその悔しさを打ち払おうと、来る日も来る日も、日の出前に起き出し、月見山を駆け下りて須磨海岸をひたすら走り続けた。

第三章　千三ツ屋永辰

ラグビーボールがきれいな円弧を描いてクロスバーの向こうに広がる梅雨空に吸い込まれていった。神戸製鋼が早くも得点を挙げた。だが、メインスタンドから聞こえてくる拍手はまばらだった。神戸ユニバー記念競技場の中央席は二割ほどしか埋まっていない。ジャパン・ラグビーのトップリーグの開幕までまだ二カ月あまり。プレシーズン・マッチではこの程度の人出なのだろう。

これなら目指す相手もすぐ見つかるはずだ。梶壮太はメインスタンドの一番後ろに立ったまま、閑散とした観客席を見渡していた。中年の夫婦連れは四組だけ。壮太の映像記憶は、広角レンズでラグビー場を一枚の写真に収めるように正確に作動した。

試合はいましがた始まったばかりだ。ひと組、ひと組、丁寧に潰していけば、すぐにあたりをつけられる——。そう思った次の瞬間、歓声が沸き起こった。

赤いジャージの神戸製鋼「コベルコスティーラーズ」が再び鮮やかなトライを決めた。試合がスタートして六分後だった。背番号10が、続くコンバージョンキックも難なくこなし、合わせて七点を追加した。

「あれが名キッカーのイーリや。俺らはニックと呼んどる」

赤いポロシャツを着た中年サポーターが近づいてきて、壮太の全身を頭からつま先まで睨めまわした。

速乾性のTシャツにジョガーパンツ。全身からアウェー感を醸し出していたのだろう。即座にラグビーは超初心者と見抜かれてしまった。だが、観客席ばかり睨んで、肝心のグラウンドを見ていなかったことには気づかれていない。

「この競技場は指定席ちゃうで。ええ席がいくらでも空いとんのに、なんでここに立っとんねん」

「いえ、あの——」と言い訳を探しているうち、肩をぽんと叩かれた。

「よっしゃ、俺が教えたる。よう見とれ。ことしの神戸製鋼は強いで」

赤いポロシャツのご託宣を裏づけるように、神戸製鋼は序盤から猛攻の手を緩めなかった。試合開始の十一分後には、中央スクラムから右へ大きく展開してトライとキックを相次いで決めた。さらには十二メートル付近の中央ラックから、今度は左へ展開し、四人がボールを次々につないで、あっという間に二十一対ゼロと対戦相手のコカ・コーラ「レッドスパークス」を引き離した。

興に乗ったおっちゃんは、ウエストポーチからチラシを取り出し、裏にサインペンで選手の配置を書き込んだ。実況中継風に試合の流れを解説してくれた。神戸製鋼のヘッドコーチになりきってスタジアムの高みに陣取る。十五人の選手たちを自在に操ってみせる。それがおっちゃんの観戦スタイルらしい。自分の采配が当たってくると、無性に蘊蓄（うんちく）を傾けたくなる。そこへ新しい弟子が見つかってご満悦なのだ。

筋金入りの神戸製鋼サポーターなのだが、黒いジャージのコカ・コーラの選手が見事なプレーをみせると惜しみなく拍手を送る。野次など決して飛ばさない。甲子園球場の阪神ファンとはなんという違いだろう。ラグビー・ファンのマナーの良さに壮太は感心してしまった。

「あかん、ペナルティを取られてしもた」

試合が始まって十八分、コカ・コーラはラインアウトから連続してサイド攻撃を仕かけていった。そして黒い弾丸がゴール前の中央ラックから飛び込んでトライを決め、プレースキックも加えて七点を取り返した。

おい、そろそろ仕事に取りかかれ――。もうひとりの自分がそう囁いていた。壮太は観客席に視線を走らせた。

標的の背丈は一メートル七十五センチくらい。六十二歳という年齢を考えればまあ長身の部類だろう。だが座席に腰かけていれば、すぐには見分けられない。学生時代にラグビーで鍛えただけあって、肩幅が広く、腹回りにぜい肉はついていない。いまは民間調査会社に籍を置く元刑事、兵藤史郎がそう教えてくれた。

「いかにも育ちがよさそうな顔しとる。気さくで付き合いやすそうな感じや」

兵藤が手に入れてくれた写真の男は、たしかに人好きのする笑みを浮かべていた。わずかに目尻が下がり気味で、いまにも話しかけてきそうだ。髪には白いものが交じっているが、日焼けした肌といい、真っ白な歯といい、齢（とし）よりずっと若く見える。休日には決まって妻を伴いラグビー観戦に出かけるという。

「多少の雨でも中央席でヨメと一緒に試合を観とる。ファッション雑誌から抜け出てきたような山の手の中年カップルや」

わが調査にハズレなし。兵藤は自信ありげだった。

＊

神戸製鋼のリードで前半が終わった。壮太は階段を下りていき、売店でコーヒー牛乳を買った。連れの友達を探すふりをしながら、観客席を見上げてみた。壮太は調査現場に顔写真を携えてくる必要がない。一度見れば、細部の特徴まですべて記憶に刻むことができるからだ。

白いポロシャツにサックスブルーのジャケットを着た年配の男が視界に入った。赤いマフラータオルを肩にかけている。あの笑顔だ。隣にはボブヘアの女性が座っている。襟元が広くあいたラベンダー色のスキッパーシャツをふわりとまとい、サーモボトルから飲み物を注いで男に手渡している。ついで籐のバスケットからクッキーを取り出し、自分もマグカップを傾けた。どこからみても幸せな夫婦が過ごす休日の光景だ。

ハーフタイムが終わって、両チームの選手が勢いよくグラウンドに戻ってきた。浜風が強くなった。後半戦はコカ・コーラのキックオフで始まった。壮太は目当ての夫妻から四列斜め後ろに陣取る。エリア内は自由席、誰ひとり壮太を気に留める者はいない。

神戸製鋼は早々にコカ・コーラのディフェンスラインを突破し、トライとコンバージョンキックを決めた。その直後から雨が降り出し、点差は四十対十二まで広がった。ルールも満足に知らない壮太だったが、いつしか黒い軍団に味方していた。

「このままじゃ、終わらないだろう」

これから事態がどう展開していくのか。柏倉頼之の千本ノックを受けていた新人の頃は、未知の領域に踏み込んで予測することに躊躇(ためら)いがあった。そんなひよっこ調査官が六年の歳月を重ね、いまでは自ら思い描いた近未来の姿を見届けることに快感すら覚え始めている。

果たして、ペナルティを奪ったコカ・コーラは猛然と反撃に転じていった。ゲームの後半が始まって三十二分、黒の軍団は九点差まで詰め寄った。と同時に雨はいよいよ本降りになり、メインスタンドにも容赦(ようしゃ)なく降りこんできた。

試合終了まであと八分。コカ・コーラは神戸製鋼のスクラムからボールを奪うと、パスを細かくつないでトライに成功、ゴールキックも決めた。しかし、勝負はそれまでだった。二点差のまま神戸製鋼に逃げ切られてしまった。

試合が終わるとすべての観客が双方の選手に惜しみなく拍手を送っている。ノーサイド。なんと爽快なのだろう。ラグビーにすっかり魅せられているうち、一瞬、壮太は標的を見失いかけた。

「梶、何しとるんや」

柏倉の怒声が聞こえた気がして、思わず後ろを振り返った。だが、上司などいるはずもない。遥か最上階にあの「ヘッドコーチ」が傲然と選手を睥睨している。あわてて前方のスタンドに視線を戻すと、標的のカップルはレインポンチョをたたみ、傘を手に階段を下りようとしていた。壮太は傘もささずにあとを追いかけた。

ふたりはCゲートを出ると、総合運動公園駅に向かって歩き出した。市営地下鉄の西神・山手線に乗るのだろう。壮太は八メートルの距離を保って尾行する。ターゲットの足元から目を離すな。そうしておけば、相手が振り向いても目を合わせずに済む。

改札を抜けると、ふたりはホームの中ほどに立った。ラグビー・ファンは試合の模様を語りあいながら、三々五々やってきた電車に乗り込んでいく。壮太は巧みに乗客を盾にしてターゲットの後方に回りこんだ。夫妻は穏やかな横顔でときおり言葉を交わしている。

男の肖像は兵藤情報とぴたりと重なった。傍らに立つ妻はアッシュグレーに髪を染め、色白で鼻筋が通っている。涙袋がふっくらとした優しい目元だ。同じくらいの年齢のはずだが、白髪交じりの母さんとはずいぶんと違うなあ。わが母の姿が脳裏に浮かんだ。

ふたりは三宮駅で下車し、改札口を出ると傘をさして北野方面に歩きだした。尾行には気づいていないはずだ。ふたりの周りに監視要員が配されている気配もない。

山手通の信号を渡り、にしむら珈琲店を過ぎ、ハンター坂をのぼっていく。どこに向かうのだろう。

パールストリートに行きあたると、ふたりはトアロード方向に左折していった。壮太のなかでシグナルが点滅する。この先には、日本で最も古いイスラム寺院がある。あの神戸ムスリムモスクを目指しているのか——。しばらく歩くと、三日月をいただく大小四基の尖塔が見えてきた。モスクに消えるのかもしれない。ならば、同僚のMissロレンスの領域だ。急ぎ彼女に連絡を取らなければ。だが、兵藤情報のどこにもイスラム教との接点など記されていなかった。

モスクの前に歩み寄ると、ふたりは美しいバルコニーを擁する尖塔を見上げて、楽しげに語りあった。そして左右を確かめて通りを横切り、白壁の瀟洒なレストランへと歩いていった。イタリア語で「ビアンキッシマ」と書かれている。夫がすっと扉を開け、妻がきれいな身のこなしで店内に姿を消した。

きょうのオペレーションは、ここで打ちどめにしよう。標的の住まいも、会社もすでに把握している。それにしても、と壮太は考え込んでしまった。これほど幸せそうな夫婦の背後に黒い影がまとわりついている、そんなことがありうるのだろうか。

壮太が駆け出しの調査官だった六年前、北朝鮮の貨物船がキューバから戦闘機を密輸してパナマ当局に摘発された。各国の北オブザーバーを驚かせた「清川江号事件」である。このとき、壮太たちは、神戸港に張り巡らされた北の海運ネットワークを洗い出すよう命じられた。

粘り強さが身上の壮太は、膨大で雑多な公開情報の海に分け入っていくオシントの分野でその強みをいかんなく発揮した。疑惑の線上に船舶代理店エバーディールが浮かび上がってきた。その後、柏倉に「やってみるか」と励まされ、初めて現場の調査に出してもらったのだが、序盤で早くも大失態を演じてしまった。

夥(おびただ)しいデータの検索は器用にこなせた。だが、生身の人間から情報を引き出すヒューミントの技は全くと言っていいほど身についていなかった。真冬の槍ヶ岳を攻略するにあたって、装備も不十分、冬山の経験もないまま、間違ったルートに迷い込み、たちまち滑落してしまったようなものだった。結局、エバーディールには指一本触れることができないまま、撤退を余儀なくされた。あの時の無念の思いは、壮太の身体に沈殿したままいまも消えていない。

この夜、ビアンキッシマに消えたのは、エバーディールのオーナー社長、永山洋介（ながやまようすけ）と妻の祥子（しょうこ）だった。六年の時を経たいま、明石町筋の会社にリターンマッチを挑んでみよう。たとえ空振りに終わってもいいじゃないか。壮太はそう自分に言い聞かせた。

篠つく雨はいつしかあがっていた。美作（みさく）のお好み焼きを食べにいこうか。長田本庄軒のぼっかけ焼きそばにしようか。どちらとも決めかねて、壮太は三宮駅へと引き返していった。

＊

月見山の端にかかる下弦の月が１ＬＤＫの小さな窓に揺れている。山陽電鉄がマンションのすぐ脇を走り抜け、机上のゼブラのＧペンが振動で転がった。これが終電車かもしれない。壮太の前には漫画の下書きが置かれ、四十五センチの定規、ユニＢ鉛筆にＭＯＮＯ消しゴム、丸ペン、それにパイロットのインキが整然と並んでいる。

大学の漫画研では皆、漫画制作のソフトを使っていたが、壮太ひとりが手描きのアナログ派だった。紙の上を滑るペン先の感触、そして何よりもインキの匂いがたまらなかった。

モスクの尖塔をじっと見あげる永山夫妻の穏やかな横顔。その映像記憶を呼び覚まし、まずGペンで洋介の顔の輪郭をくっきりと描いてみる。ついで丸ペンを取りあげて瞳を描き入れ、右顎に小さなホクロを足す。漫画のキャラクターに仕立ててみると、標的がぐんと身近な存在になった。

壮太は羽根箒(はねぼうき)で消しゴムのかすを払い、修正液ミスノンを使ってはみ出した部分を細かく修正する。最後に、ふきだしにセリフを書きこんだ。

一心不乱にペンを走らせているうち、窓の外が白々と明けていった。きょうも雨模様だ。時計を見ると午前五時になっていた。二時間ほど仮眠をとろう。それからシャワーを浴びて出勤すればいい。山陽電鉄の月見山駅から高速神戸駅まで十分余り。法務総合庁舎へは歩いて八分だ。

八階の公安調査事務所に着くと、壮太はリュックにしていたポーターのブリーフケースから、描きあげたばかりの漫画原稿を取り出し、コピー機の電源を入れた。そして二部だけ製本した。仕事の資料なのだが、私用でコピー機を使っていると思われないか、少し気がかりだった。だが、誰も壮太のことなど気に留めてはいない。

傘をさして庁舎を出ると徒歩で元町アーケードに向かった。お気に入りの古書店

「文紀書房」に入って、美術書を手にとりながら尾行の有無をチェックする。念のため、文具の「福芳商店」に立ち寄ってペン先を買い、しばらく歩いた。タワーロードを過ぎて一本目の路地を曲がり、赤い看板の喫茶「ポエム」の扉を押し開けた。

壁際には漫画本がずらりと並んでいる。壮太は奥まった席で兵藤史郎を待つ。約束の時間まであと三十分。周囲に平積みされた漫画本を左右に動かし、顔が差さないよう微妙な死角をこしらえてみた。兵藤の席に腰かけ、店内を見回してみる。カウンターにいる店主のヤマザキを除けば、周りの視線からは完璧に遮断されている。

兵藤は約束の時刻にぴたりと姿を見せた。いつもと変わらずくたびれたジャケットと年季の入った黒革の鞄を抱えている。

「この日曜日にラグビー場に行ってきました。写真のおかげですぐに夫妻を見つけられました。イメージ通りのふたりでした」

壮太が頭をさげると、兵藤は額の汗をぬぐって人懐っこい笑顔をみせた。

「あんたに、このまえもろた王欣太の『蒼天航路』のあの巻なあ、久々に読み返してみたら、おもろかった。なんや曹操(そうそう)が好きになってきたわ」

選球眼の良さを褒められ壮太も微笑んだ。

「もう一度読んでも面白いのは、やっぱり物語の懐が深いからです」

「虐殺なんぞ、へっちゃらな英雄が、料理が得意で、蜂をめっちゃ怖がる。おもろいやないか。部下の才能を見抜いて抜擢(ばってき)する、何と言うてもそこがええな」

「『唯才(ゆいさい)』ってやつでしたっけ。曹操の有名なセリフ」

「曹操がボスやったらなぁ、俺もどうにかなったやろか」

兵藤は鞄から茶封筒を取り出した。

「さてと、このエバーディールなぁ、なかなかの難物やわ」

「そんなに真っ黒なんですか」

兵藤は即座に首を振った。

「逆や。とりたてて怪しいところは見当たらん」

社長の永山洋介は三代目の経営者だ。会社の資本金は三千万円とまずまずの規模だが、その割に従業員は十人足らずと多くない。二〇〇八年のリーマンショックも乗り越え、法人税もきちんと納めている。世間の評判だって悪くないという。

「エバーディール社の定款には、事業項目がずらりと並んでいますが、結局、何で稼いでいるんですか」

兵藤は、よう聞いてくれたと言わんばかりに身を乗り出し、三本指を突き出してみせた。

「千三ッ屋や」

「えっ、センミツヤ？」

壮太は怪訝な表情をした。

「六年も港町神戸で仕事しとって、千三ッ屋も知らんのかい。英語で上品に教えたるわ。シップブローカーや、ブローカー。船主と荷主の間を取り持つ仲立業者、船舶業界のいわば口入れ稼業や」

船会社は、持ち船を港に遊ばせておけば、乗組員の給料や船の維持費がかさんでしまう。一方、荷主は少しでも安い運賃で素早く荷を運んでくれる船主を探している。そんな両者の間を巧みに取り持って仲介料をもらう稼業だという。

「兵藤さん、それがどうして千三ッ屋なんですか」

「船主のためにいい荷物を引っ張ってくれば、ブローカーにはどえらい儲けが転がり込んでくる。市場の動きを読む力と鍛え抜かれた人脈、この二つを頼りに勝負に出て、大きな利益を掴み取る。千に三つしか、お目にかかれないチャンスに賭ける商売や」

壮太は二杯目のミルク珈琲を頼むと、ブリーフケースから薄い冊子を取り出し、照れくさそうに膝の上に置いた。

「なんや、漫画やないか。徹夜でもして描いたんか。寝不足のしょぼしょぼした目しとるわ。どーれ、見せてみい」

兵藤はきれいに中綴じされたコピー本に手を伸ばした。

表紙のタイトルは『永辰一代記』。

「じつは神戸新聞と日本海事新聞を検索して『エバーディール』と、その前身の『永山辰治商会』を調べてみたら、創業者の人となりを描いた記事がいくつか出てきました。そのうち、この会社を物語風に漫画にしてみてはどうかと――」

兵藤は早くもページを繰り始めていた。

「男たちのきりりとした目つきが、かわぐちかいじ風やな。調べものを文字にしても、人間臭いところは抜け落ちてしまう。会社もしょせん、ひとのやるこっちゃ。こうして漫画にすると、登場人物のキャラが立つ。人生のドラマも生き生き伝わってくるわ」

そう呟きながら読みふけっている。時折、右手の人差し指をぺろりと舐めてページをめくる。腕利きの元刑事が興に乗ったときの癖なのである。

株式会社エバーディールは、永山洋介の祖父にあたる辰治が興した船舶関係の会社だった。十九世紀の最後の年にあたる明治三十三年、辰治は瀬戸内、今治の貧しい漁師の次男として生まれた。年号が大正に改まり、高等小学校を終えた辰治は、港町神戸に出てきた。いつの日か、海を隔てた上海やロンドンに雄飛してみたい。それにはまず、神戸で船関係の仕事を見つけよう。そう志を立てたのである。

シップチャンドラー。この言葉の響きが辰治少年を虜（とりこ）にした。外国航路の汽船に、水や食料それに雑貨などを納める、いかにも港町神戸らしい「何でも屋」だ。なんてハイカラな仕事なのだろう。かならず丁稚の口を見つけてやる。そう心を決めると、海岸通に並ぶシップチャンドラーを片っ端から訪ね歩いた。「働かせてつかぁさい」と今治弁まるだしで頼みこんだ。三日後にはハンチングを小さな頭にのせて、独楽（こま）鼠（ねずみ）のように働いていた。生来が働き者で、利発な少年なのである。

満州事変が勃発し、港町神戸が軍需景気で沸きたつ機を逃さず、辰治は独立を決意した。小ぶりなシップチャンドラーを立ちあげ、社名は「永山辰治商会」とした。座禅に通っていた臨済宗の和尚に看板の文字を揮毫（きごう）してもらった。永と辰の文字は躍るように勢いがあり、それだけで商売が軌道に乗ったような気持ちになった。

「あんたはきっと成功する。むろん、船の商売のことや。必ず浮き沈みはあるやろ。上げ潮の時にはどんと波に乗り、引き潮になったら、ええか、布団をかぶって寝とれ。それと女にだけは気ぃつけるように。多少、女難の相が出とる。ハイカラな女はいかんよ。郷里の今治か、できれば、宇和島あたりから物堅い女を嫁に貰いなさい」

こうして丁稚から裸一貫でたたきあげた辰治は、三十歳を過ぎる頃には、新興の船舶代理店、仲立業者として、瀬戸内の内航船ばかりか、南洋の信託統治領を行き来する外航船まで手がけるようになっていた。辰治に頼めば、割のいい傭船料で船が見つかる。いい荷主も引っ張ってくれる。「永辰」の名は次第に業界に鳴り響いていった。

太平洋戦争が始まると、民間の船舶の多くは軍に徴用され、敗戦を待たずに船舶ブローカーは開店休業に追い込まれた。だが、これしきの試練で潰される永辰ではない。敗戦をものともせず、すぐに事業を再開している。神戸に進駐してきた占領軍の補(ほ)給廠(きゅうしょう)に渡りをつけ、トラック輸送の仕事にありついた。もっぱら米陸軍の下士官に食い込んで日銭を稼ぎ、戦地から帰ってきた従業員を食わせて凌ぎ切った。

辰治を気に入ってくれた軍曹は、気のいいオクラホマの農場主だった。ブロークンな英語を操って律儀に仕事をこなす辰治に目をかけ、時折、貴重品だったペニシリンを横流ししてくれた。海運仲間のなかには、占領軍の将校に取り入って巨大な利権に食い込もうとする者もいた。だが、辰治は闇物資に深入りしようとしなかった。容易(たやす)くカネを手にすれば、船の商売に戻れなくなると自分を戒めた。

太平洋戦争ですべてを失って五年。商機は突然、海の向こうからやってきた。対馬(つしま)

海峡を挟んで朝鮮半島で火の手があがったのである。昭和二十五年六月、北朝鮮軍は三十八度線を突破して南に雪崩れ込んできた。西側の盟主アメリカは、李承晩率いる韓国を守り抜く意思なし。北はそう見なして不意を衝いたのだった。

朝鮮半島を舞台にした米ソ両大国の代理戦争は、前線に近い日本列島を一夜にして一大補給基地に変えてしまった。日本の港湾の価値はにわかに高まった。横須賀と佐世保の軍港からは連日、夥しい兵員と軍需物資が輸送船に積み込まれ、最前線に運ばれていった。そんななか、五十隻、積載量にして、三十五万トンの日本船を差し出すようGHQから緊急の指令が出た。

この朝鮮特需で永辰は一気に息を吹き返した。港に係留されていた貨物船を次々に押さえ、軍需物資を調達して横須賀と佐世保に送り込んだ。これと前後して船舶ビジネスが再び民間に開放され、永辰も戦前の勢いを取り戻していった。朝鮮半島の動乱が、「千三ツ屋」の永辰を生んだのである。今治の寒村から出てきた永山辰治には乱世が似合っていた。

日本が本格的な高度成長期に入った六〇年代の半ば、何を思ったのか、辰治は社長の座を突然、長男の信哉に譲る。四万十川の畔に釣り宿を建て、その離れに隠棲してしまった。社員からはせめて会長か相談役にと懇請されたが、うんと言わなかった。

二代目の信哉には自分のような才覚や度胸はない。それを見抜いていたのだろう。高度成長の波に支えられた今なら、社業を任せても大丈夫と考えたのだった。時代の先を読む辰治の眼に狂いはなく、会社の経営は順調だった。

一九七三年は神戸港がひとつの頂点をきわめた年だ。コンテナの取扱量で、ついにニューヨーク、ロッテルダムを抜いて世界第一位に上りつめた。この上げ潮に乗っていれば、船舶ビジネスも傾くことはない。二代目の信哉は、古くからの番頭たちに支えられ、手堅い商売を心がけた。

だが、好事魔多し。その年の秋に第四次中東戦争が勃発する。OPEC（石油輸出国機構）が原油の減産に踏み切って石油戦略を発動した。オイルショックは世界経済におもうさま痛打を浴びせた。ただでさえ景気の波に翻弄（ほんろう）されやすい海運業界は、たちまち厳しい不況に見舞われた。二代目社長の信哉にとって、初めて経験する試練だった。海運不況から立ち直れないまま苦しんでいるうち、プラザ合意による円高が業界に追い打ちをかけた。一九八五年のことだ。永辰の経営も悪化の一途を辿（たど）り、生き残りを賭けて大幅な人員整理に手をつけざるを得なかった。そんななか、突然の悲劇が永山家を襲う。大黒柱の信哉が心筋梗塞で急逝してしまったのである。

辰治の孫で、信哉のひとり息子、洋介が、急遽（きゅうきょ）、三代目の社長として会社に呼び戻された。三十一歳の若さだった。洋介は大学と大学院で動力機械工学を専攻し、卒業すると神戸製鋼にエンジニアとして就職していた。技術屋として脂がのりかけていた時期だっただけに、本人の落胆は大きかった。だが、従業員の行く末を考えれば他に途はなかったのである。

洋介はこの会社を継ぐに当たって、社名を株式会社エバーディールと改めた。千三ツ商売よ、弥栄にという願いを込めたのかもしれない。

「なるほどな、初代の辰治は傑物やったんや」

兵藤は『永辰一代記』にすっかりのめり込んでいる。

「よう調べたな。画もよし、ストーリーの展開もテンポも軽快や。原作・画、梶壮太でプロダクションを興して、いっちょ勝負したらどうや。明治、大正、昭和、平成の海運を生き抜いた男三代記は当たるかもしれんで」

「最近は仕事にかまけて、あんまり描いてなかったので、コマ割りがどうにもうまくいきません」

壮太は照れてみせたが、兵藤が思いのほか気に入ってくれたのは嬉しかった。

「ただ、ひとつ言うてええか。このタイトルは冴えんなぁ。ここは『千三ツ屋永辰』

やろ」

「はぁ、そう言われてみれば――」

「次回はいよいよ、平成の永辰、エバーディールの巻や。三代目の洋介社長がいかなる千三ツぶりを見せるか、いまから楽しみやなぁ」

「はい、まずは下調べをきっちりとやってみます」

「ところで、あんたが描いた永山洋介の顔やけど、ここんところのホクロなあ」

兵藤は人差し指で自分の右顎を指してみせた。

「はぁ、兵藤さんからいただいた写真を見てそのまま描きました」

「ふーん、なるほどなあ」

元刑事は得心したように頷いた。

「ホクロが何か？」

「実はな、刑事時代に観相学をかじったことがあるんや」

「カンソウガクですか？」

「そうや、人相見いうやつや。相手の顔だちをじっと観て、その性格を品定めし、人生まで読み取るんや。捜査に役立たんか思てな。で、顎の右側のエラにホクロがある人物はな、仕事の上でなにか秘密を抱えとることが多い。せやから、気張って調べてみぃ」

兵藤は真顔でそう言うと、ぐっと顔を寄せてきた。

「ふーん、あんたには目立つホクロはないな。鼻は高からず低からず、上下の唇の厚さも同じ、口角は上がりも下がりもしとらん。額は広くも狭くもなし——」

「平凡な顔だとよくいわれます」

「目は奥二重か。よく見ると、右目が左目より、ほんのちょっこし大きいな」

「そうかなぁ」

「右目の大きい男は忍耐強いんやで。いちど決めたら、必ず目標をやり遂げる。そして、波瀾万丈な人生を送るはずや」

「まさか——僕はどこから見ても安定志向の、つましい公務員で、周りからもジミーって呼ばれてるくらいです」

「人生ちゅうのはなあ、本人の思っている通りには運ばんもんや」

「はぁ」

壮太は人相見から顔を離して、苦笑いした。兵藤の観相学を信じるなら、エバーディールの調査を窮めていけば、なにか思いもかけない事態が待ち受けていることになる。だが、壮太は半信半疑だった。

「ほんなら、また連絡してや。ここは年長者におごらせてくれ」

元刑事は素早く伝票をつかむと、足早に去っていった。

＊

梅雨明けも近いのだろう。それを予感させて、きょうは朝から澄み切った青空が広がっている。気温もぐんぐん上がり、午後になると西陽がガラス越しに容赦なく照りつけてきた。

首席調査官、柏倉のデスクに調査ファイルを広げて、Ｍｉｓｓロレンスがなにやら熱心に説明している。レモンイエローのカットソーに薄いグレーのパンツスーツ。漆黒のストレートヘアはいまどき珍しい。もうひとりいた女性調査官が産休に入ったため、このオフィスでは紅一点だ。

壮太はＰＣの画面に向かっているが、ふたりの姿はちゃんと視野に入っている。聞こえてくる言葉の端々から、調査の眼目はどうやらドローンらしい。Ｍｉｓｓロレンスは柏倉の指示で、県内にあるドローン・スクールに生徒として潜り込み、その内情を探っている。受講生のなかにテロリストの予備軍が紛れ込んでいないか、そのチェックリストの作成に取りかかっている模様だ。

二〇〇一年、九・一一同時多発テロ事件を引き起こした旅客機ハイジャックの主犯格モハメド・アタは、フロリダのホフマン飛行学校に通っていた。ドローン・スクールの受講生にもイスラム過激派が入り込んでいる可能性がある、と柏倉は睨んでいるのだろう。

国際テロ組織がドローンを使うテロルは、このところ急激に増えている。ドローンが小型化し価格も安くなって入手しやすくなったからだ。とりわけ「イラク・レバントのイスラム国」（ＩＳＩＬ）の活動が際立っている。二〇一四年八月には、シリア北部のラッカにある敵対勢力の軍事基地をドローンで撮影し、インターネットに映像を投稿した。そして、ドローンを使って空爆を繰り返してはその動画を公開し、プロパガンダ活動と爆撃を共に繰り広げている。

これに触発されたかのように、アジア諸国に散らばるＩＳＩＬ系の組織も次々にテロ事件を引き起こした。アフガニスタン、パキスタン、フィリピンのミンダナオ島でも自爆テロが頻発し、ドローンは事前の偵察活動に重要な役割を担ってきた。日本とてこうした無人爆撃機の標的にされる恐れをなしとしない。

Ｍｉｓｓロレンスが自席に戻ってきた。ファイルを机にしまってカギをかけると、トートバッグからアベンヌウオーターを取り出した。長い睫毛のまぶたを閉じると、シュートッと顔にスプレーを吹きかけた。ふぅと息を吐き、ぱっと目を見開いた。

「あっ、梶さんも使いますか」

「えっ、僕は――」

「この建物は空調が本当にお粗末、まるでネゲブ沙漠のように乾いています。これじゃお肌によくありません。はい、こっちを向いて」

「僕は、遠慮しとくわ」

危うくスプレーの噴射攻撃を受けそうになったその時、柏倉の野太い声が響いてきた。

「おい、梶、ちょっと来てくれ」

オフィスの電波時計は、金曜日の午後三時二十五分をさしている。柏倉は、椅子にかけた背広の内ポケットから黒革の二つ折り財布を取り出し、くたびれた千円札を一枚引き抜いた。

「頼んだぞ、これで」

壮太は小さくうなずいて野口英世を受け取ると、法務総合庁舎を出て、近くのファミマに出かけていった。

霧の町、釧路から神戸に舞い戻ってきた柏倉は、六年前、北朝鮮班の首席として、入庁したての壮太を預かってくれた。覇気がなく、見るべき成果もなく、本庁へ上がる調査報告書をものしたこともない。そのうち松江事務所に出されても仕方ないだろう――。皆からそう見なされていた壮太をひとり見限ることなく、国テ班の首席に異動した際も連れてきてくれた。物言いこそ荒っぽいが、柏倉首席は、いまだ半人前の自分に何くれとなく目をかけてくれる。そんな上司の期待にまったく応えられていない自分がもどかしい。

一昨年の秋も入庁五年目の若手研修が東京で行われ、柏倉に励まされて壮太も参加した。部内では第二部研修、通称二研と呼ばれ、研修期間は二ヵ月にも及ぶ。ここで上位一割に入れば、特別昇給があり、霞が関の本庁への異動も視野に入ってくる。それだけに研修仲間はライバルであり、みな真剣そのものだ。

壮太も座学の研修では、上位グループに入ることができた。だが、プレゼンで躓いてしまった。出された課題は「来るべき東京五輪に向けて、テロ対策をいかに強化するか」だった。壮太は「マラソンなどを標的に起きるテロを漫画に仕立てて、一般市民の対テロ意識を涵養してはどうか」と提案した。講師からは「その漫画は誰がどうやって制作するのか」と突っ込まれた。壮太は「なんなら僕が――」と言いかけ、口籠もってしまった。本当は『ワンピース』の尾田栄一郎に依頼してはと言いたかったのだが、役所の懐具合を考えて黙り込んでしまった。この失態が響いたのか、結局、上位の一割には遠く及ばなかった。

「やっぱりあかんな、あいつは」

二研を境に、事務所内での壮太の影はますます薄くなった。

壮太が競馬予想紙「競馬エイト」と「競馬ブック」をレジ袋に入れて戻ってくると、国テの全員が一瞬、キーボードを打つ手をとめ、柏倉に目をやった。「いまどき――」と咎めるような視線だ。勤務時間中に部下に競馬新聞を買いに走らせる。人事院の規定に照らしても、絵にかいたようなパワハラである。だが、さすがに表立って批判する者はいない。国テのジャンヌ・ダルク、Missロレンスたったひとりを除いて。

「首席の行為は完璧なパワハラです。いちばん問題なのは、私に命じず、梶さんにやらせていること。私に言いつければ、パワハラに加え、セクハラにもなる。それこそダブル・ハラスメント。首席もそれがわかっている。そこが致命的です。ね、梶さん」

「うーん、でも外に出れば気分転換になるし、ついでにバナナジェラートフラッペも買ってこれるし――」

「そういう問題じゃないんです、梶さん。皆さんの人権意識はいまだに昭和レベルだと思いませんか」

Missロレンスは、壮太を嫌いなわけではない。だが、パワハラを受けながら、唯々諾々と従っているのは見過ごせないのだろう。

柏倉は、部下たちの刺すような視線など少しも気にする風がない。刷りあがったばかりの「競馬エイト」と「競馬ブック」を交互に読み比べ、週末のGIレース「宝塚記念」の検討に打ち込んでいる。釧路時代にでかい三連単の馬券を当てたと豪語しているが、神戸では高額馬券を的中させた節はない。

週末のレースの検討をひとしきり終えると、柏倉は国テのシマにやってきた。

「なあ、梶、西海。俺のことをギャンブル依存症と思っとるんやないやろな」

「えっ、そうじゃないんですか」

帆稀が涼やかな瞳で柏倉を見上げた。

「おいおい、確かに俺は三十年来の競馬ファンや。世紀の種牡馬、サンデーサイレンスがニッポンにやってくる前からの筋金入りや。せやけど、競馬狂はギャンブル依存症とは違う」

帆稀は、金曜日の貴重な時間に競馬狂のオジサンに付きあっている暇などありません——そんな顔でパソコンの画面に視線を戻した。

「まあ、よう聞きなさい。競馬の予想は、君らインテリジェンスを生涯の業に選んだ若者にとって、これに優る偉大な教師はいない」

柏倉は、若いふたりの後ろを歩き回りながらインテリジェンスとは何かを語りだした。

「国家に忍び寄る危機を事前に察知して政権の要路に警告する。これこそがインテリジェンス・オフィサーの醍醐味や。夥しいノイズのなかから、迫りくる危機のシグナルを聞き分け、国家の災厄を言い当ててみせる。これがわれわれの使命や。ミッションや」

そう言うと、柏倉は帆稀と壮太の前に「競馬エイト」をぽんと放り出してみせた。

「ええか、この競馬新聞いうヤツには、じつに膨大なデータが詰め込まれとる。血統、追い切りのタイム、馬場状態、馬体重の推移、負担重量、手綱をとったジョッキー、厩舎関係者のコメント。だが、それらはみな一般情報にすぎん。君らの教科書にあるインフォメーションというやつや。つまり塵芥の類いにすぎん。けどな、塵芥のなかにも、近未来を予見するヒント、言うてみれば、ダイヤモンドの原石が埋もれとるかもしれん。それを見つければ話はべつや。あすの勝ち馬を言い当てる拠り所になる、彫琢し抜かれた情報、ええな、その珠玉のような一滴こそがインテリジェンスやぞ」

いつしか、壮太は仕事の手を止めて柏倉の話に聞き入っていた。

「いくら教科書を読んでもあかんのや。自分で稼いだ大切な銭を失って、痛い目に遭わなければ身につかん。だから、俺はせっせと馬に貢いでいるというわけや」

膨大なインフォメーションの海の中から、いかにしてダイヤモンドの原石を見つけ出すか。そのための修練には、競馬ほど格好のものはない。そう言いたいらしい。

壮太は、松江で古美術商を営む祖母の言葉を思い出していた。

「なんぼ美術館や茶会でええもん見たとて、審美眼は身につかんわや。安うてもええけん、わがゼニ出いて買わにゃ、なんぼ見たて、ええもんか、どげなもんか、分かぁようにならせんわや」

以前は柏倉の競馬談義に懐疑的だったが、それでも試しに馬券を買ったことがある。去年の今頃のことだ。ジョギングがてら元町駅前のウインズ神戸に出かけてみた。宝塚記念で柏倉が推奨する香港馬の大穴、ワーザーの馬券を初めて買ってみたのである。

週明けの月曜日、壮太は柏倉のデスクに行くと、にっこり笑って三連複の馬券を見せた。香港から遠征してきたワーザーを軸に、サトノダイヤモンド、キセキ、ミッキーロケット、ヴィブロス、ノーブルマーズと百円ずつ、しめて千円をつぎ込んだ。結果は、ミッキーロケット、ワーザー、ノーブルマーズの順で入り、配当額は、九万三千四百五十円だった。

「おお、馬券師、梶壮太。三連複をでっかく当てたんか」

「いえ、ほんのビギナーズラックです」

競馬新聞という名のビッグデータを漫然と眺めていても、勝ち馬は見えてこない。銭を張って勝負に出た果てに、インテリジェンスの業は磨かれていく。

その日、競馬新聞を馬券指南役の柏倉に届けた後、壮太はエバーディールに関する調査結果をかいつまんで報告した。漫画を見せようかと迷ったが思いとどまった。

会社の定款にある「事業目的」の欄を指さして言った。

「二〇一一年以降、この会社のビジネスは、船舶関係と不動産業の二本柱になっています。変更前の定款には、不動産業はありません」

「事業目的」の欄には、船舶代理業、売買船仲介業、船舶雑貨品の販売、貿易業、運送業、不動産の売買、管理、賃貸業、前各号に付帯関連する一切の事業、と書き込まれている。

「なんや気になるな。老舗の会社なら神戸市内に結構な不動産を持っとるところは珍しうない。定款に入れとけば、税務署もなにかと経費を認めてくれる。節税にも都合がいい。けどなあ、不動産業の項目が入ったのは比較的最近のことやろ。どうもひっかかるなあ」

ジェームス山をくだって、福田川沿いをジョギングしていた壮太が、ふと目にした建設現場の建築主エバーディール。神戸市役所に照会してみたところ、この建物はリース・マンションだった。ワンルーム・タイプで、比較的安価なため、サラリーマンが投資目的で買うケースも多いという。エバーディールは二〇一二年以降、こうしたリース・マンションを神戸市内に五棟建てている。

「ここ神戸で永辰と言えば、船舶関係者にはそれなりに名が通った会社や。三代目の社長は船のエンジンの技術者出身やろ。船の仕事にはそれなりの誇りを持っとるはずや。勤め人相手にリース・マンションを商うのは、どう考えてもせこいとは思わんか」

「千三ツ屋の三代目は、海での商売に行き詰まって、陸にあがったんでしょうか」

柏倉はしばし黙って考え込んでいた。

「なんか深い事情があったんかもしれんな。不動産業に乗り出したのが二〇一一年だとして、それから何年か遡って事業の中身を調べてみろ」

壮太は、船舶業界に聞き取り調査をかけることにした。とはいえ、公安調査官の身分は明かせない。兵藤がいる調査会社に頼み、住所と電話番号を借り、「神戸海事研究会」の名刺をこしらえた。エバーディールの同業者に研究会名でインタビューを申し入れると、海岸通にオフィスを構える中堅の海運業者の営業課長が面談に応じてくれた。

「阪神・淡路大震災で痛手を被った神戸の海運クラスターは、どうやって苦境を乗り切ってきたんでしょうか」

聞き取り調査の定石に従って、ごくありふれた話題から水を向けてみた。

「私が入社して三年後にあの震災でした。湾岸戦争が終わり、荷動きも正常に戻ってほっと一息ついたと思ったらあの震災です。神戸の港湾施設は、埠頭、倉庫から岸壁のクレーンまでことごとくやられたんですから。二年もの間、港湾の機能が麻痺(まひ)してしまった。でも、私らは港の施設さえ回復すれば、商売も元に戻ると思っていました。それが甘かった。その間に力をつけた上海と釜山(プサン)に東アジアのハブ港の座をすっかり奪われてしまった。覆水盆に返らずですわ」

神戸港のコンテナの取扱個数は、なんと世界二十四位にまで転落した。まさしく釣瓶落としだった。港湾施設は復旧したが、昔日の栄光はついに戻らなかったのである。

律儀に話してくれる課長は、真夏日にもかかわらず、ブリティッシュスタイルの背広をすっきりと着こなしている。海運の世界で働く人はなんと洗練されているのだろう。壮太は、業界の話から少しずつエバーディールに話題を引き寄せていった。

「そりゃ、どの会社もうちと同様、えらく苦労しておられました。この苦境を乗り越えるためなら、何にでも手を出しましたよ。幸い二〇〇〇年代に入ると、新興の中国がめきめき力をつけてきて、そのおこぼれにあずかりました。空前の好景気でした。中国人はあらゆる食材を求めて爆食し、輸入は一挙に拡大しました。そして世界の工場となった中国から多くの品が輸出されていきました。海運の世界でも上得意に躍り出ました。中国が多くの貨物船を傭船してくれたおかげで、われわれも一息つくことができました」

「この時期ですか、船舶ブローカーが途方もない利益をあげたというのは。皆さんを千三ツ屋と呼ぶ向きもあるようですが、そんなに儲かったんですか」

「二〇〇四年は、ドライバルクの大型船の一日立ての傭船料が三十万ドルまで跳ね上がりましたから。ふだんなら二万五千から三万ドルが相場ですから、十倍以上です。われわれの口銭も優に十倍になる計算です」

時に「千三ッ」は現実になるのだ、と壮太は感じ入った。

「それも一時のことで、二〇〇八年九月にはリーマンショックですから、あとは地獄ですよ。好景気の時に大量に造った船がだぶついて、いまでは二万ドルを切るところまで落ち込んでいます。もうため息しか出ませんよ」

「浮き沈みの激しい業界なんですね。船に見切りをつけて不動産業に手を広げた会社もあると聞きました。老舗のエバーディールさんもそうですか」

ひとの好さそうな課長は、話題がエバーディールに及ぶとたちまち口ごもった。

「さて、そんな噂も耳にしましたが、畑違いで——」

社長さんは技術者出身ですね、と誘い水を向けてみた。

「三代目の社長の洋介さんは、われわれシップブローカーにとって憧れの的でした。英語が堪能で、ラガーマンで、神戸製鋼のエンジニア出身で、じつにスタイリッシュで。十年ほど前は、ロンドンから来たブローカーとハンター坂のバー『バンブー』でシングルモルトを飲んでいるお姿をお見かけしたものです」

課長の話は全て過去形だった。

「技術畑のご出身と伺っていますから、きっと緻密なタイプの経営者なんでしょうね」

「ええ、あんなスマートな方には、アジア人相手の泥くさい商いは不向きだったのでしょう。自動車専用船の売却をめぐる一件では、随分とご苦労されたようです」

そう言ったきり、口をつぐんでしまった。壮太はここが潮時と見て、腰をあげた。

別れ際に、近頃は業界の会合にもあまり顔を出さなくなったと、課長は寂しげに語った。

「船のブローカーの仕事は、つまるところ、お酒とゴルフなんですよ。ロンドンのロイズ・コーヒー・ハウスという社交場で始まった商売ですから。人脈と情報が勝負の世界です。エバーディールさんはいまも船のビジネスはやっておられるようですが、最近はわれわれと接点はありません」

壮太は丁寧に頭を下げて海岸通をあとにした。

エバーディールは、もはや同業者とは同じ舞台に身を置いていない。「十年ほど前は」と言っていた課長の言葉が引っかかった。この時期を境にエバーディールは、常の船舶関係の会社とは異なる道に進んでいったのだろう。リース・マンションを手がけるようになったのはその後のことだ。一体何があったのか――。エバーディールそのものを攻略しなければ厚い壁は抜けない。壮太の内にインテリジェンス・オフィサーとしての資質が微(かす)かに兆(きざ)し始めていた。

第四章　偽装開始

澄みきった秋空に、ほつれた白い絹糸のようなすじ雲が流れていく。六甲山から吹きおろす涼風がなんとも心地いい。茶庭のイロハモミジはまだ青々として、木漏れ陽もまばゆいほどだ。打ち水された飛石がきらきらと輝き、苔(こけ)の緑もしっとりと潤っている。九月も第三週に入った爽やかな土曜日の昼下がりだった。

八畳の茶室には、着物姿の四十代女性がふたり、そして二十代の女性と若い男性が正座し、点前(てまえ)にじっと見入っている。若いふたりは洋装である。

「明歴々露堂々」

床には雄渾(ゆうこん)な筆勢の軸が掛かっている。京都・大徳寺の禅僧、清巌(せいがん)和尚の墨蹟(ぼくせき)だ。

籠花入には白い木槿と矢筈薄。茶席も秋の風情に包まれている。

「お茶碗を右手でとって、そう、左手で受けて、正面に置いて。ご亭主に挨拶を――」

梶壮太はゆっくりと畳に両手をつき、「お点前頂戴いたします」と丁寧にお辞儀をした。

「では、お茶碗を右手でとって、左手で受けて。そう、両手で軽く押し頂くように。手前にお茶碗を二度ほど回して、正面が左側にくるように。薄茶は何口で飲んでも構いません」

宗祥先生は澄んだ声で「どうぞ」と微笑んだ。浅葱色の単衣の色無地に、ツユクサを描いた染め帯をきりりと締めている。アッシュグレーに染めたボブヘアが着物姿をモダンに見せている。

「野津さんはそうやって座っていると、もう何年もお茶をやっているように見えるわ。手の動きもしなやかできれい。松江のおばあ様にお習いだったとか。紹介者の佐々木さんから伺いました」

野津翔太。この稽古場ではそう名乗っている。野津は母方の実家の姓である。いまも養子にと強く望まれているので、あながち偽名とは言えない。壮太は自らにそう言い聞かせた。

「ええ、祖母が松江の山陰道で道具屋を営んでいます。流儀は石州流なのですが、夏休みに遊びに行くと、決まってお茶を点ててくれました。それだけのことで、特に習ったわけじゃありません。なにぶん不調法ですので、どうぞよろしくお願いします」

「宍道湖の畔の温泉に主人と行ったことがあります。松江は落ち着いた風情の城下町ですね。大名茶人の松平不昧公のお膝元ですから、いまもお茶が盛んな土地柄と聞いています。機会があったらまた訪ねてみたいわ」

「宗祥」は先生の茶名で、本名は永山祥子。株式会社エバーディールの経営者、洋介の妻である。東灘区住吉山手の自宅にある茶室「渓聲庵」で月に三度、土曜日に茶の湯を教えている。流儀は表千家だ。お茶を嗜みたいという人たちがサロンのように集ってくる。週末のひととき、茶の湯を心ゆくまで楽しんでもらえればいい。茶室には宗祥のそんな思いが溢れ、作法を口うるさく指導したりはしない。

壮太がここに通い始めたのは九月初め、きょうで三度目の稽古となる。まず手始めに、席入り、足の運び、客としての作法の手ほどきを受けた。稽古人は四十代後半から六十代の女性が中心で、総勢八名。久々に若い男性が仲間入りして、たいそう喜ばれた。

「お茶は利休さんの時代には男性のものでした。いまは皆さんお忙しくて、お茶を嗜む余裕がないのでしょう。うちの主人もそうでしたが、近頃はちょっと心境に変化があったようで、お茶室を時折覗くことがあるんですよ」

宗祥は夫の洋介の話に触れた。だが、ここはさらりと聞き流すほうがいい。壮太は床の掛軸を見あげて尋ねてみた。

「先生、めいれきれき、ろどうどう、と読むのでしょうか」

「そうです。明歴々の明は読んでの通り、明らか、歴々もくっきりと見えているという意味です。露堂々は、何ひとつ隠すことなく堂々とあらわれているということ。月が冴えてくるこの季節にはぴったりの掛物でしょ。明日は中秋の名月。お月さまが一年でいちばんきれい」

「すべては堂々と姿をあらわしている——勢いのある筆遣いですね」

「清巌和尚は安土桃山から江戸初期にかけて乱世を生き抜いたひとです。この豪快な筆の運びからも、内に秘めた気迫が伝わってくるでしょう。この言葉も禅語ですから、もっと深い意味があるのかもしれません。すべては堂々と姿をあらわしている。けれど、私たちの眼が曇っているために気づかない。無心に眺めれば、真理はおのずと明らかになる——臨済宗の老師様から、前にそう教えていただいたことがありました」

なんと知的で素敵な先生なのだろう。このひとがヒューミントの対象でなければ、ずっと稽古に通い続けられるのに。本当の姿を堂々とあらわせないのはいまの自分だ——、一瞬胸によぎった苦い思いを振り切るように、壮太は掛軸に視線を戻した。

「明歴々露堂々」

そう、無心にじっと見つめていれば、ことの真相はおのずと姿をあらわしてくるはずだ。六年越しのリターンマッチに挑もうとする壮太は、その禅語に励まされる思いがした。

＊

壮太はさして覚悟のないまま、公安調査官という仕事を選んでしまった。そして、上司に言われるまま、先輩や同僚の見よう見真似で、何者かに成りすましてきた。そうして情報源に近づき、なにがしかの話を聞き出そうとした。だが、偽装に取り組む心構えが、そもそも中途半端だったのだろう。これという情報を引き出せたためしがない。

こんどばかりは――壮太は決意を新たにしていた。完璧な偽装でエバーディールという標的に肉薄してみせる。

標的と定めた永山洋介の顔を漫画風に描きあげ、机の前の壁にピンで留めて相対している。永山の瞳は、実物よりやや大きめに仕上げてみた。眼光がキラリと輝き、壮太を日々見下ろしている。さて、いかにして永山洋介に近づいたものか――。

リース・マンションの委託販売を請け負う業者を装って、エバーディール社を訪ねてはどうだろう。これなら社内の様子くらいは探ることができる。だが、商談に入ったとたんに、不動産の専門知識がないことがばれ、怪しまれるに違いない。

「永山家はゴールデンレトリーバーを飼っている」

兵藤の調査報告にそうした記載があった。「犬の散歩人」ならいけるかもしれない。ジェームス山へのジョギングで、ゴールデンレトリーバーの仔犬を引いた白髪の婦人に遭遇したことがある。もう半年もすれば、図体がぐんと大きくなり、年配者の手には負えなくなると思ったものだ。

「ドッグ・ウォーカー」に成りすまし、犬の散歩を請け負うのはどうだろう。これなら永山家に入り込めるはずだ。

「大型犬の散歩を引き受けます」

永山家が利用するペットサロンに渡りをつけ、そんなチラシを置かせてもらう。あとは獲物が針にかかるのをじっと持ち受ければいい。

だが、この作戦には欠陥があった。永山家が犬の散歩を頼んでくる保証がない。しかし、壮太はこのアイデアがどうにも捨てがたく、恐る恐る上司に相談を持ちかけてみた。

柏倉はよく響く声で言い放った。

「いいか、梶。よしんば犬の散歩の仕事にありつけたとしてだ、犬と仲良うなって、お前、どないする気や。犬から話を聞きだせるんか。『お客さん』は人間や」

将を射んと欲すれば、まず馬を射よ。そう言いかけて、壮太はやむなく引き下がった。

将を射んと欲すれば――その時、ふと脳裏にひとりの女性の姿が思い浮かんだ。神戸ムスリムモスクで尖塔を見上げていた永山洋介の妻、祥子である。あのひとにアプローチしてはどうだろう。とはいえ、自分のような者が住吉山手のマダムにどうやって近づけばいいのか。

そうだ、「ワーザー」の縁にすがってみよう。あの香港馬が宝塚記念で快走してくれたおかげで、壮太は思わぬ軍資金、約十万円を懐にした。薄茶の封筒に入れたまま机の引き出しの奥にしまってある。これだけあれば、モスク向かいのイタリア料理店ビアンキッシマのディナー客になれる。

隣席のMissロレンスに相談を持ちかけてみた。

「何とかしてターゲットに近づく糸口を摑みたいんや。あの高級店に男ひとりで行くんはいかにも不自然やろ。悪いけど、一緒に行ってくれへんか」

「なんだか面白そう。いいですよ」

Missロレンスは、壮太の頼みをあっさりと受けてくれた。かくして調査を兼ねたディナー作戦が挙行される運びとなった。だが、Missロレンスは一つだけ条件を持ち出した。

「梶さん、せっかくのビアンキッシマなんですから、スタイリッシュにいきませんか。お店では、いちばん財布にやさしいメニューを頼むことにして、ワインもあまり飲まなければ、あと五万円は残ります。それを元手に新しいシャツ、それにスマートなジャケットも買いましょう」

思いがけない注文に壮太はたじろいだ。だが、すべては調査のためと、やむなく承諾した。

「それと、テーブルで互いに苗字で呼び合うのはタブー。仕事の話もダメ。で、予約の名前はどうしますか」

彼女はすっかり仕事のモードに入っている。米国の大手コンサルティング・ファームからも高給で誘われるだけの逸材なのである。

約束の晩、Ｍｉｓｓロレンスは職場とは打って変わってフェミニンな装いであらわれた。肩にかかる漆黒の髪がペパーミントグリーンのサマードレスとコントラストをなして爽やかだった。壮太もアイリッシュリネンの紺ブレに青いギンガムチェックのボタンダウンを着てやってきた。「スタイル」神戸店で、店主があれこれ見立ててくれたのである。

「白い麻のポケットチーフをスクエアに、控えめに出すとすっきり決まりますよ」

七月のセールが始まっていて、すべて二割引で新調することができた。

Ｍｉｓｓロレンスは会うなり言った。

「うーん、決まっていますよ。こういうのを四文字熟語で『馬子にも衣装』と言うんでしたっけ」

四文字ではないのだが、帰国子女のことだ、聞き流すことにした。服装のコーディネートを褒められただけでよしとしよう。それにしても、今日のＭｉｓｓロレンスは顔立ちまで違って見える。壮太の視線に気づいたのか、「ほら」と大きな目をみひらいてみせた。

「カラコンですよ。カーキ系のカラーコンタクトレンズ。ちょっとした偽装です。さあ、作戦開始」

「ビアンキッシマ」はイタリア語で真っ白を意味する。店内は白い塗壁に純白のテーブルクロスとナプキンで統一されている。

シェフは、東京・飯倉のイタリアン「キャンティ」で長く腕を振るっていたという。

前菜がワゴンで運ばれてきた。十数種類のなかから客が好きなものを選び取る。ふたりはポルチーニ茸のリゾットとペンネ・アラビアータをシェアすることにした。メインディッシュは帆稀が子羊背肉のグリル、壮太は真鯛とアスパラガスのグリルをオーダーした。壮太はラグビー場で出遭った奇妙な私設コーチの話を披露し、帆稀は夏の休暇で行ったブエノスアイレスのタンゴレッスンについてこと細かく話してくれた。デザートはワゴンから、帆稀はティラミス、壮太はカスタード・プディングを選び取った。

「お飲み物はどうなさいますか」

「私はエスプレッソをお願いします」

「えっと、僕は、カプチーノで」

「承知いたしました」

そう言ってウェイターの男性がさがると、帆稀はテーブルの下で壮太の脚をつついた。

「ディナーのあとにカプチーノなんか頼んじゃだめですよ」

「なんで」

「イタリアではカプチーノは朝の飲み物です。お昼を過ぎると誰も飲みません」

ここは神戸なんやし、ええやんと思ったが、大事の前の小事だ。黙って頷くことにした。

壮太の前にカプチーノが置かれると、Ｍｉｓｓロレンスはおもむろに笑顔で声をかけた。

「もしもシェフがお手すきなら、こちらまでいらしていただけませんか」

えっ、ここにシェフを呼びつけるのか。Ｍｉｓｓロレンスの度胸の良さに壮太はいささか慌てた。

「そうですよ、お料理を堪能したなら、シェフにそう伝えなくちゃ。さあ、これからが勝負」

シェフが晴れやかな表情でテーブルにやってきた。

「お気に召しましたでしょうか」

「とてもおいしかったので、ひとことお礼をと思いまして。じつは、両親が住吉山手の永山さんご夫妻をよく存じあげておりまして。こちらに時々いらっしゃると伺ったものですから、私もぜひ一度と思いまして」

永山家は住吉山手に立派な邸を持ち、茶室も設えている。Ｍｉｓｓロレンスには前もって兵藤情報を伝えておいた。共通の知人を持ち出したことでシェフとの距離がぐんと近くなった。

「永山さんご夫妻には、長いこと、ご贔屓にしていただいておりまして。私どもも、住吉のお宅に時折、ケータリングにお伺いしています」

間髪を入れず、Ｍｉｓｓロレンスが二の矢を放った。

「お仕事柄、海外からのお客様を招いたパーティをよくなさっていると聞きました」

「はい、奥様のお料理の腕は、私どもも顔負けなのですが、お客様が多い時には、メインのお料理とデザートのご注文をよくいただきます」

「さぞかし素敵なお住まいなんでしょうね。立派なお茶室もお持ちとか」

「よくご存じで。震災の後、お屋敷を修復された折、奥様のために茶室をお造りになったそうです。住吉山手でもとりわけ風情がある界隈です。まさしく市中の閑居。奥様は子供の頃から表千家のお茶をなさっていて、いまは、お弟子さんもとっておられるそうです。私も習いたいと思っているんですが」

天分に恵まれたインテリジェンス・オフィサーはなんと見事なのだろう。知りたいと思っていた情報を瞬時に手繰り寄せてくれた。

永山夫人のお茶の弟子になれば、永山家に入り込める。神戸の知り合いに伝手がないか、松江の祖母に聞いてみよう。

*

「お茶の稽古に通いたいんやけど」

翌朝、おばばに電話でそう話すと、「ほんとかえね」といつになく嬉しそうだった。すぐに旧知の茶道具屋「ささ樹」の主人に渡りをつけてくれた。

「ほにょって嫁が見つかぁかもしれん」

祖母は事情も知らずに喜んでいる。いつか勤めをやめて野津の姓と道具屋の仕事を継いでくれる。そんな淡い期待を抱いているのだろう。この祖母にも自分が公安調査官だとは打ち明けていない。

壮太はおばばに噛んで含めるように話した。稽古に通うときには、野津の名前にしたい——。紹介者の佐々木さんには「松江の古美術商、野津の孫から直接電話をさせる。そう伝えてほしい」と念を押した。

弟子入りにあたっての名前は「野津翔太」に決めた。祖母が「うちの壮太」と言ってしまっても、相手は「翔太」がなまって聞こえたものと思ってくれる。おばばの出雲弁も時に役立つことがある。

茶道なら松江で初歩の手ほどきを受け、茶道具にも幼いころから親しんできた。稽古を通じて女性と出会うことだってあるかもしれない。おばばの期待もまんざら的外れというわけじゃない。だが次の瞬間、「野津翔太」がどうして嫁をもらえるというのかと思い直して、暗澹たる気持ちになった。

翌日、柏倉に再び相談を持ちかけてみた。

「それは悪うないアイデアやな。仕事の筋から行けば、まず警戒される。趣味の世界から入るのは、身分偽装の王道や。ただ、弟子入りのとき、自宅の住所はどうするつもりや」

「松江の祖母の知り合いで、茶道具屋を営んでいるひとがいます。そこに下宿をしていることにしようと思います」

いまは役所の寮に入っているが、寮長がどうしてもサッカーチームに入れとうるさい。その頼みを断って茶道教室に通っていると分かれば、職場の人間関係にひびが入ってしまう。お茶会の手紙やハガキが寮に来ると困る。祖母から道具屋にはそう話してもらうことにした。

それにしても、身分偽装の煩雑さはどうだろう。だんだんと気が沈んできた。いまのニッポンで身分を偽るなど小惑星探査機はやぶさでイトカワに着陸するよりよほど難しい。

「梶、入門申し込みには電話番号が要るだろう。アシのつかない安全なケータイは俺が手配してやる。午後、ロジの担当者のところに行ってそう言えばいい」

携帯電話を手に入れようとすれば、本人確認のための公的証明書が必要だ。運転免許証、健康保険証、パスポート、どれひとつ偽造はできない。料金の引き落としにしても、他人名義のクレジットカードや架空の銀行口座は使えない。

「振り込め詐欺」の成否は、アシのつかない携帯電話をいかに調達するかにかかっている。公安調査庁でも調査官の身元が割れないよう安全な携帯電話を確保している。極秘調査の後方支援にあたる担当者は、携帯電話を幾重にも洗浄して、重要なオペレーションに備える。柏倉は、そんな貴重品のひとつを壮太にあてがってくれた。この案件に寄せる期待の大きさが伝わってきた。

　壮太は職場からの帰り道、元町アーケードの文紀書房に立ち寄った。『はじめての茶の湯』と『北村美術館　四季の茶道具』を買い求めた。電車のなかで、パラパラとめくっているうち「面糸目雪吹茶器」の端正な佇まいにたちまち魅せられてしまった。松平不昧公好みの逸品だと記してある。秋の展観が始まったら、京都の北村美術館をぜひ訪ねてみよう。Missロレンスと一緒ならきっと楽しいだろう――そう夢想した。だが、次の瞬間、「仕事関係をプライベートには持ち込まない主義です」という彼女の声が聞こえてきてあきらめた。

　壮太の秋は茶の湯とともに幕を開けた。

＊

　エバーディールの社長、永山洋介は、自動車専用船をめぐる商談では随分と苦労したらしい。聞き取り調査に応じてくれた船舶代理店の営業課長がそう教えてくれた。

「アジア人相手の泥くさい商いは不向きだったのでしょう」

　あの課長はそう口を滑らした後で、ここだけの話に、と二度も壮太に念を押した。

自動車専用船の商談とは何だったのだろう。エバーディールが手がけた船舶取引を丹念に洗いだしてみなければ——まずは日本の海運業者が共同で出資・運営する「マリンネット」のポータルサイトに入り込んでみよう。いまでは、これらのデータベースに自在に入り込み、世界の海を往き来する船舶の航跡や船主の変遷を追う技を壮太は我がものにしていた。

二〇〇〇年代に入ると、海運業界は久々の活況に沸いた。中国の驚異的な経済成長によって、海の物流がにわかに活発になったからだ。「世界の工場」中国の登場は、ヒト、モノ、カネの動きを膨らませ、傭船料もぐんぐん高騰した。海運各社は空前の好景気を謳歌したのだった。

エバーディールも、面白いように傭船契約をまとめ、中古貨物船売買の仲介でも稼ぎまくった。船価が暴騰したため、仲介手数料も一挙に膨らみ、千三ッ屋として久々に大きな利益を懐にした。会社の業績が好調だった様子は、一連の記録から読み取ることができた。だが、シップブローカーとして自動車専用船を売買した形跡はどこにも見当たらなかった。

二〇〇八年九月、アメリカのリーマン・ブラザーズが破綻すると、金融危機の余波はたちまち海運業界にも及んだ。加えて、アフリカのソマリア沖には海賊船が頻々と出没し、大型船を襲撃する事件が相次いだ。海運業界は不況のどん底に突き落とされ、出口の見えないトンネルに迷い込んでしまう。

「マリンネット」と並ぶ海運業界の情報交換サイト「海事日報ウェブ」に気になるニュースが掲載されたのはこの頃だった。

「日本のキャッシュバイヤー、PCCを巡って不透明な取引」

そんなヘッドラインの記事が、二〇一〇年二月五日付で加盟の各社に配信されていた。業界用語のPCCとは、自動車運搬船（Pure Car Carrier）のことだ。大量の自動車を隙間なく積み込めるよう、車両甲板が複層的に設計され、埠頭から自動車が自走して船倉に収まる。自動車大国ニッポンが技術の粋を凝らした特殊運搬船である。

老朽化したPCCは、キャッシュバイヤーと呼ばれる船の仲買人が引き受けて解撤屋に売り渡す。彼らは、再利用できる部品を回収し、最後は鉄のスクラップにして電炉業者に売り払う。ところが、その過程で不明朗な行為に手を染めた日本の業者がいたと「海事日報」は報じていたのである。

現役を退いた自動車専用船は必ず「死に船」にする――海運業界にはそんな不文律がある。そもそも、自動車やトラックの専用船は、日本の造船メーカーがその大半を建造してきた。それらの船は、進水して二十年から二十五年が経つとスクラップにされる。中古船として再び利用されれば、自動車専用船がたちまち溢れて、傭船料の値崩れを起こしてしまうからだ。そうした「生き船」が市場に出回ることを防ぐため、引退する自動車やトラックの専用船は全て「死に船」にする。日本の造船・海運業界はそんな仕組みを確立し、永年にわたって独占的に取り仕切ってきたのである。

ところが、こうした暗黙の了解に抗って、自動車専用船を解撤屋に売ったように見せかけ、「生き船」のまま転売して儲けようとした業者がいる。この短信にはそんな情報がリークされていた。

先日、あの営業課長がつい漏らした「自動車専用船の売却をめぐる一件」は、この疑惑と関わりがあるかもしれない——。一瞬、そうひらめいたのだが、壮太はそんな推測を即座に打ち消した。エバーディールはあくまでブローカーにすぎず、巨大な自動車専用船を直接買い取って転買することなどありえない。とはいうものの、どこか気にかかる。釈然としない。

壮太は「神戸海事研究会」の名を告げて、「海事日報ウェブ」の編集部に電話をしてみた。携帯電話は上司が用意してくれたものだった。これなら先方が着信履歴からコールバックしてきても応じることができる。アキモトと名乗る副編集長は、驚くほど率直に話をしてくれた。

「情報源のことは控えさせてもらいますが、日本のキャッシュバイヤーが、自動車専用船を『生き船』で売って巨額の利ざやを抜こうとした。当時、そんな情報が関係者の間に流れていましたので、消息の形でリリースしたんですよ」

このニュースサイトは、業界の情報交換の場として重宝されている。一般の報道機関ではないため、必ずしもウラが取れていない情報も構わず掲載する。それが編集方針だという。

「海運業界は情報が命です。ですから、ちょっとした消息も侮れません。ただ、あの短信も、キャッシュバイヤーの名前まで書いてしまえば、訴訟のリスクもありますから、そこまでは――」

壮太はここぞとばかりに畳みかけた。

「それでは、せめて、そのキャッシュバイヤーが、東京の業者かどうかだけでも教えていただけませんか。ここだけの、そうオフレコということで」

「東京のキャッシュバイヤーじゃありませんよ。彼らはしょっちゅう集まって情報交換をしていますから、掟破りはすぐに露見しちゃいます。大手船主に知られたら、ロンドンの裁判所に持ち込まれて、それこそ億単位の違約金を支払うよう命じられてしまう。リスクが大きすぎて、まともな業者は手を出しません」

「そんな危ない取引に手を出すとしたら、どんな業者でしょうか」

「業界の一匹狼ならやるかもしれませんね」

「では、そんな危ない話に乗ってくるとしたら、どこの業者でしょう、インドですか」

アキモトは言葉を濁しながらも、インドのリサイクル業者の可能性はまずないと否定した。最近、インドでは監督官庁の監視が厳しくなっている。こんな話の片棒を担ぐとしたらバングラデシュではないかと示唆してくれた。

「われわれも、なにも業界のゴシップを扱っているんじゃない、そこは誤解のないように。『生き船』は売らない、これは業界内の暗黙の了解にすぎません。厳格な法的規制があるわけじゃない。ですから、こうした消息を流して抑止力を利かせようとしているんです」

並の調査官なら、ここで引き下がっているだろう。だが、粘りが身上の壮太はさらに一歩踏み込んでみた。

「このネタ元は、特定の企業の商談を潰そうという狙いがあったのでしょうか」

「情報を提供してくれた意図まではよくわかりません。でも信頼できる会員さんからのものです。最近では大手企業でも女性メンバーのほうが、断然意識が高い。解撤業界の海洋汚染についても、皆さん、現場をこまめに歩いていますから、一般のメディアが伝えない情報を寄せてくれます」

このニュースサイトは貴重な情報の宝庫だった。二〇一〇年二月から遡って三年分の記事を丹念に当たってみた。すると、「海の環境を考える」というシリーズのなかに「シップリサイクル条約締結に日本は果敢な役割を」と題する文章が見つかった。投稿したのは総合商社の女性総合職だ。さらに「ベンガル湾、巨船の墓場を歩いて」というエッセイが載っていた。

〈象の墓場という言葉がありますが、そこはまさしく巨船の墓場と呼ぶべき場所でした。遠浅の海岸に鉄の残骸が散らばっているではありませんか。美しい海をかくまで汚していいものかと心が痛みました〉

この文章を投稿したのも、別の大手商社の女性総合職だった。解体作業に従事する労働者の劣悪な労働条件に触れ、先進国はいまこそ役割を果たすべきだと訴えていた。

例の消息のネタ元は、この二人のどちらかだろう――壮太は彼女たちにアプローチするに先立って、バングラデシュの船舶解体に関する文献を手当たり次第に読み漁った。「巨船の墓場」の惨状は聞きしにまさるものだった。

ベンガル湾の奥深くに位置するバングラデシュ第二の都市チッタゴン。この一帯の浅瀬には、ガンジス河とブラマプトラ河が吐き出す土砂が堆積している。潮が引くと海岸線が八百メートルにわたって後退し、広大な干潟があらわれる。ここが「死に船」の解撤場となっている。

満潮を迎えると、老朽船は汽笛を鳴らしながら、沖合から解撤ヤードとなる浅瀬にまっしぐらに突き進んでいく。浜風に赤と黄の二本の誘導旗がはためいている。その間を瀕死の船は全速力のまま乗り上げて息絶えるという。

潮が引くと、干潟に巨体を横たえる船に、工具を手にした男たちが一斉に群がっていく。この奇怪な解体作業は「ビーチング」方式と呼ばれる。『ガリバー旅行記』のなかで、小人の国リリパットに漂着したガリバーが小人たちに細いひもで縛られている様を髣髴とさせる。

「老朽船は、船首からガスバーナーで切断され、陸地の作業場へ運ばれて解体されていくのです。労働者たちは満足な安全装備も支給されず、大槌とメタルカッターを手に挑んでいきます。船から漏れ出す有害物質は、海を汚すだけでなく、彼らの身体も蝕んでいるのです」

現地の惨憺たる光景を目の当たりにした彼女の文章には行間から憤りが溢れ出ていた。

「公憤は極秘情報の母だ」

イギリスの諜報界に伝わる箴言（しんげん）である。

「巨船の墓場」をリポートしたこの女性総合職こそ、例の消息のネタ元にちがいない

——壮太はそうにらんで、接触してみることにした。

*

「もしもし、はじめまして。私どもは美しいバングラデシュの海が日本で建造された貨物船の解体で汚されていく現状を心配するものでして」

壮太は「神戸海事研究会」の環境部会のメンバーを名乗って、東京の大手商社の船舶海洋部に勤務する女性に電話をかけてみた。

「海事日報ウェブにお書きになったエッセイを読ませていただきました。シップリサイクルについて、現地の様子をお聞かせいただけませんでしょうか」

「はい、私でお役に立てるのなら」

どうやら海洋汚染の現状に危機感を抱く同志と思ってくれたようだ。さして警戒する風もなく快く応じてくれた。

「私たち日本にもかなりの責任があると思うんです。なにしろチッタゴンで解体される大型船舶のじつに七割は、日本が建造した船なんですから。用済みになれば、いちばん安上がりな方法で始末してキャッシュに替えればいい、もうそんな時代じゃありません」

砂浜で貨物船を解体するビーチング方式では、廃油や汚泥はそのまま海岸に放置されてしまう。塗装片、コンクリート片、ゴム屑、ケーブル屑も捨て放題だという。

「そこは解撤のコストがかかっても、環境に配慮したリサイクルが何としても必要になっています」

壮太は、自らの意思を堂々と掲げて我が途をゆく女性の扱いにはいささか修練を積んできた。Ｍｉｓｓロレンスと机を並べて過ごして二年になる。まず相手の問題意識に寄り添って、ひたすら耳を傾ける。これが彼女たちの心を開く要諦と心得ている。

「死に船の処理には厳重なルールが必要なんです。一日も早く各国が条約を批准して、シップリサイクルの国際的なルールを確立しなくてはなりません」

壮太は「まさしく同感です」と相槌を打ち、環境にやさしい会社を装って、「死に船」で売ると見せかけながら、そのじつ「生き船」として転売して利ざやを稼ぐ日本の業者についてはどう考えるかと問いかけた。

「そうしたケースは多くはありませんが、実際に見受けられます。契約に反してまで儲けようというのは許せません。今後とも監視を強めていくべきです」

やはり、彼女がネタ元だったのだろう。驚くほど率直に自動車専用船を巡る商談の経緯を明かしてくれた。問題の船は、一九八八年に建造されたセダンの三千五百台積み、最大積載量一万五千二百トン。神戸の船舶仲立業者が、東京のキャッシュバイヤー数社と競った末に、買い取っていったという。価格は公表されてはいないが、おそらく五百三十万ドル、日本円にして五億三千万円相当だったらしい。

「私たちは、買値はせいぜい四百五十万ドルと踏んでいましたので驚きました。こんな値段で買っても利益が出るはずありませんから。解撤屋への売値だってせいぜいが五百万ドルどまりです」

壮太は率直な疑問をぶつけてみた。

「それで『生き船』として転売するのではないかと疑いをもたれたわけですね」

「そう、どうにも腑に落ちないものですから、バングラデシュ側の動きをトレースしてみたんです。彼らはそんな高値で買い取って、どうするのか。そうしたら、やはり『生き船』として、そのまま使うために輸入したらしいという話が聞こえてきました。スクラップとして解撤屋に売るよりずっと儲かりますから。環境にやさしい、とアピールもできます」

本人は明かそうとしなかったが、ニュースサイトに情報を流して、こうした目論見を潰したのだろう。

地球環境の保全に情熱を注ぐ彼女は、シップリサイクルを巡る多国間協定が発効していない現状に憤るあまり、貴重なインテリジェンスを壮太にもたらしてくれた。

「船を買い取ったのは、バングラデシュの『タヘール・エンタープライズ』という解撤業者です。ただ、鉄のスクラップだけでなく、鉄を溶かす電炉や鉄工所も持ち、中古船の売り買いもしています。まあ、いわば何でも屋ですね。神戸の業者は、この商談が情報サイトに漏れたこともあって、結局、この自動車専用船をスクラップにせざるをえなくなりました」

壮太はここで、やや棘(とげ)のある質問をぶつけて、彼女の反応を探ろうとした。

「それじゃ、この自動車専用船は、チッタゴンの海岸で解撤され、あの海を汚すことになってしまったわけですね」

彼女は、電話の向こうで声のトーンを高め、そんな不心得者を出さないためにも、環境にやさしいシップリサイクルの国際的なルールはどうしても必要だと主張した。条約さえあれば、バングラデシュの海が汚されることはないはず、と熱っぽく論じ続けた。

＊

壮太が茶の湯の稽古に通い始めて二ヵ月が過ぎた。永山夫人の懐に飛び込んで貴重な情報を引き出す。そんなヒューミント活動の手段として始めた茶道だったが、いまでは週末が待ち遠しくてならない。

住吉山手の一帯は、六甲の山麓（さんろく）に抱かれ、澄んだ住吉川の流れが閑静な街並みを貫いている。清冽（せいれつ）なせせらぎの音が茶室にもかすかに聞こえてくる。

壮太は他の稽古人より一時間ほど早く渓聲庵に着くよう心がけている。そうすれば、白い割烹着姿で茶室の準備をしている宗祥先生と言葉を交わし、ゆったりと流れる時間を共にすることができる。

寄付（よりつき）と呼ばれる小部屋で身支度を整え、真新しい靴下にはきかえる。襖（ふすま）をあけて扇子を膝前に置き、宗祥先生に「よろしくお願いいたします」と挨拶した。

「野津さん、早めに来てくれたのね、ありがとう。お茶室の畳をお願いできるかしら」

「はい」と答えて、壮太は水屋へ行き、けんどんから雑巾を取り出した。畳の目に沿って丁寧に乾拭(からぶ)きしていく。畳の匂いは不思議と気持ちを落ち着かせてくれる。

霜月(しもつき)は「茶の正月」といわれ、茶人にとって炉を開く大切な月だという。この十一月から茶席は、すっかり冬のしつらいとなる。床柱にかかった竹の花入には、ふっくらした蕾(つぼみ)の白玉椿(しらたまつばき)と紅に染まったハナミズキの照葉(てりは)が入れてあった。

「十一月になるのが待ち遠しかったわ。炉に炭の火を入れると、茶室にどこか親しみのある温(ぬく)もりが戻って来た気がするの。炉をはさんでお客様と向かい合って、お茶を点てることができるでしょう。釜(かま)から湯気が立って、お湯が沸いて釜がしゅんしゅんと鳴る。松風の音——茶人はそう呼ぶんですよ」

宗祥先生は満ち足りた笑みを湛(たた)えていた。きれいな所作で桑柄の火箸をもち、赤く燃えた炭をひとつ、またひとつと心を込めて炉に置いていく。

「これが丸ぎっちょ、そこに割ぎっちょを二つ、こんなふうに立てかけるんです。空気が対流して火が熾(おこ)りやすいように。これで下火はできあがりと」

それから炭斗(すみとり)に手を伸ばすと、なかから陶の小箱をとりだした。鳥や草花が色鮮やかな細密画で描かれている。

「ちょっと珍しい文様ですね。フォークロアな感じがして」

「あら、よく気づいたこと。これは見立てで香合に使ってるの」

「見立て、といいますと――」

「よく、庭の池を洞庭湖に見立てるというでしょう。この箱は、形も大きさもお香を入れておくのにぴったり。本来は茶道具ではないのだけれど、茶道具に見立てて、ということね」

「じつに細かく描き込まれていますね。僕も漫画をちょっと描くんですが、こんなに細い線を引くのはなかなか大変です」

「ほら、ここ、この鳥の嘴を見て。うんと細い線は、猫の顎の髭で描いているんですって。でも不思議ね、どうやって猫から髭を抜くのかしらね」

好奇心が旺盛な人なのだろう。壮太を見上げて微笑んだ。

「この絵は、ウクライナの伝統的な装飾技法で『ペトリキフカ』と呼ぶそうよ。スラブ民話の挿絵のように、どことなく幻想的な絵柄よね。文様にはすべて意味があって、この赤い雄鶏は火を表しているそうです。魂を浄めてくれる鳥なんですって。お香も炉のなかを清めるために使いますから、火の鳥を描いた箱は、香合にぴったりだと思ったの」

「見立てにはそんな象徴的な意味も込められているんですか。お茶は奥が深いなぁ。

先生がウクライナでお求めになったのですか」

「いいえ、主人の会社のパートナーがウクライナの方で、その方の奥様からお土産にいただいたものなの」

エバーディールのパートナーがウクライナ人——。祥子夫人がふと漏らしたひとこと。それは、壮太を一瞬戸惑わせるに十分だった。「兵藤情報」のどこにもそんな重要情報は記されていなかった。

「その奥様はさすがヨーロッパの方らしく、古い美術品がとてもお好きで、日本の茶の湯にも興味を持ってくださっているの。ご主人が中国へ単身赴任されていたとき、現地を訪ねて骨董屋さんも随分見て歩いたそうよ。だけど、大連でも、ハルビンでも、これはという品には出合わなかったそうです。時折、お茶席にお招きすると、中国や朝鮮のお道具を手に取って、さすが日本にはいい品が伝わっているって、とても喜んでくださるの」

祥子夫人は、愛おしげに火の鳥の香合を手に取って蓋を開けた。そして練香を火箸でつまみ、灰の上にそっと置いた。清らかで甘い香りがほのかに漂ってきた。

大連とハルビンで仕事をしていたウクライナ人がいまはエバーディールのパートナーとは——。いったいどんな方なのですか、と聞きかけたその時だった。

「ごきげんよろしゅうございます」

屈託のない声が茶室の静寂を破った。社中で最古参のマダム堀が顔をみせた。

マダム堀と皆から呼ばれる堀久子は、稽古人のなかでは際立って情報通だ。それだけに壮太にとって要警戒の人物でもある。祥子よりも五歳年上で、娘時分からのつきあいだという。洋介との結婚式にも参列した仲らしい。船会社のオーナー一族に嫁ぎ、いまは会長夫人だ。趣味は海外の遺跡探訪とお茶、それにトレッキング。怖いものなしのあけっぴろげな人柄で、好奇心はひと一倍旺盛である。

壮太が初めて稽古に出向いた日のことだった。お稽古が終わり、みなで片付けを済ませ、リビングルームに移った。「おしのぎ」と称して、永山家のお手伝いさんが用意してくれた小さなおにぎりをごちそうになり、それぞれに他愛ないおしゃべりをする。マダム堀にとっては、この時間がなにより楽しみで稽古に通っているらしい。

「野津翔太さんって、おっしゃるのね。おいくつ？　どちらにお住まいなの」

直球が矢継ぎ早に飛んできた。

「二十八歳になります。住まいは、えーっと須磨のほうです」

「ご結婚は？　まだおひとり？」

「はい」

「で、お勤めはどこ」

「公務員です。法務関係の――」

「あら、検事さん？　それとも、キムタクのドラマに出てくるあの検察事務官？」

「いえ、あの、ぼくはふつうの事務職ですが」

「久子さんたら、テレビドラマの見過ぎですよ」

たじたじとなった野津翔太に先生が助け船を出してくれた。

完璧に偽装しているつもりでも、ストレートな質問攻勢にさらされると、ついどぎまぎしてしまう。気を引き締めてかからなければ――攻撃は最大の防御だ。こちらから打ってでよう。

「先生、渓聲庵という名前にはどんな意味があるんですか」

「野津さん、ちょっと耳を澄ましてみて。ほら、微かに住吉川のせせらぎが聞こえてくるでしょ。それでと、お答えしているの。でも本当は、宋の詩人、蘇東坡（そとうば）が禅の悟りを開いたときの韻文から採ったんです。渓谷のせせらぎは、それがそのまま仏様の説法なのだ――、私もそんな風に思えたらと願って」

「そんなに立派な意味があるのに、ご主人の洋介さんは、面白いこと、私に言うてましたよ」

情報通のマダム堀は永山のことばを明かしてくれた。

「ケイセイはせせらぎの声じゃなくて、城を傾ける。つまりこの庵は『傾城庵』やってね。震災後のしんどい時期なのに、愛しい祥子さんのために、えらい散財されたんやから。宗祥さんはやっぱり楊貴妃なみの傾城の美女いうことやね」

「久子さん、野津さんが困った顔をなさってますよ。うちは震災で傾きかけましたが、いまのところはかろうじて立っていますから、私は傾城なんかじゃありません」

夫の洋介が妻の祥子をいかに大切にしているか、それが伝わってくるエピソードだった。

ウクライナ人の影がエバーディールに伸びている――。だとすれば、中国の延辺朝鮮族自治州とつながる北朝鮮ネットワークにこの会社が取り込まれている、といった単純な構図ではないのかもしれない。

ウクライナ・ファクターの登場によって、壮太の標的はまたひとつ新しい貌（かお）を見せ始めた。赤い雄鶏が描かれたウクライナの香合を思い浮かべながら、壮太は住吉川の畔を散策して帰途についた。

第五章　彷徨える空母

まるで魔法のトンネルだった。列車が短いトンネルを抜けると、ぱっと視界が広がった。一軒家やマンションが整然と立ち並ぶ車窓の風景が、のどかな里山に一変した。眼前に小さな渓谷が迫ってくる。晩秋の六甲の山懐に抱かれ、すっかり色づいた紅葉が杉木立の緑に映えて燃え立つようだ。

JR福知山線の宝塚駅を出てからわずか五分余り。七輛だての列車は、二つのトンネルに挟まれた山間の小さな駅、西宮名塩に滑り込んでいった。ホームに降り立つ客もまばらだった。

きょうの兵藤史郎は、渋いグレーのジャケットに黒いスラックス姿で、ステンカラーコートを羽織っている。相方の梶壮太は、濃紺の背広に細かいドット柄のネクタイを締め、ピーコートを手に兵藤のすぐ後ろを歩いていく。傍目(はため)には、ふたりは精密検査を受けに大学病院に行った父親と付き添いの息子とでも映るかもしれない。

壮太がジェームス山へのジョギングの帰り道で、エバーディールの名を偶然見かけたのは、桜がほころびはじめた頃だった。春霞に覆われた標的を夢中で追いかけているうち、季節はあっという間に移ろい、谷底から見あげる周りの山々はいま錦繡(きんしゅう)に彩られている。

このところ、壮太は悪夢にうなされて明け方に目覚めることがある。闇のなかを逃げる男の背中を必死で追っている。一歩、あと一歩と距離が縮まり、もう少しで男の肩に手が届きそうになる。その瞬間、男が振り向いた。だが、その顔には目も鼻もない。のっぺらぼうだ――。恐怖のあまり、叫び声をあげて起きあがる。シーツにはひと形の寝汗がべっとりとついている。

そんな壮太の苦境を察してか、兵藤は刑事だった頃の苦労話をさりげなく明かしてくれた。

「どでかいヤマを追っている時には、誰だって焦りに駆られるもんや。重要参考人を捕まえたと思ったらシロだった。そんな夢にうなされ、夜中にアーッと叫んで、嫁はんにようどやされたわ」

エバーディールをわが手でじかに攻略する時が近づいている――壮太はそう考えている。だが、いま軽々に動いては、社長夫人から茶の湯の手ほどきを受けていることが露見する恐れもある。結局、兵藤に頼んで、会社の内情に通じた人物にまず探りを入れてもらうことにした。

「よっしゃ、まかしとけ」

兵藤は快諾してくれた。だが、壮太は事務所でじっと待っているのがもどかしく、今度ばかりは現場近くまで付いてきた。

エバーディールの番頭格だった古手社員が、海運ビジネスからリース・マンション事業に手を広げたことが不満で辞めていったらしい。先日、聞き取り調査に応じてくれた船舶代理店の営業課長が業界の噂を漏らしてくれた。この話がどうにも気がかりで、退職後の消息を追ってみた。その人はいま、名塩茶園町の自宅に引きこもり、好きな庭いじりに勤しんでいることが分かった。

兵藤と壮太は、西宮名塩駅の谷底のホームからエスカレーターを二度乗り継いでようやく地上のロータリーに出た。兵藤はここから阪急バスに乗って名塩茶園町に向かう。壮太は近くにある喫茶&軽食「パートナー」で待つことにした。

土産はかならず持ちかえってみせる。兵藤は自信ありげな表情でバスに乗り込んでいった。十分ほど阪急バスに揺られ、名塩茶園町の停留所に降りたった。ジャケットからスマホを取り出し、グーグルマップを頼りに坂をのぼっていく。その後ろ姿には、内ポケットに逮捕状を忍ばせてホシの家に踏み込んでいくかつてのベテラン刑事の闘志が漲(みなぎ)っていた。

丘の上に建つ屋敷が見えてきた。小屋根のついた数寄屋門に「反町毅啓(そりまちたけひろ)」と表札がかかっている。見事な枝ぶりの赤松がすっくと伸びていた。

小柄な背中が木陰からちらりと見える。茶ノ木の生垣を剪定鋏(せんていばさみ)で丹念に整えている。

「反町さんでしょうか。私、こういう者です」

青々とした垣根を背に、この家の主は訝(いぶか)しげな視線を向けてきた。兵藤は「神戸海事研究会　環境部会」の名刺を差し出し、エバーディール時代の話を聞かせてほしいと持ちかけた。招かれざる客に反町は露骨に嫌な顔をした。

「私はもう何年も前に会社からは引いた身や。なんも話すことなどありませんわ」

だが、これしきのことで退散する元刑事ではない。

「私どもは途上国の環境汚染の調査に当たっておりまして。とは言うても、個々の事例は取りあげてへんのです。神戸の海運業界にその名を知られた反町さんや、一般論で構わんので、是非ともご見識をお聞かせ願えませんか」

元番頭の虚栄心をくすぐってみた。

「船舶関係の方々も、反町さんならと、皆そう言うてました」

兵藤の大きな話し声が聞こえたのか、玄関の扉が開いて福々しい面立ちの夫人が顔を出した。

「お父さん、庭先で大きな声でしゃべっとらんで、なかに入ってもらったらええやないの」

「奥さん、えらいすんません。ほんなら、ちょこっとだけ」

人懐こい笑みを浮かべて、兵藤はさっと引き違い戸を開けて門をくぐった。

広々とした庭には、満天星(どうだんつつじ)が紅葉し、藪椿(やぶつばき)が白い清楚な花を咲かせている。艶(あで)やかな緑の葉に真っ赤な実をつけた万両(まんりょう)が彩りをそえて鮮やかだ。

玄関先で小さな菓子折りを手渡すと、夫人は屈託のない笑顔で迎えてくれた。

「あら、凮月堂(ふうげつどう)のゴーフル。うれしいわ、おおきに」

仕方なく、反町も鋏を置き、手袋を外して、渋々、家のなかに入ってきた。

客間に通されると、夫人が蓋付きの汲出(くみだし)に煎茶を入れて運んできた。兵藤は一礼するとすかさず本題に入った。

「日本の大型貨物船がインドやバングラデシュの解撤業者に売られて、海の環境汚染を引き起こしとる。これはご存じの通りですわ。私らはその調査をしとるんです」

反町の顔がにわかに歪んだ。

「船の商いはしとりましたが、環境のことなど詳しくありませんよ」

「じつはおたくの会社が売った例の自動車専用船、あれがバングラデシュの砂浜に打ち捨てられたことで重油が流れ出て、環境破壊を引き起こしていると聞きました」

「それはもう、九年も前のことやないですか。それにうちは船を売っただけや。海を汚したんは、あっちの解撤屋ですやろ」

「ところが近頃ではEUの規制当局が売った側の責任も問題視しとりまして。環境保護団体のグリーンピースも騒いどる。クジラの問題だけやないんですわ。日本側としても、なんか釈明せえへんと。言うたら、私ら環境部会はおたくらの商売の尻ぬぐいをさせられとるんですわ」

兵藤はじわじわと外堀を埋めていった。元番頭は汲出の蓋を取ると、ぬるくなった茶を一口すすって反論した。

「私はもう引退した人間ですよって、聞きたいことがあるんなら、じかに永山社長に聞いてみたらええやないですか」

兵藤はここが勝負どころと見て、船を売買した経緯に踏み込んでいった。

「それにしても不思議な話ですな。鉄屑として売るのに、ずいぶんと高値で買わはりましたなぁ。反町さんほどの商売人が――。手間賃を引いたら、赤字になってしまうやろに」

すると、鉛筆の先のように尖った反町の口調がなぜか柔らかくなった。

「たしかに、バングラデシュの解撤屋へ渡せば、有害な物質の処理も満足にせんままスクラップにしてしまう。きれいな海は汚し放題や。いまのご時世、それではあかん。せやから、私らは何とか『生き船』として役立てられないものかと考えたんですわ」

ついに獲物が疑似餌(ぎじえ)に食いついてきた。兵藤は、反町の言い分に「なるほど」と頷きながら、話の核心に誘い込んでいった。

「自動車専用船は必ずスクラップにする。それは日本の造船メーカーや大手船主の、言うたらエゴやないですか。傭船料の値崩れを防ぐための業界の縛りや。当時もいまも、そないな国際協約などないですやろ」

霧が晴れたように、反町の表情が明るくなった。

「そのとおりですわ。環境にも配慮し、同時に商売の儲けも考える。だが一方じゃ業界のしがらみもある。私らも、ずいぶんと悩みましたわ。エバーディールは老舗やからね」

やはり「生き船」にするつもりで自動車専用船を買い取ったのだ。その事実を元番頭はようやく認めた。エバーディールを幾重にも取り囲む厚い壁のひとつが崩れた瞬間だった。

「そんなに気張って支えた老舗をなんで辞めはったんですか。社長さんもさぞかし頼りにしとったやろに」

「いや、わたしも年ですよって。時代の流れにようついていけんかった。グローバル化かなんか知らんけど、訳の分からん外国人が会社に入り込んできて、私らはすっかり蚊帳の外や。外国相手の商売やいうても、なんでウクライナ人にこき使われんとあかんのか。海運の永辰で育った私には潮時でしたわ。けど、洋介社長には、いまも申し訳ないと思てます」

そう語る反町の表情には永辰への愛着が溢れ、どこか寂しげだった。

＊

兵藤は、釣りあげた獲物を携えて、壮太が待ち受ける喫茶店に意気揚々とあらわれた。

「おい、大漁やったぞ」

はやく釣果を見せびらかしたい。上機嫌の釣り人のような邪気のなさが伝わってきた。

「『生き船』にするつもりで船を手に入れた。元番頭はそう認めよったわ。環境がなんとかと理屈はつけよったが、要するに、ひと儲けを企んで慣れない商いに手を出した。ところがどっこい、その悪だくみがばれそうになって手をひっこめ、その果てに大損をこいたんや」

「千三ツ屋として大儲けを企んだが、そうは問屋が卸さなかったというわけですね。僕らの読み筋どおりです」

リーマンショック後の海運不況で、資金繰りに窮したエバーディールは藁をも掴む気持ちだったのだろう。東京のキャッシュバイヤーたちと競って、一万五千トンクラスの自動車専用船を高値で買いつけた。そして業界の掟に逆らって「生き船」として転売しようとした。

自動車専用船は必ず解撤屋に引き渡してスクラップにする。大手の船主とキャッシュバイヤーの契約書には、そうした取り決めが必ず入っている。だが、バングラデシュの解撤屋に話をつければ、「リサイクル完了報告書」など簡単に整えてくれる。そのうえで「生き船」としてインドやバングラデシュの船主に転売すれば、少なくとも一億五千万円の利幅は稼ぎだせる算段だったのだろう。

「万一、これが表沙汰になれば、会社の評判は地に墜ちる。いや、それだけじゃ済まない。ロンドンの裁判所から違約金の支払いを命じられ、倒産に追い込まれる危険すらあった。そうしたなかで、なぜか業界のサイトに情報が漏れてしまった。やむなく自動車専用船をスクラップにせざるを得なかった、そうだったんですね」

兵藤は唸るように言った。

「行くも地獄、退くも地獄や。裁判になったら、どえらい違約金をとられる。けどな、契約どおりに解体してしまえば大損やろ。その年の会社の決算は悲惨やったはずや」

「そこのところは、上場会社ではないので。二〇一〇年の税務申告も調べてみないことには——」

「それにしても、こないに危ない話をエバーディールに持ち込んだんは一体誰や。なんぼ会社が苦しいゆうても、エリートの永山洋介社長が考えつくとは思えんし、あの番頭もそれほど悪智慧（わるぢえ）が回るようには見えんがなあ――」

そういえば、と言って、兵藤は身を乗りだした。

「元番頭が妙な話をしとったで。いま、あの会社じゃ、船のビジネスはもっぱらウクライナ人が仕切っとるそうや。洋介社長も蚊帳の外や、と不満たらたらやった」

神戸の老舗のシップブローカーには、得体の知れない何者かが棲みついている。永山祥子が「会社のパートナー」と呼ぶウクライナ人だ。

それは仄（ほの）かな甘い香りと相俟（あいま）って壮太の映像記憶にいまも鮮やかに刻まれている。

「主人の会社のパートナーがウクライナの方で、その方の奥様からお土産にいただいたものなの」

宗祥先生はそう言って、火の鳥の香合をみせてくれた。灰の上にそっと香を置くしなやかな手の動き。あの瞬間からウクライナという国が、エバーディールの秘密の扉を押し開く暗証となった。

エバーディールの経営の実権はウクライナ人の手に握られている。兵藤が元番頭から聞き出してくれた情報がまたひとつ、壮太の見立てを確かなものにした。自動車専用船を「生き船」として売り捌こうとした商談にもこのウクライナ人は関与しているにちがいない。そうでなければ、あの不可解な買い取りの経緯を解き明かすパズルのピースは埋まらない。

かつて大連とハルビンに在勤し、いまやエバーディールを取り仕切るウクライナ人経営者——。その男の正体に思いを巡らせていた壮太の脳裏に、突如、もう一つのウクライナ・ファクターが蘇ってきた。

*

あれは壮太が公安調査官として神戸に配属されて二年余りが経った頃のことだった。いつものように調査資料を読みふけっていると、後ろから柏倉の野太い声が聞こえてきた。

「おい、梶。どうせ暇やろ。人数合わせにお前、行ってこい」

海上自衛隊の元海将補が若手調査官と懇談するという。そのひとは、情報畑を一貫して歩んだインテリジェンス・オフィサーだった。退役すると神戸の大手鉄鋼メーカーに顧問として迎えられた。捨扶持（すてぶち）を与えられ、もっぱら英字新聞を読んで無聊（ぶりょう）をかこっているという。そんな提督のために、ささやかなインテリジェンス研修の集いが用意された。

　末席に着いた壮太は、顔を見た瞬間から、なぜかこの人物に好感を覚えてしまった。面長で鼻筋が通り、短い口髭を生やしている。どっしりと構えているが、一重まぶたの奥に光る瞳からは温かさが伝わってくる。講話が始まってすぐに、自分の勘に狂いはなかったと確信した。

　この国の海上実戦部隊は、戦後、絶えて一度も敵に砲火を放ったことがない。常の海軍士官なら内心、忸怩（じくじ）たる思いを抱えていることだろう。だが、眼前の提督は、不戦海軍の伝統を少しも愧（は）じている様子がない。同時に、そのひとは現役時代の功績じみた話題も一切口にしようとしなかった。

　しかしそれでは講話も盛り上がるはずがない。参加者はひたすらあくびを嚙み殺していた。退屈な会がお開きになる直前、司会役の先輩調査官が「この際、お尋ねしておきたいことは」と言い、壮太に目配せをした。この無茶振りには慌ててしまった。

「防衛駐在官時代、もっとも印象に残っている出来事は何でしたか」

　壮太はそんな凡庸な質問で急場を凌いだのだった。

　提督は「いや、とりたてて――」と言い、しばし沈黙した。そして、静かに語りだした。

「私が防衛駐在官として在勤したのはトルコの首都アンカラでした。はっきり申し上げて、わが海上自衛隊にあって、情報士官はマイノリティなのですが、そのなかでもアンカラは二流以下の配置ですな。海から遠く離れていますから」

だが、その物言いは、志を得なかったひとの屈折からは程遠い、爽やかなものだった。

「このままじゃ潮っ気が抜けてしまうと思い、毎週のようにボスポラス海峡を望むイスタンブールに通ったものです。その頃、中国がウクライナ海軍から買った航空母艦ワリャーグの海峡通過をめぐって、ひと悶着(もんちゃく)持ち上がっていました。トルコ政府は、エンジンが作動しない巨艦の曳航(えいこう)は危険で認められないと難色を示していたのです。だが、中国側もあきらめない。結局、中国人観光客を年間二百万人ほどトルコに送り込むことで了解を取り付けました。かくしてワリャーグは晴れてボスポラス海峡を抜けて中国へ曳航されていきました。本省には公電を何度も打ったのですが、とくに反応はありませんでしたな」

のちに中国海軍初の空母として蘇ることになるワリャーグ。その東アジア曳航は、かつてのバルチック艦隊のニッポン来襲にも匹敵するような戦略上の意味があったのだが、と提督は無念そうだった。

このひとは若手調査官たちをまっすぐに見て、からからと笑った。そこには自嘲の色はいささかも含まれていなかった。君たちもインテリジェンス・オフィサーとして、やがて同じ体験をするはずだと教え諭しているように思われた。

「われわれのインテリジェンス・リポートなど、岩波の『世界』のようなものですな。学者先生がいくら悲憤慷慨しても、現実の政策には何の影響も与えんのです」

壮太は、あの時の提督の一語一句を脳内の記憶装置から手繰り出してみた。同時に、英国の『ジェーン海軍年鑑』をひもとき、王立国際問題研究所のサイトで空母ワリャーグが辿った数奇な運命を追ってみた。

ワリャーグは、一時、スクラップとして解撤される危機に遭いながら、「生き船」としてしぶとく蘇った。そして、中国初の航空母艦「遼寧」となった。いまや、僚艦を引き連れて、東シナ海から宮古海峡を抜けて東太平洋を遊弋し、ニッポン列島を横目で睨みながら、海洋強国、中国のプレゼンスを誇示している。

＊

いま一度あの提督に話を聞きに行こう。そう思い立ち、鉄鋼メーカーの小さな顧問室を訪ねると、提督は「ロンドン・タイムズ」のデジタル版を読んでいた。きれいに片づけられた机の上には、防衛駐在官時代のノートだけが置かれていた。壮太のために自宅からわざわざ持ってきてくれたらしい。こまやかな気配りのひとなのである。

「彷徨(さまよ)える空母――まさしくそんな形容がぴったりの鉄の塊でしたな。この艦のことはひと通りご存じでしょうから、来歴はざっと説明するだけにとどめます、いいですね」

来歴――。それは、美術品や骨董がどんな持ち主から誰に渡ったのか、もっぱら、画商や道具屋の世界で使われる言葉だと壮太は思い込んでいた。航空母艦の来し方も来歴と表現するのか。

「冷戦は終わったのですから、この空母は鉄屑として、インド亜大陸の解撤屋に売られる運命だったんですよ。なにしろ、東西冷戦のさなかの一九八五年、当時はソビエト連邦の一員だったウクライナ共和国の黒海造船所で起工された艦なんですから。三年後には進水して、艤装工事が行われていました。ところが、ベルリンの壁が崩壊して、空母の建造どころではなくなってしまった」

ソビエト連邦の崩壊によって、空母ワリャーグ六万七千五百トンの建造工事は中断された。一九九二年のことだ。すでに船体は完成し、推進機関もおよそ八割が出来上がっていた。

「その所有権をめぐって、ソビエト連邦から分離独立したウクライナと新生ロシアの間に激しい争いが持ち上がったのです。その果てに、ロシア側がようやく譲歩し、ウクライナに艦を引き渡すことで決着しました」

壮太は早速疑問をぶつけてみた。

「冷戦が終わって、いわば無用の長物になったはずの空母に、モスクワもキエフもなぜそこまで拘ったのでしょう」

「そう、たしかに、冷戦の終結直後は、米ソの軍備競争は過去のものとなった、と誰もが信じていました。未完の空母の価値など地に墜ちてしかるべきだった。ところが、この巨艦は意外にも高値を呼んだのです。新興勢力の中国、インド、ブラジルそれにアルゼンチンまでが、新鋭空母をなんとか持ちたいと願い、ワリャーグの獲得に動いた。その機を逃さず、水面下で暗躍したのがノルウェーのシップブローカーでした」

　壮太は驚きを隠さなかった。

「空母の世界にもシップブローカーが登場するんですか」

「もちろん。売り手がいて、買い手がいれば、千三ッ屋は必ず乗り出してきます。とりわけノルウェーの業者は早耳で知られていますから」

　ところが商談は成立しなかった。ウクライナとロシアが提示した価格が、船体二十億ドル、搭載機二十億ドル、合わせて四十億ドルとあまりに高値だったからだ。

「梶さん、旧ソ連の情報機関も、中国の情報機関も、じつは、兵器のブローカーを兼ねているんですよ。そのあがりで、諜報活動の費用を賄っているケースもある」

　艤装工事が中断して六年。この巨艦は黒海のムィコラーイウ岸壁に係留されたまま放置されていた。そこに中国諜報界の大立者があらわれ、空母ワリャーグの買収劇の主役をつとめたと明かしてくれた。

「結局、この航空母艦をさらっていったのは、中国のインテリジェンス・マスターでした。その名は徐増平（シュイゼンピン）。人民解放軍の情報部門の退役大佐という触れ込みでした。ですが、梶さんならご存じですね、この世界に引退などありえない」

　徐増平は、香港に本拠を置く観光会社「マカオ創律集団旅遊娯楽公司」の総経理と名乗ってウクライナに乗り込んでいった。実は、この会社はペーパーカンパニーであり、中国人民解放軍の情報部門のフロント企業だった。

「徐増平は、ワリャーグの内部をカジノや劇場に改装し、五つ星の豪華船上ホテルとしてマカオ沖に浮かべたいと申し入れた。カジノ船にするので、軍艦としての装備はすべて取り外していい。その代わり、値段は二千万ドルにしてくれと買い叩いた。かなりの交渉上手ですな。手練れの兵器ブローカーです」

かくして空母ワリャーグは中国の手にまんまと墜ちた。そして、黒海からボスポラス海峡を抜け、中国へと曳航されていった。二〇〇一年十一月のことだ。

ウクライナと中国が交わした契約書は、軍艦として再び使用することを明確に禁じていた。だが、ワリャーグをカジノ船として買い付けた「マカオ創律集団旅遊娯楽公司」なる法人は、大連港に巨大な船体が入ったその日、登記が抹消されてしまった。

「契約違反を追及しようにもすでに相手はいない。巨船の所有者が地上から姿を消してしまったのですから。売主のウクライナも名うての武器商人です。そんなカラクリは薄々承知していたのでしょう」

提督は呆(あき)れ気味に笑い飛ばした。

「たしかに契約違反の詐欺行為も、これほど大がかりになると、誰も問題にしないものなのですね」

壮太も半ば感心したように呟いた。

中国側はワリャーグを大連港の埠頭に係留して、三年の歳月をかけてその構造を徹底して調べ上げた。そして二〇〇五年、いよいよ、船を大連造船所に移して艤装に取りかかった。艦体の錆がきれいに落とされ、中国海軍の標準塗装である「浅葱灰色」に塗り替えられた。航空母艦として蘇らせる大規模な工事が始まったのである。

「ワリャーグの主動力装置は、ウクライナで取り外されたことになっていました。しかし、実際は、蒸気エンジンとボイラーはそのまま残されていたのです。空母『遼寧』が就役した後に、なんと徐増平が、『サウスチャイナ・モーニング・ポスト』の取材に応じて、そう認めました。四基のエンジンはそのまま残っており、パイプやケーブルも一応切断されていたものの、容易く再生できる状態にしてあったと」

　ウクライナと中国を結ぶ底知れぬ地下水脈を思って、壮太は嘆息した。

「蒸気タービンエンジンは一基二千万ドルの価値があります。ワリャーグのどんがらを二千万ドルで買い叩いたと言いましたが、実は物凄いおまけがついていたわけです。もっとも、エンジン代は裏金で払ったのかもしれませんが」

「今となっては、すべては藪の中なんですね――」

「ウクライナの政治はその時々の情勢によって、親西欧に振れたり、親ロシアに傾いたり、じつに不安定に見えます。ただその一方で、中国との間には深刻な政治問題を抱えていません。だから、軍事技術の移転もスムーズに運んだのでしょう」

壮太は素朴な疑問を抱いた。

「たとえ動力機関が温存されていたとしても、何年も放置していれば、使いものにならないのではありませんか」

「たしかに、肝心の動力系が動かなければ、就航のめどは立ちません。そこで、中国側が目を付けたのは、黒海に面したウクライナの造船都市、ムィコラーイウにある国立アドミラル・マカロフ造船大学でした。ソ連時代、空母用ボイラーをもっぱら設計していた頭脳集団です。この大学を出て、黒海造船所でワリャーグの開発を担当したエンジニアたちを中国に連れてくればいい。そう考えたのです。空母に採用された新鋭ボイラーの設計図と修理手順書を密かに手に入れ、金にものを言わせて優秀な技師たちを招聘(しょうへい)した。技術移転の舞台となったのは、大連造船所とハルビンのボイラー工場と聞いています」

別れ際、提督は握手をしながら壮太に問いかけた。

「ところで、遼寧の艦番号がどうして16なのか、ご存じですか」

「いいえ、中国では何か縁起のいい数字なんでしょうか」

「16という番号には、中国海軍の執念がこもっているんです。ワリャーグを手に入れようとウクライナと交渉を始めてから修復が成って『遼寧』が就役するまで、じつに苦節十六年というわけです」

温厚だったまなざしに鋭い光が差した。われわれはそんな手強い相手と対峙(たいじ)している。日本がアメリカの庇護(ひご)のもとで安逸をむさぼってきた時代は終わりつつある――。提督は、若き公安調査官にそう伝えたかったのだろう。

提督の話には、空母ワリャーグとエバーディール社を繋ぐ接点はどこにも見当たらなかった。だが、遥かウクライナの軍港から極東に曳航されてきた巨艦は、ウクライナ人を経営陣に迎えた神戸のシップブローカーとどこかで交錯しているのではないか。壮太の直感はそうささやいていた。

*

法務総合庁舎八階の窓から望む六甲の山々は、澄み切った初冬の空にくっきりとした輪郭を見せ、山肌には淡い紅葉色が残照のように揺らめいている。壮太がひとり追いかけてきた標的も、時の移ろいとともに刻々と相貌を変えていた。

柏倉が壮太のデスクを通り過ぎ、一枚のメモを置いていった。

「十五分後に出かける。正面玄関に集合」

素早くPCの電源を切り、書類を机にしまってカギをかけた。指定の時間まであと三分。壮太は足早に一階に降り、自販機の前で待機する。

きょうはさして重要な案件じゃない——。柏倉のルーティーンがお座なりだ。四軒先のビルに姿を消したのだが、すぐに同じ出口から出てきた。どうやら徒歩で目的地へ向かうようだ。

柏倉は中山手通から大股でハンター坂をのぼっていく。壮太は十メートルの距離を保ったままぴたりとついていく。坂を半分ほど登ると、鉄の螺旋階段があるビルが見えてきた。柏倉は吹き抜けになった小さなパティオへと下りていった。なりひら竹が細い葉をさわさわと風に揺らしている。

店の名は「バー・バンブー」。分厚い扉を押して地下の室内に入ると、大型クルーズ船のキャビンを思わせるような設えだった。壁にはマホガニー材が使われ、天井には風をいっぱいに孕んだようにクロスが張られている。フロアの中央にドラムセットとベースが置いてある。時折、ジャズのライブが催されるのだろう。

カウンターの奥に柏倉と壮太が並んで腰かけた。

入口に近いカウンター席では恰幅のいい外国人がマスターとバーボンの品定めをしている。カジュアルな上着と英語のアクセントからすると、おそらくアメリカ人だろう。後ろのソファには細身のスーツを着た白人の男がひとり、静かにスコッチのグラスを傾けていた。

そう言えば、永山洋介がロンドンからやってきたシップブローカーと飲んでいた、と船会社の営業課長が話してくれたのもこの店だ。

口髭をきれいに切り揃えたマスターがドライフルーツの小皿を前に置いた。

「俺はベンリアックをロックで。お前、カクテルはどうや。テキーラベースで」

「はい、いただきます」

「エバー・グリーンをこいつに」

近頃では「エバー」と聞くだけでぎくりとしてしまう。柏倉はそんな自分をからかっているに違いない。

「『晴れやかな心で』という意味のカクテルですね。お気に召すといいのですが」

マスターはそう言うと、すっと離れていった。カウンターの中程でひとりグラスを磨いている。柏倉とは古くからの馴染みに違いないが、そんな様子は一切窺わせない。

柏倉が訳ありの稼業に就いていることも薄々承知しているのだろう。名前を呼びかけることもしない。

奥のカウンター席から見上げると、視線の先に小さな明かり窓がある。竹の葉が風に揺れ、赤いハイヒールの足首が螺旋階段を降りてきた。くるぶしがほっそりとして、なんとも形のいい脚だった。壮太がそう思ったのを察したのだろう。柏倉は扉のほうに視線をやって呟いた。

「これで残念な女のわけがない」

赤いヒールの女性客は扉を押し開くと、しなやかな身のこなしでカウンターに腰かけた。ミディ丈のラップドレスがくびれたウエストを際立たせ、期待を裏切らない美形だった。

「フォアローゼズをソーダ割で」

女は英語で注文すると、隣のアメリカ人男性と低い声で話し始めた。待ち合わせていたのだろう。

壮太の前に、フィンランドの湖を思わせる澄みきったグリーンのカクテルが運ばれてきた。クラッシュアイスにミントの葉が浮かんでいる。一口飲むと、パイナップルとペパーミントの爽やかな香りが鼻をついた。

柏倉がいつになく穏やかな口調で語りかけた。

「どうや、例の件は――」

「お茶の弟子にしてもらって、ひとまず、相手の邸には入り込んだのですが、果たしてここから突破口が拓けるのか。まだ何とも分かりません」

　壮太は率直に不安を口にした。

「われわれがいうヒューミントは、人に会って直に話を引き出す。これに尽きる。お前は、とにもかくにも標的の懐に入り込んだ。目立たず、実直。竹林にすっくと立つ超ジミーな一本の竹。それがおまえや。小細工など考えんでいい。夫人の弟子として誠意を尽くしてみろ。あとはおまえの運次第や」

「でも、信頼を勝ち取るには、それなりの時間がかかります」

「ええやないか、じっくり取り組めば。イギリスの諜報サークルに伝わる〝バードウォッチャー〟というスラングの意味を知っとるか」

「さあ、張り込み役の刑事とか」

「バードウォッチャー、野鳥の観察者にはどんな資質が必要や」

「うーん、それはまず粘り強いこと。それと相手の注意を引かない静かな物腰、動作。それに早起きが得意でなくちゃ」

「そのとおりや。野鳥の観察者は、標的をひたすら観察して、ここぞと狙いを定めた瞬間に忍び足で近づく。息遣いひとつ気取らせずに」

「あっ、それってスパイですか」

「せや、野鳥の観察者とスパイは、まったく同じ素質を秘めている。だから、イギリスのその筋では、バードウォッチャーといえばスパイをいうんや」

職場の柏倉はガサツな無頼派を装っている。だが、ひとたびインテリジェンス・ワールドについて語りだすと、繊細をきわめた表現者に変貌する。

「いまのお前は、バードウォッチャーや。だが、俺たちは英国の同業者ほど恵まれとらん。公安調査官には、ヒトもモノもカネも満足にない。いわば三無官庁やな。なによりMI6やMI5が英国民から享けているようなリスペクトを受けとらん」

「たしかに、世間からは全然、注目されてませんね。MI6みたいに映画やドラマにもなったこともないし。ところで、サンム官庁って何ですか」

「三つの無いと書いて、三無事件というのを、おまえ研修所で教わったろう。サンユウ事件とも読む。一九六一年の暮れに、旧軍関係者らが現職自衛官も誘って、無税、無失業、無戦争の『三無し』の理想を掲げて企てたクーデター未遂事件や。うちのカイシャが拠り所とする破壊活動防止法が初めて個人に適用された、奇怪な事件やった。その呼び名に倣って言えば、ヒト、モノ、カネの三つが揃って無い、わが公安調査庁はまさしく三無官庁やろ」

柏倉はそう言いながらも、部下に愚痴をこぼしている風はいささかもない。

「俺たちは、防衛省の情報部門のように最新鋭の電波傍受装置や大勢の傍受要員は持っとらん。外務省のように何千という海外要員を在外公館に張り付けることもできん。警察の警備・公安のように全国各地に配した膨大な数のアシもない」

「ないない尽くしですね」

「それは、いまも昔も変わらん。われわれが上得意の客としてきた総聯も北への送金が難しくなり、影響力もめっきり衰えとる。カネの力があってこそ、活きのいい情報も北から流れ込んできた。今じゃすっかりやせ細ってもうた。奴らに代わって新たな脅威になったカルト集団にしても、端緒はつかんでいながら地下鉄サリン事件を未然に食い止めることはできなんだ」

「でも、アメリカで九・一一同時多発テロが起きてからは、うちのカイシャも変わったんじゃありませんか。新しく国テもできましたし」

「たしかに、あの日からテロの世紀の幕が上がったんや。ウイルスのようにテロは各国にはびこっとる。うちも、もはや国内だけ見とったらええ時代は終わった。かと言うて、にわか仕立てのエージェントを海外に潜り込ませようとしても、ことはそう簡単やない。すぐには成果は挙がらん。せやから、うちみたいな盲腸官庁は早よ切ってしまえ、解体せえ、いう声がなくならんのや。ここらで、何かどでかい仕事をやってみせんとな」

　壮太は思わずため息をついた。

「おいおい、ため息なんかつくと、運が逃げていくぞ。そう悲観したもんやない。三無官庁ゆえの強みもある。俺たちが苦労して磨いてきた技があるやないか」

「苦労して磨いてきた技、ですか」

「そう、カッコウの技や」

「カッコウって、鳥のカッコウのことですか」

「せや、托卵（たくらん）といってな、カッコウは他の鳥の巣に卵をそっと産みつけて孵化（ふか）させる。そんな不思議な習性を持っとる。自分が産んだ卵を以前はホオジロ、いまもモズの巣にこっそりと忍ばせて育てさせるんや。そいつらを騙すためには、卵の色や斑紋までそっくりに産みつける。数合わせのために、相手の卵を地面に叩き落とすことまでする」

「へぇ、悪智慧の権化のような奴ですね」

「そうとは知らない仮親は、けったいな姿の雛（ひな）が生まれても、わが子と思ってせっせと餌を運んで大切に育てる。これがカッコウの托卵、つまり偽装の技や」

「偽装の技って――。まさに僕たちの生業ですね」

「戦後日本の情報コミュニティのなかで、俺たちは、最小にして最弱のインテリジェンス機関に甘んじてきた。だが、そのおかげで同業者やメディアの関心を惹くこともなかった。深い森にひっそりと棲息するカッコウの群れみたいなもんや」

インテリジェンス・オフィサーとは不思議な生き物だ。業績を少しも挙げなくても世間に気取られる心配はない。すべての行動は機密のベールに包まれているのだから。一方で、大きな成果を挙げても、麗々しく公表したりはしない。托卵を巧みにやり遂げたカッコウも、失敗したカッコウも、素知らぬ顔をしている。だれにも気づかれない点では少しも変わらない。

柏倉は壮太の眼をまっすぐ見据えて言った。

「俺たちはみな戦後ずっと、鳴かずのカッコウとして生きてきた。だが、おまえらはそうやない。必ず世間から必要とされる時がくるはずや。堂々と翼を広げ、思い切って飛んでみろ」

壮太は黙ってグラスを取りあげ、フィンランドの湖水をぐいと飲み干した。

＊

神戸の師走は、旧外国人居留地のルミナリエと共に幕を開ける。ガレリアと呼ばれる廻廊に光のアーチが仲町通に灯ると、街は慌ただしさに包まれていく。

神戸の光の祭典は、阪神・淡路大震災からの復興を願って始まった。光のページェントは、夜空に荘厳なゴシック寺院を燦然と輝かせる。いまの壮太はアーチを見あげても、ウクライナ正教の大聖堂を思い描いてしまうほど、この国のことが片時も脳裏から離れない。

年の瀬の金曜日の夜のことだった。マナーモードにしてあるスマホが点滅した。

「夜分にごめんなさい。野津さん、永山です」

宗祥先生の声はかすれて苦しそうだった。

「じつは、けさからちょっと熱っぽくて。あすのお稽古はお休みさせていただきたいの。来週はかならずやりますのでその時に。ごめんなさいね」

「風邪ですか？　どうぞ、お大事になさってください」

「先週の日曜日に、主人に付き合ってラグビーのトップ・リーグの試合を観に行ったの。暖かくしていったつもりだったけれど、つい油断してしまって――」

「僕に何かお手伝いできることがあれば、遠慮なくおっしゃってください。どうせ暇にしていますから」

控えめで真面目な性格が気に入られたのか、壮太はこのところ、稽古日のほかにも永山家に出入りを許されるようになっていた。先々週、宗祥先生は歳暮の茶事を催した。正客は大徳寺松源院の泉田玉堂老師だった。奈良県大宇陀の小さな寺でひとり住まう禅僧である。その清廉な暮らしぶりに感銘をうけた宗祥先生は、折に触れて老師を招き、数寄談義を楽しんでいる。

その日、壮太は松江の祖母が誂えてくれた着物に袴をつけ、初めて下足番をつとめた。客は躙り口から茶室に入る際、露地草履を沓脱石に脱ぐ。壮太はその傍らに控えて、履物を受け取って丁寧に重ねていく。泉田老師は躙り口で壮太にも鄭重に頭を下げてくれた。少年のような笑顔だった。本来なら自身がすべきことを――。下足番への心配りが伝わってきた。裏方の地味な仕事も疎かにしてはならない。茶の心を学ぶ貴重な務めとなった。

電話の向こうで、宗祥先生が乾いた咳をした。

「ほんとうにお言葉に甘えていいかしら。それならお願いがあります。主人は仕事の集まりで出かけるし、お手伝いさんの手には負えないので、ジャッカルの散歩を頼んでいいかしら」

「えっ、ジャッカル？」

「ほら、うちの愛犬ジャッカル。午後ならいつでもいいので、散歩をお願いしたいの」

「喜んで。じゃ、午後二時すぎに伺います」

「ほんとうに助かるわ。ありがとう、野津さん」

柏倉からすげなく却下された犬の散歩作戦が、思わぬところで日の目を見ることになった。

翌日、約束の時間に玄関のインターフォンを鳴らす。

「わざわざすみません、野津さん、お庭のほうに回っていただけるかしら」

壮太が裏手へ回ると、ガラス張りの温室、コンサバトリーで夫人とゴールデンレトリーバーが待っていた。ライムやゆずなどの柑橘類がたわわに実をつけ、気持ちよさそうに枝を伸ばしている。

「ジャッカルとはまた、凄い名前をつけましたね」

「よくそう言われるわ。ド・ゴール暗殺の狙撃手、『ジャッカルの日』の、あのジャッカルかって。でも、ラグビーのジャッカルなの。タックルされた選手のボールをそのまま奪いにいく、あのプレー。攻守がたちまち逆転するチャンスよ」

「じゃあ、ご主人が名付け親なんですか」

「そう、この子がうちに来た頃は会社の方も色々と大変で、ジャッカルに期待したんじゃないかしら」

「でも名前に似合わず、ジャッカルはおとなしそうですね」

「そう、とても優しい女の子よ。だからジャッキーって呼んでるの。でも八歳ですから、あなたよりもうんと年上よ」

ジャッカルがやってきた八年前といえば、自動車専用船を巡る事件があった翌年のことだ。

かくして、壮太のドッグウォーカー作戦は発動された。永山家の門を出ると、ジャッカルは右へ曲がり、坂道を上っていった。昭和初期の海運王の豪壮な暮らしを窺わせる旧乾邸（いぬい）の正門を過ぎて進んでいく。近くを流れる住吉川の清流を引いたのだろう。澄み切った疎水が流れている。ジャッカルは首を伸ばしてせせらぎの水をぺろりと飲んだ。祥子夫人に伴われ散歩をする際のルーティーンなのだろう。

旧乾邸のモダンな石組みの塀伝いに左へ曲がり、山麓リボンの道と呼ばれる小径（こみち）をゆく。若宮八幡宮の石段を登り、境内を一周し、今度は鳥居をくぐって坂道を下っていった。

ジャッカルは祥子夫人の散歩ルートを隅々まで知っている。聡明な夫人もまた洋介社長の仕事に通じているはずだ。それだけに、夫の仕事に口を差しはさんだり、みだりに外に漏らしたりはしないだろう。決してこちらから洋介社長の仕事を話題にしてはいけない――。壮太は自分に固く言い聞かせている。

遠くに目をやると、青い海と赤い橋梁（きょうりょう）が見えた。彼方には神戸港の白いクレーン群が並んでいる。ジャッカルに引かれて、小走りに急な坂道を下っていくと、小さな水車が二つ、カタンカタンと音を立てて回っていた。案内板には「灘目（なだめ）の水車」と記されている。江戸時代から、住吉川流域には、菜種から油を搾り、酒造りのコメを精米するため、そこかしこに水車があったという。壮太とジャッカルはそのまま坂を下り、阪急電車の高架をくぐった。ほどなく右手に香雪（こうせつ）美術館の石塀と庭園の深い木立が見えてきた。朝日新聞社の創業者にして、茶人でもあった村山龍平が集めた古美術品を収蔵した美術館だ。

「ジャッキー、ちょっと止まって」

正門まで来ると、壮太は赤いリードを引いた。この秋の企画展は「武家と茶の湯」、そのポスターに千利休が所持した籠花入「桂川」が写っていた。無造作にざっくりと編まれた竹籠が鈍い光艶を放っている。利休が桂川で鮎漁の漁夫から魚籠を譲り受け、花入に見立てたものだ、と宗祥先生が教えてくれた逸品だった。これは近いうちに見に来なくちゃと思ったとき、ジャッカルがぐいっとリードを引いて突然歩き出した。

「どうしたの、ジャッキー」

振り返ると、向こうからジャック・ラッセル・テリアを連れた品のいい女性が近づいてきた。ジャッカルは嬉しそうに尻尾を振っている。

「あら、ジャッキー、ごきげんよう。きょうは、ママはどうしたの」

ファー付きの白いダウンジャケットを着た年配の女性は、壮太にも旧知の間柄のように話しかけてきた。

「祥子さん、どうなさったの」

「きょうは風邪気味だということで。僕はお茶の弟子なのですが、代役でジャッキーの散歩です」

「まあ、それはいけませんこと。お家のほうも何かと大変だとお聞きしていますけれど、昔から、病は気からと申します。どうぞお大事に。ジャッキー、ママによろしくね」

ここ住吉一帯にあっては、多くの実業家が幾多の戦争や不況に遭遇し、或る者は生き残り、或る者は消えていった。そんな激動の歴史を目にしてきたこの街の住人の情報センスは、どこか研ぎ澄まされている。

一時間余りの散歩を終えて永山邸に戻ると、祥子夫人がにこやかに待ち受けていた。

「ほんとうにお疲れ様、寒かったでしょう」

「いえ、ジャッキーがどんどん先導してくれるので、気持ちのいい散歩でした。この界隈の歴史と文化巡りをしているようでした。じゃあ、僕はこれで失礼します」

「あら、野津さん、『喫茶去』というでしょう。まず、お茶を一服いかが」

宗祥先生がリビングルームで抹茶をふるまってくれた。

「私は風邪気味なので、ほうじ茶にエルダーフラワーをいれたハーブティーを作ってみたの。風邪の予防にもなります。野津さんもいかがかしら」

「はい」と答えて、ハーブティーもご馳走になった。

「うちは娘ふたりで、もうお嫁に出してしまったし。野津さんみたいな息子がいてくれたら、心強かったと思うわ」

「うちの母は、息子より娘が欲しかったといつも言っています。男の子なんて何の話し相手にもならないって」

夫人は「お互い、ないものねだりね」と小さく笑って、マグカップを両手で包み込んだ。

「せめて息子がひとりいれば、会社が大変な時も主人の傍で支えてくれたのに、と思ってしまうの。うちの主人、ああみえても随分と苦労しているのよ」

体調が万全でないため、気弱になるのだろう。夫人の声はいつになく弱々しかった。

「船の関係のお仕事と伺っています。いかにも港町神戸らしい、いいお仕事ですね」

「それが、海運の仕事って、好不況の波が激しくてね。それもいい時は短くて、不景気のほうがずっと長いのよ。もう船の仕事だけじゃやっていけない時代だって、悩んでいたわ」

祥子夫人はマグカップを見つめたまま、独り言のように言葉を継いだ。

「わが家は、祖父の代から海運一筋の仕事でしたから、永山もやっぱり船の仕事をしたいと思っているはずです。そうなら、思い切ってやればいいのに、と私なんかは思ってしまうの」

いったい何を自分に訴えているのだろうか。壮太は黙ったまま仄かに甘い香りがするほうじ茶を飲んだ。

「男子一生の仕事といいますが、それを貫くには、谷底を覗き見るような場面もあるはずです。船の売買で、銀行融資だけじゃ足りずに自宅を担保にする時にも、私はどうぞって言ったのよ。お茶室なんかなくても、茶の湯はいくらでも楽しめます。泉田老師のお姿を拝見しているだけで勇気が湧いてくるんです」

そう言うと顔を上げ、壮太をまっすぐ見た。

「翔太さんも、どんなお仕事でもいい、ご自分が本当にやりたいことに打ち込んでほしいわ」

「僕なんかは、たいした考えもなく公務員になった人間ですから——」

いつの間にか、野津さんではなく、翔太さんと呼ばれていた。もう一押しすれば、危ういディールの話も引き出せるかもしれないが、いまはやめておこう——。

「あら、ごめんなさい。こんな話をしてしまって。翔太さんも風邪に気をつけてね。あ、そうそう、うちで育てたレモンを持って帰って。ビタミンCたっぷり、無農薬ですから」

祥子夫人は黄色く色づいたレモンを三つ、お土産に持たせてくれた。振り返ると、明かりが灯ったコンサバトリーのガラス越しに、ジャッカルと戯れる祥子夫人の姿が見えた。

第六章　守護聖人

聖なる人が慈しみ深い眼差しを人々に注いでいる。金の糸で縁取られた純白の法衣をまとい、暖炉の上から参会者を迎えるのは聖ステファノだ。創成期のキリスト教で初めて殉教者となった彼(か)の人は、小さな教会を胸元に抱き、金鎖の吊(つ)り香炉を手にしている。この部屋に足を踏み入れた人々はまず、テンペラで描かれたイコンの聖人を仰ぎ見て十字を切り、深々と頭(こうべ)を垂れた。

西洋暦で一月九日は、聖ステファノの祝日にあたる。この日の祝いの主役は、ステパン・コヴァルチュック。穢(けが)れなき聖人の名を洗礼名として授かった者は、祖国ウクライナの習わしに従い、ささやかな祝宴を催した。

会場となったジェームス邸は、スパニッシュ様式の瀟洒な洋館だ。ダイニングルームは天井がひときわ高い。燭台を載せたゴシック・シャンデリアが、漆喰の白壁と磨き込まれたウッドパネルに金色の光を放っている。

競泳選手のような体軀をチャコールグレーの背広に包んだコヴァルチュックは、妻のマルーシャを伴って、にこやかに客人たちを迎えていた。この日、招かれたのは、阪神間に暮らす友人や知人、二十数名だった。なかには東京からやってきたウクライナ大使館の参事官の姿もあった。日本人客は、船舶関係のビジネスマンとその家族だった。

真冬にもかかわらず、南向きのフレンチウィンドウが開け放たれ、赤松やパームツリーの濃い緑に囲まれた庭が見渡せる。その彼方には明石の海が陽光を受けてきらきらと輝いている。

「われわれウクライナ人は、聖ステファノの祝日といえば、凍てついた真冬を思い出します。そんなウクライナの厳しい冬を思えば、もう春がやってきたかと思うほどここは暖かい。この景色を見ていると心まで温かくなってきます」

日本人の客にせがまれて、コヴァルチュックがウクライナ語を披露してみせた。ウクライナ語に堪能な客のひとりが、日本語に訳してくれた。客たちはみな思い思いにウクライナ語、英語、ロシア語、それに日本語を織り交ぜて、和やかに談笑している。

梶壮太は、その日、三つ紋の着物に袴を着け、野津翔太として会場にいた。客人に茶をふるまう手伝いを頼まれたからだ。

「何か日本らしい、心づくしのおもてなしでお客さまをお迎えできないかしら」

エバーディール社のパートナー、コヴァルチュックの妻、マルーシャ夫人から永山祥子が相談を持ちかけられ、呈茶（ていちゃ）を思いついたのだという。まず守護聖人ステファノのイコンに抹茶を供え、客にも薄茶をふるまうことになった。

「お薄のお運びを頼めるかしら」と祥子先生から声がかかり、壮太は「喜んでお手伝いします」と快諾した。こうしてウクライナ人夫妻と間近に接する絶好のチャンスが巡ってきた。

「もしよろしければ、外国語に堪能な友人をひとり手伝いに連れていきたいのですが――」

「そう、マルーシャもきっと喜ぶと思うわ。話しておきます。ところで、翔太さん、その方は男性、それとも女性？」

「あの、女性ですが、構いませんか」

祥子夫人の表情がぱっと明るくなった。

「まあ、親しい女友達などいないって言っていたくせに。あなた、意外と隅におけないわ」

「いえ、そんなんじゃないんです。彼女、帰国子女でして、ヨルダンのインターナショナル・スクールでロシア語も学んだそうです。外国語のなかではアラビア語と並んで難易度が高いと聞いて、敢えてロシア語に挑んだと言っていました。ウクライナ語はロシア語に近いと聞きますから、きっとお役に立つんじゃないかと――」

この日、Ｍｉｓｓロレンスは漆黒の髪を結いあげ、楚々（そそ）とした着物姿で現れた。四季の草花がちりばめられた水色の綸子縮緬（りんずちりめん）に御所車が描かれた京友禅である。扇や柴垣の文様が配されて王朝絵巻のように華やかだ。祝宴に出席する未婚女性の正装は振袖と決まっているが、彼女の装いは訪問着と控えめだった。外国のお客様をもてなす側に徹しようと気を配ったらしい。

「本日はどうぞよろしくお願いいたします。野津翔太さんの友人で、西野ユリと申します」

Ｍｉｓｓロレンスは、指をそろえて丁寧にお辞儀をした。

「こちらこそ、いらして下さって助かるわ。素敵な御所解文（ごしょどきもん）のお着物ね、まるで源氏物語の世界のよう」

祥子夫人にたちまち気に入られてしまった。

中央のテーブルにはウクライナ料理が用意されていた。深紅色のボルシチ、水餃子に似たヴァレーヌィク、キエフ風のカツレツ、サーロと呼ばれる豚の脂身の塩漬け、じゃがいもとビーツのサラダ、小さな丸パンなどが並んでいる。客たちはビュッフェ形式で、それぞれにウクライナの味を楽しんでいる。

祝宴が佳境に入りかけたところで、発泡性のウクライナワインの栓が抜かれ、グラスが客たちに配られた。

グラスをフォークで叩く音が響き渡った。さんざめきが収まったところで、コヴァルチュックが小さなマイクを手にスピーチを始めた。褐色の髪に、意志の強さを窺わせる黒い瞳。ミサで説教をする司祭のように堂々としている。

「日本ではまだお正月の行事が続いているのに、家族連れで私の守護聖人のお祝いに駆けつけてくださり、ほんとうにありがとう。新しい年は、わが守護聖人ステファノがきっと皆さんを災いから守ってくれます。日本の神社のお守りに聖ステファノがついていればもう大丈夫」

コヴァルチュックは、壮太にもよく聞き取れる英語で陽気に語りかけ、出席者の笑いを巧みに誘った。

「わが名は聖ステファノからもらいましたが、名字のコヴァルチュックは、ウクライナ語で鍛冶屋の子孫という意味です。ヨーロッパでは、鍛冶屋は神のごとき業を備えた者と見られてきました。鋼を真っ赤に鍛えて、いかなる道具も創り出してしまう。そんな鍛冶屋一家は、私の代に船のエンジン屋を世に出したというわけです」

なぜ日本にやってきたのか、これにもさらりと触れた。

「私とビジネスパートナーの永山さんは、専門分野が同じ。そう、ふたりとも船のエンジン屋。それで親しくなりました。どんな船だって、帆船や手漕ぎの船じゃなければ、エンジンなしでは動きません。縁の下の力持ちを意味する諺は、ウクライナにもあるんですよ。永山さんはここ神戸で、私はムィコラーイウの大学で船舶の動力について学び、ずっと船の仕事をしてきました。日本とウクライナも、もっともその頃は、東西両陣営が冷たい戦争を戦っていた時代でした。日本とウクライナも、敵と味方だったのですが、いまはとても仲良くやっています」

壮太は客人たちに茶をふるまいながら、永山洋介の表情を窺った。祥子夫人と時折目を合わせながら、穏和な表情でパートナーの話を聞いている。「船のエンジン屋」として紹介され誇らしげだった。だが、その眼差しにどこか翳が宿っていることを壮太は見逃さなかった。

「船のエンジニアでなければ、アジアに来ることはなかったでしょう。アジアはとっても面白い。ただ中国とベトナムの女性はとっても強い。妻のマルーシャに伝染するのが怖かったなあ。でも、日本は大丈夫。この国の女性はとってもやさしい。これはぜひとも伝染してほしい」

コヴァルチュックはジョークを交えてスピーチを締めくくった。込み入った仕事の話には触れようとしなかった。守護聖人を祝う席だからだろう。それでも収穫はあった。コヴァルチュックがムィコラーイウの大学を出た船舶エンジンの専門家であることがわかった。してやったりという表情の壮太にMissロレンスがすっと近づいてきた。

「ジミーさん、そんなに真剣な顔をしないで。守護聖人のパーティですよ。笑顔じゃなければ怪しまれます。お祝いの席なんですから。さあ、ウクライナのメドヴーハでも飲んだらどうですか」

「え、メドヴーハって――」

「蜂蜜のお酒。あっちのテーブルに置いてあります。ホモサピエンスが洞窟で暮らしていた頃から飲んでいるお酒ですよ」

「でも、僕はすぐに顔に出るから」

「大丈夫、アルコール度数はそんなに高くありません。それに口当たりも柔らか。とにかく、楽しげにね」

耳元でそう囁くと、くるりと踵を返して人々の輪に戻っていった。その所作はたおやかにして優美だった。

ウクライナ料理が並ぶテーブルに目をやると、ひとりの少年がクレープを頬張っていた。白い肌に黒い髪、くりくりした瞳は茶色、アジア系の血が入っているのだろう。壮太の映像記憶装置がフル回転した。そうだ、去年の春、ジェームス山を走っていた時、出会った男の子ではないか。「どの国から来たの」と尋ねると「ジョージアだよ」と答えてくれた。「マミーはホンコン・チャイニーズだよ」と言った、あの子にちがいない。

会場を見渡すと、両親と思われるカップルがいた。地中海風の彫りの深い顔立ちをした男性と小柄な中国系の女性。壮太は薄茶を差し出して声をかけてみた。

「すこし苦味がありますが、抹茶はいかがでしょうか」

「ありがとう。主人がいただくと思うわ。彼はお酒が飲めないの、宗教上の理由で」

ネイティブの英語だった。

この人ともどこかで遭遇したことがある——壮太は記憶の回路を辿りつつ、ジョージアから来た男性に抹茶を手渡した。

「ありがとう、きれいな緑色だね。アグネスもどう?」

アグネスと呼ばれた人は、ストレートの黒髪を肩の下までのばし、パウル・クレーの絵のように豊かな色彩のラップドレスを身につけている。額は広く、目は二重のアーモンド形、きりっとした口元は、辣腕のアートディーラーを思わせる。そう、柏倉に連れていってもらったハンター坂のバー・バンブーで見かけた赤いヒールのひとかもしれない。ただ、あの夜は不覚にもカクテルを飲みすぎたため、記憶があいまいで、いまひとつ自信がない。

「私はこちらのほうをいただくわ」

そう言うと、アグネスは淡いオレンジ色の飲み物が入ったワイングラスを持ち上げてみせた。中指にゴールドのカレッジリングをしている。翼を広げた鷲(わし)の周りにGEORGETOWN UNIVERSITYと彫られていた。

「これジュースじゃないのよ。ジョージアのオレンジ・ワイン。お祝いに持ってきたんです。よろしければ、あとで飲んでみて。うちの会社で輸入しているお酒なの。いま、ヨーロッパではロゼと並んで大人気よ。日本でもブームになるといいんだけれど」

やり手のビジネスウーマンなのだろう。夫がお茶に砂糖を入れるのをぴしゃりと制した。

「アスラン、あなたはお砂糖の摂(と)りすぎ。抹茶は健康にとてもいいのよ、だからお薬だと思ってそのまま飲んで」

ジョージアから来た恐妻家、アスランは、コヴァルチュック家と付き合いがあるらしい。ステパンは家族をウクライナに残してきたので、やはり仕事のうえでの関係なのだろう。そのあたりを尋ねようと、頭のなかで英文をひねり出していると後ろから声がかかった。

「男の人の着物姿、初めて見ました。とってもエレガント」

振り返ると、マルーシャ夫人が微笑んでいた。

「マルーシャ・コヴァルチュックです。今日はお茶のおもてなしをありがとう」

濃い栗色の髪に碧色(へきしょく)の瞳が美しく、朗らかな表情に惹きつけられる。スラブ語系のアクセントなのか、英語のRが強い巻き舌になる。祥子先生によれば、夫人は母国語の他には、ロシア語、ポーランド語、それにフランス語を流暢(りゅうちょう)に操るが、英語はほとんど話さないという。

「ショータ・ノヅといいます。英語が下手ですみません。僕のジャパニーズ・イングリッシュ、わかりますか」

壮太の英語もLとRの発音が曖昧だとMissロレンスにいつも注意されている。だが、壮太のつたない英語が功を奏したのか、マルーシャ夫人は不思議とリラックスした様子で、ふたりの英会話は思いのほか弾んだ。

「どこに住んでいますか」「日本は初めてですか」「日本は好きですか」と中学一年生レベルの問いかけにも丁寧に応じてくれる。ヒューミントのプロが聞いていれば、相手の警戒心を和らげようと、わざと初級英会話を操っていると思ったにちがいない。

壮太の収穫はかなりのものだった。コヴァルチュック一家の自宅は、ウクライナの西の端、ポーランド国境に近い古都リヴィウだという。夫のステパンの生まれ故郷だと話してくれた。夫人はウクライナでアパレル会社の役員をしているため、日本とウクライナを行き来している。できれば同居したいのだが、夫はいま六甲アイランドのマンションで独り住まいだという。

マルーシャ夫人の話は、壮太の基礎調査を裏付けるものだった。彼女は、観光目的の短期滞在ビザで入国している。夫のほうは、エバーディールがスポンサーとなったビジネスマンの査証だった。長期滞在の査証は、これまで一度更新しているが、最初は専門技術者として申請していた。

マルーシャ夫人は、ファッション業界の人らしく、服装も着こなしも、じつに垢抜けて見える。胸元と袖に赤と黒で花模様の刺繡が施された白いブラウス、これに黒のレザースカートを合わせ、ピンヒールのロングブーツを履いている。

「もとはヴィシヴァンカという民族衣装です。それをモダンなボヘミアンスタイルにアレンジしてみたの。パリコレでも取りあげられたことがあります」

夫人は、神戸がとても気に入っていると言い、近くに中国系の客人がいないかちらりと確かめ、「中国はちょっと」と呟いた。夫が勤務していたハルビンのボイラー工場は、人民解放軍の直轄だったため、付き合う相手も軍人ばかりで退屈だったと漏らした。

「それにくらべて、神戸は食べ物もおいしくて、人はみな親切。海も山もすぐ近くにあるし、仕事さえなければすぐにも引っ越してきたいです」

狙いを定めた標的がすぐ目の前にいる。プロフェッショナルとしてはもう一歩踏み込んで情報を引き出す千載一遇のチャンスだ。だが、ふたりの英語力ではこれ以上複雑な話は難しい。

英会話の緊張が途切れたその時、背中に射るような視線を感じた。壮太はあえて振り向かず、客たちの間を縫うように中央のテーブルへと歩み寄った。Missロレンスに勧められたメドヴーハを飲むふりをしながら部屋全体を見渡してみた。さっきまで見かけなかった男の横顔が視界に入ってきた。肩から袖にかけて吸いつくような細身のスーツを着こなした外国人だ。他の客たちとは一味違う、孤高の人といった雰囲気を漂わせている。この風貌にも見覚えがある——。だが、記憶装置に照会しようとした次の瞬間にはもう部屋から姿を消していた。

この日、いちばんの戦果をあげたのは、またもMissロレンスだった。マルーシャ夫人が、あでやかな京友禅に魅せられて、呉服店を訪ねてみたいと頼んできたのだった。

「私は祖母の代から京都西陣の元卸『坂井芳』で着物を誂(あつら)えています。いつでも喜んでご紹介します」

そうロシア語で応じると、胸元から懐紙を取り出し、ケータイのメールアドレスを書いて夫人に渡した。Missロレンスのケータイも、壮太のものと同様、柏倉が作戦支援のチームから調達してくれた洗浄済の逸品だった。しかもロシア語仕様だ。

「よろしければ、いまこのアドレスに空メールを送ってくださいますか。すぐにお返事してみますから。キリル文字で大丈夫」

夫人はその場でスマホを取り出すと、うれしそうにメールを打ち込んだ。すると、Missロレンスのケータイが点滅した。一瞬のチャンスはその場でものにしておけ

――柏倉の教えに従ったのである。

「私もいつか着物を着てみたいと思っていました。最近はおいしいものを食べ過ぎて太り気味、大丈夫かしら」

「肌が透き通るように白くておきれいですから、きっとお似合いになります。詳しくは後程、ご連絡します。お気に召しそうな図柄もお送りしておきますね」

かくしてMissロレンスは、マルーシャ夫人とサイバー空間を介してつながった。それは、夫人を経由して夫ステパンのパソコンにもアクセスする可能性を拓くものだった。

*

聖ステファノの祝宴がお開きになると、Missロレンスは客たちが会場を後にしたことを確かめ、祥子夫人に鄭重に挨拶し、ランドクルーザーを運転して引きあげていった。

「翔太さん、ユリさんのこと帰国子女だって言いますが、お行儀もとってもよくて、魅力的なお嬢さんよ。お付き合いを真剣に考えてみてはどうかしら」

壮太は思わず吹き出してしまった。

「彼女はだめです。鼻っ柱が強そうな外見に似合わず、たしかに心根はとても優しいですよ。でも、ヨルダンの学校にいた時から、アラビアのロレンスに熱をあげていて、将来の伴侶は英国の男と決めている。そう公言しています。僕のことなんて、地味だからジミー、ひどい時にはジミー・チョーと呼んでいるんですから」

祥子夫人は笑い声をあげると、小さく首を振った。

「わかりませんよ、女心は変わりやすいの。超ジミーと超あでやか、案外と相性はいいかもしれないわ」

「まさか、ありえませんよ」

そんな話をしながら、壮太は聖ステファノのイコンを暖炉の上から取り外した。そして、木箱に収めて丁寧に紫の風呂敷に包んで祥子夫人に手渡した。彼女はそれを押しいただくように受け取って、カフェテラスで親しい客と談笑しているコヴァルチュック夫妻に届けにいった。

壮太は点出し(たてだし)の茶の後片付けも手際よく済ませ、ジェームス邸を後にした。袴姿のため、塩屋から電車に乗るのをあきらめ、タクシーを拾って月見山の自宅に帰りついた。職場で落ち合おう。Ｍｉｓｓロレンスとは、そう打ち合わせておいた。コヴァルチュック夫妻が六甲アイランドの自宅に帰り着いてPCを開く前にこちらの準備を整えておかなくては――。

壮太は午後七時前に職場に着いたが、Missロレンスは一足先に作業を始めていた。いつものように髪を下ろし、ココア色のモヘアのセーターにデニムという臨戦態勢だった。同僚の調査官たちはすでにみな退庁し、サイバーセキュリティの専門家が待機している。

今回のような重要作戦は、上層部を通じて本庁の参事官室にお伺いを立て、承認を得なければならない。参事官室は、エージェントの獲得、偽装工作、さらには極秘アジトの設立などを指揮・監督する司令塔である。本来なら、首席の立場では直に参事官室と連絡をとる権限がない。だが、柏倉は上席専門職から厚い信任を受けているのだろう。電話一本で参事官室からゴーサインを取り付け、本庁のIT室からもサイバーセキュリティ要員を派遣してもらった。

公安調査官のデスクにあるPCは、組織内部のイントラネット専用で、セキュリティ保全のため外部から遮断されている。検索エンジンやブラウザ機能を使う場合は、事務所の一角に設置されたインターネット専用のPCを使う決まりになっている。神戸のオフィスに配されているのは五台。今回はそのうちの一台のOSにロシア語とウクライナ語が追加され、通信態勢はすっかり整っていた。

Ｍｉｓｓロレンスは、まずマルーシャ夫人のアドレスを打ち込んだ。

親愛なるマルーシャさん　今日はとても楽しい時間をご一緒に過ごすことができました。コヴァルチュック氏の守護聖人に見守られて、光り輝くような年になりそうな予感がします。早速ですが、ご依頼のあった京都・西陣の『坂井芳』の住所と電話番号、ウェブサイトのＵＲＬをお送りします。お店にいらっしゃる時には事前にお知らせくださいね。手配をしておきます。なお、お気に召すかわかりませんが、お似合いになりそうな着物の写真を添付します。三枚ほどお送りしますが、このなかにお好きな柄がありますでしょうか。お店のほうにお好みを伝えておきます。京都は神戸とは違い、底冷えがしますので、お出かけになるときは厚手のコートをお召しくださいね。　　　　西野ユリ

ロシア語の通信文を書き終わると、Ｍｉｓｓロレンスは私用のケータイに保存しておいた着物の写真を三枚選び出し、サイバー担当官に転送した。彼はそれらを素早く添付ファイルに仕立て、コンピュータ・ウイルスを潜り込ませた。マルーシャ夫人が

ファイルを開けば、彼女のパソコンに侵入できる。

コヴァルチュック夫妻を標的としたオペレーションをいまから発動したい——。壮太はそう柏倉に連絡し、最終の承認を取りつけた。これで手筈(てはず)はすべて整った。ふたりは互いに目を見合わせ、Ｍｉｓｓロレンスが送信ボタンを押す。どうか守護聖人ステファノのご加護がありますように。

果たして、今夜中にマルーシャ夫人がメールを見て返事をくれるだろうか。そして何より、添付ファイルを開けるだろうか。三人は身じろぎもせず、返信を待った。

「ところで、ロシア語とウクライナ語って、どれくらい近いん？　方言レベル？」

壮太がＭｉｓｓロレンスに尋ねる。

「そうね、キリル文字を使うのは同じ。文法も似ていて、語順もほぼ同じ。でも発音は違うし、単語もそれなりに違うようですよ。まあ、スペイン語とカタロニア語、ドイツ語とオランダ語くらいの違いでしょうか」

「はぁ、そう言われても全然わからへんなぁ。ロシア語ができればウクライナ語は読めるん？」

「似た単語もありますから、だいたいの意味はとれると思います。まあ、推理するセンスは要りますが。最近では翻訳ソフトもあるし、大丈夫でしょう」

「ふーん、そういうもんか。よろしく頼むわ」

Ｍｉｓｓロレンスがアラビア珈琲を淹れるため席を立とうとしたそのときだった。ＰＣに「新着メールあり」と表示が出た。

「きたぞ、返信だ」

サイバー担当官はふたりを静かに制して、添付ファイルが付されていないか、まず確かめた。付いていれば、コンピュータ・ウイルスが逆に侵入してくる恐れがある。添付ファイルは付いていなかった。それでも不審な兆候がないか、念入りにチェックする。

大丈夫だ――。サイバー担当官は無言で頷いた。

親愛なるユリさん　ステパンの守護聖人のお祝いにきてくださり本当にありがとう。日本の着物は繊細な芸術品のようで、いつか着てみたいと憧れていました。さっそく着物の写真も拝見しましたが、どれもとっても素敵。とりわけ二枚目の桜の着物は見ているだけでワクワクします。近いうちに『坂井芳』に行ってみたいと思います。ただ私の手の届く値段なのか、それがちょっと心配です。それらも含めて相談に乗ってくださるとうれしく思います。　マルーシャ夫人は確かに添付ファイルを開いた。メールの文面からだけでなく、インターネット上のコマンド&コントロール(C&C)サーバーも検知している。これでコンピュータ・ウイルスを潜り込ませ、夫人のPCをわれわれの制御下に置くことができた。その後の操作は手短にやり遂げなければ。ハッキングの事実を決して相手に気取られてはいけない。

サイバー担当官は、C&Cサーバーから夫人のPCに指令コマンドを送り、データファイルをまとめて圧縮し、素早く回収してみせた。サーバーに一旦アップロードしてしまえばこっちのものだ。あとはファイルの中身をじっくり吟味していけばいい。六甲アイランドのマンションで、夫妻は同じWi-Fiを使っているはずだ。だとすれば、夫人のPCを経由して、夫のステパンのPCにも侵入できるかもしれない。

サイバー担当官は、早速、夫のパソコンに挑んでみた。だが、それは難攻不落だった。大河の流れを巧みに利用して、河岸の頂に築きあげた山城を思わせる堅牢さだった。十重二十重(とえはたえ)に障壁が張り巡らされ、厳重をきわめたセキュリティが施されていた。キーボードを叩く手を止めて、担当官が小さく息を吐いた。

「これは相当やっかいだ」

「プロフェッショナルの手並みですね」

「うーん、もしかしたら、その筋の人ってことかも――」

「あ、梶さんのその筋話は、柏倉首席から聞きましたよ」

Ｍｉｓｓロレンスはいたずらっぽい目で壮太を見あげた。

「新人時代の梶さんは、『その筋』と言えば、京町筋や江戸町筋のことだと思い込んでいたって」

「ちゃうわ、いくら何でも。反社会勢力の、その筋やと思ってたんや」

ウクライナから来たコヴァルチュックは、もう一つの筋、インテリジェンス・ワールドから来た人なのだろうか――。

＊

ステパン・コヴァルチュックのパソコンへ侵入する。これはひとまずあきらめ、マルーシャ夫人のＰＣから手に入れたファイルを集中的にチェックすることにした。サイバー担当官がマウスを操作しながら言った。

「ドキュメントもピクチャーファイルも相当な数がある。ウクライナ語なのでよくわからないが、このなかに宝物が埋もれている可能性はある。運が良ければね」

まずデスクトップに保存されたファイルから取りかかった。ロシア語に近いとはいえ、ウクライナ語は別の言語だ。細かいニュアンスを正確に汲み取るのは難しい。Missロレンスもいささか苦戦している模様だ。

「これは、アパレル関係の仕事のファイル。これも服飾関係のファイル。これはクリスマスカードの下書きかな」

жやфやюといったキリル文字を見つめているうち、壮太は暗号の世界に誘い込まれていくような気がした。ただでさえ外国人と慣れない英語で会話を交わし、参加者の顔と名前を全て憶えて頭の芯がしびれている。加えて、守護聖人のイコンまで記憶装置に棲みついてしまった。薄闇のなか、金鎖の吊り香炉が揺れ、乳香が煙とともに天に立ちのぼっていく——。

そんな瞑想(めいそう)にふけって十分ほどが経ったろうか。突然、Missロレンスが「あっ」と声をあげた。

「これ、このファイル、『ステパンより愛をこめて』と書いてある」

「なんや、旦那さんからのメールやろか」

壮太は彼女の肩越しに画面を覗き込んだ。

「開いてみますよ」

担当官も頷いた。

そこには、遥か異国で独り暮らすステパンがマルーシャに宛てた夥しい数のメールが保存されていた。夫人は、遠く離れた夫からの便りを大切に残していたのだ。繰り返し、繰り返し、何度も読んだにちがいない。

このメールファイルは、直ちにウクライナ語の専門家に転送し、詳しく翻訳してもらうことにした。ステパン・コヴァルチュックがハルビンでどんな仕事に就いていたのか。真相に迫る有力な手がかりとなるかもしれない。

いまはひとまず、Ｍｉｓｓロレンスにすがるしかない。彼女のロシア語力と推理を頼りに、せめて概要だけでも摑んでおきたい。

二〇〇七年二月のメールにはこう書かれていた。

我が愛するマルーシャ　ターニャが順調に回復していると聞いて、安心しました。ワルシャワで肝移植手術を受けた後、拒絶反応が強かったという知らせを受け、心配でなりませんでした。免疫抑制剤が効いてほっとしています。あとは合併症が出ないことを祈るばかりです。愛しい娘が二十歳の誕生日をリヴィウの自宅で迎えられますように。神の御慈悲におすがりしましょう。

二月に入ってもロシア・スンガリは凍てついたままで、どこを探しても、春の気配は感じられません。今日の日曜日、スンガリの畔（ほとり）を散歩しました。君たちが一緒だったら、どれほど楽しいだろうと残念でなりません。外は零下二十度を下回る極寒なのですが、ハルビンの人たちは、何とアイスキャンデーを頬張りながら散策をしています。おなじ北国でもウクライナとは随分違いますね。先日は寒中水泳の催しがあり、プールのように切り取られた松花江（しょうかこう）で水泳パンツ一枚の男たちが初泳ぎを楽しむ光景がテレビでも放映されました。中国でもここ東北地方の人たちはダンプリングを食べます。餃子と言います。でも味は君が作ってくれるチーズのヴァレーヌィクにはかないません。ああ、君たちが恋しい。神がわれわれとともにありますように。

ステパンより愛をこめて

娘が肝臓の病に冒されている。だがウクライナでは臓器移植ができず、隣国ポーランドの首都、ワルシャワの病院に救いの手を求めたのだろう。年収の数十倍の費用がかかったはずだ。それほどの大金をどう工面したのだろうか——だが、そのあたりの微妙なことは何も書かれていなかった。

「もしかしたら、メールが編集されとるってことはないやろか」

壮太は不安を口にした。このファイルは、互いの消息を伝えるやりとりだけを残したものかもしれない。中国当局が通信を傍受していることをステパンは知っていたはずだ。マルーシャ夫人も機微に触れる箇所は消去して保存した可能性がある。かつて苛烈な強権体制の下で生き抜いてきたふたりのことだ。そうしたとしても不思議ではない。

「うーん、でも部分的に消している可能性は低いと思う。文意が滑らかに流れていますから」

Ｍｉｓｓロレンスは表情ひとつ変えずに、手際よく次のメールに取りかかっている。どうやらステパンが、船舶エンジンについて記した箇所を見つけたらしい。

我が愛するマルーシャ　ターニャが無事退院できたと聞いて、これ以上うれしいことはありません。この知らせをどれほど待ち続けたことでしょう。これからは月に一度、ワルシャワの病院へ通えばいいのですね。ああ、神のご加護に感謝します。

仕事のほうは一応順調だと言っていいでしょう。大連造船工場で、いよいよタービン・エンジンの第一号機にとりかかることになりました。錆止めのグリースでシールされた四基の蒸気タービンは新品同様です。キエフからはそれに先立って膨大な量の設計図が届いています。総量でじつに四十トン。その製図の山と日々格闘しています。これらの蒸気エンジンと八基のボイラーがつながって動き出せば、ワリャーグは空母として蘇ります。そうすれば君たちのもとに帰れるでしょう。その日が待ち遠しくてなりません。

ステパン

これらのメールにはたくさんの宝が埋もれていた。船舶エンジンの専門家コヴァルチュックが、空母ワリャーグの再生プロジェクトの要員として中国海軍に招かれた高級技術者であることが確認されたのだ。

ワリャーグを再生させる最大の障壁は、まさしくエンジン部分にあったのだろう。蒸気タービンとボイラーは、航空母艦を三十ノットの高速で走らせる大切な推進機関だ。だが、中国海軍の持つ技術力ではその復元は不可能だった。それゆえ、人民解放軍はかなりの高給を用意して、コヴァルチュックらウクライナの技術陣を迎え入れたのだ。

コヴァルチュックの持つ技術と情報は大金に換わったが、妻と娘をリヴィウに残し、極寒の地で独り住まいを強いられている。中国の軍人たちに監視され、息苦しい日々を過ごさなければならなかった。一日も早く故郷のリヴィウに帰りたい。そう願っていたステパンに思いもかけないオファーが舞い込んだ。その時の模様がメールに記されていた。日付は二〇〇九年十月となっている。

我が愛するマルーシャ　先日、人民解放軍の幹部から呼び出され、新たな申し出を受けました。本当に驚いている。まず、君に相談しなければと思い、急ぎメールしました。なんと、今度のプロジェクトのメドがついたら、日本に行ってくれないかという打診だったのです。日本の港町、KOBEで仕事をしてみないかというのです。君たちの待つリヴィウに一日も早く戻りたい。僕の気持ちはいまも変わりません。しかし、残念ながら、僕の技術を生かせる職場はもうわが国にはありません。この年齢で他の仕事を見つけるのも難しい。ウクライナ政府の年金などあてにはならない。もうあと数年、極東で仕事をすれば、僕たちの老後の心配はなくなります。きょう面談した軍の幹部は、具体的な報酬額や仕事の内容は改めて伝えると言っていました。君の考えを聞かせてください。

ステパン

さらに日を置かずに続報がマルーシャのもとへ届けられている。中国側からのオファーの詳しい内容が明らかになったという。神戸を拠点に新しい船舶ビジネスに携わってほしいという打診だった。報酬もいま貰っている水準を超える額を提示されたとメールには記されていた。

中国側から、新しい勤務について説明がありました。神戸の会社は、地元でも信用の厚い老舗のシップブローカーだそうです。しかし、最近の船舶不況で経営が傾きかけている。その再建を手伝ってやってくれないかというのです。君も知っての通り、僕はエンジン屋で会社経営のプロじゃありません。果たして自分にできるか、不安は拭えない。でも、新しい船舶関係の仕事にチャレンジしたい気持ちは強くなっています。神戸ならマルーシャも自由に行き来ができるでしょう。日本は美しい国ですから一緒に旅にも出かけられる。この仕事が決まれば、ターニャのためにもリヴィウにもっと広いアパートメントを買いましょう。そのためにもうひと頑張りしようという気持ちに傾いています。

ステパンより愛をこめて

ウクライナ語の専門家による精緻な日本語訳が壮太のもとに届けられたのは三日後だった。帝政ロシア時代の面影を遺(のこ)す北の都ハルビン、そして大連から、ハプスブルク帝国の古都リヴィウに宛てて綴られたメール。二〇〇七年二月から現在まで、夫が妻に送ったメールの数は三百を超えていた。

空母ワリャーグに据え付けられていたエンジンを修復し作動させる。中国当局の求めはそれに留まらなかった。推進機関の最大出力をさらに高めるよう設計を変更すべし。そんな野心的な要求が次々に出される様子も記されていた。


　前途にはかなりの困難が待ち受けています。しかし、なんとか成し遂げなくてはなりません。でも、私はひとりじゃない。黒海造船所から来た仲間たちが一緒です。君たちのことを思って何とかやり抜きます。　ステパンより愛をこめて

文面では技術的な詳細には触れていない。やはり中国当局の検閲を意識したのだろう。

二〇一〇年五月、ワリャーグの動力装置の試運転が行われ、八月に蒸気タービンの試運転が成功裏に終わったことを見届けて、コヴァルチュックは中国を去った。久々の休暇を妻や娘とリヴィウで過ごし、神戸にやって来たのは二カ月後のことだった。

あやうく屑鉄として解撤屋に売られそうになったワリャーグ。コヴァルチュックら

ウクライナ技術陣の懸命の支えもあって、現役の空母として見事に蘇ったのは二〇一二年九月のことだ。巨艦は中国海軍へと正式に引き渡され、「遼寧」と名付けられた。それは海洋強国へと踏み出す中国の門出を華やかに彩るものとなった。大連港で執り行われた就役式の模様は、中国中央電視台によって世界に中継された。当時の胡錦濤国家主席が軍旗を授与し、温家宝首相が祝辞を述べた。

その時、コヴァルチュックは神戸にあるエバーディール社の役員室でテレビニュースを見ていたのだろう。手塩にかけたわが子がついに外洋に乗り出していく。マルーシャにそんな感慨を書き送っている。

中国のニュースを見ていたら、君たちと遠く離れて暮らした日々を思い出して、胸に熱いものがこみあげてきました。ハルビンと大連で過ごした三年の歳月は永遠のように長かった。でも、ここ神戸での仕事と暮らしは平穏にして順調です。クリスマスにはきっと帰ります。お土産は何がいいですか。　ステパンより愛をこめて

二〇一〇年代に入ると、中国はその旺盛な経済力を背景に東アジア全域にその存在感を一層強めつつあった。コヴァルチュックの神戸への着任は、そうした中国の影響

力の伸長曲線とぴたりと重なっている。

中国でのコヴァルチュックの任務の内容、さらには神戸へ派遣される経緯は、夫妻が交わしたメールで明らかになっていった。しかし、中国当局がいったいなぜ、一介の技術者であるコヴァルチュックを神戸に送り込んだのか、それを窺わせる手がかりは一切見つけられなかった。壮太はメールを繰り返し読み、その内容をほとんど諳(そら)んじている。だが、コヴァルチュックが実際に神戸で何をしているのか。それを仄(ほの)めかす言葉すら見当たらない。それは彼の任務が重大な国家機密に関わるものであることを物語っていた。

＊

公安調査官になりたての壮太は、エバーディールが北の支配下にあるフロント企業だと思い込んでいた。ところが、その見立てを裏付ける証拠はどうあがいても見つけられなかった。真相は、新米調査官が思い描いた単純な構図からかけ離れたものだった。それは七年の歳月を経たいまも変わらない。

「首席、エバーディールは、多面体の鏡を思わせて、どうにも焦点を結びません。北の独裁国家、解撤産業を抱えるバングラデシュ、西と東に揺れ動くウクライナ、海洋強国を目指す中国と、じつに様々な国家が入り乱れ、迷路のようです。もう僕の手にはとても負えません」

絡みに絡んだエバーディールの相関図を柏倉のデスクに広げて、そう泣きついた。

「よかったやないか、梶。簡単に導けない解。それだけ奥がふかーいネタいうことや。深山幽谷の禅寺に行き着いて、山門をくぐってすぐに本堂が見えてきたら、がっかりやろ」

「まあ、そうですけど、この不思議の国はちょっと」

「よっしゃ、会議室に場所を移そう。お前の話をじっくり聞いてやる」

かくして、師弟は別室に消えた。壮太は会議室のホワイトボードに相関図を張り、一から説明を試みた。ことの発端は七年前の清川江号事件だった。北朝鮮船籍の貨物船「清川江号」が、キューバの港から旧式のミグ戦闘機とミサイル部品を密かに積み込んで、パナマ当局に拿捕された。この疑惑船の実質的なオーナーは、北朝鮮最大の船舶運航会社オーシャン・マリタイム・マネジメント（OMM）だった。OMMこそ、朝鮮労働党の海外オペレーションを担う「39号室」の実働部隊であり、系列会社を各国に手広く配する司令塔だった。

その系列会社のひとつが香港の「サライ」。その素顔を暴いたのは、公安調査官になったばかりの壮太の手柄だった。サライ・ホンコンがエクアドル船籍の貨物船を二度、神戸と大阪に入港させていた事実を突き止めた。そのとき、エクアドル船の代理店として入港料を払い、シップチャンドラーを手配したのが、神戸のエバーディール社だった。貨物船の積み荷を保税倉庫に預け、通関業務を請け負ったのである。積み荷は、松茸三百箱。通関記録によれば「原産地：中華人民共和国吉林省延辺朝鮮族自治州」と記載されていた。

壮太の説明を黙って聞いていた柏倉は穏やかな口調で言った。

「お前が持ち前の粘り腰で膨大な資料に当たって、ここまで材料を掘り起こした。その結果、エバーディールは北朝鮮のフロント企業に違いないと見立てたのも、まあ無理はない。なのに、何一つ証拠は見つけられんかった、そうやったな」

「はい。というか、調査の初動でドジを踏み、この件からは早々に手を引かされるハメになってしまいました」

「過ぎたことはもうええ。リターンマッチはこれからや」

柏倉は手塩にかけた弟子を諭すように言った。

「ええか、梶。思い込みほど恐ろしいもんはない。われわれの眼を曇らせるのは、いつかて思い込みや」

「当時も首席からそう言われたことを覚えています」

もう少し広い視野からエバーディールを眺めていれば――苦い思いは壮太の胸の内からなお消えていない。

「それにしても、ここまで舞台が広がってしまうと、僕の貧弱なヒューミントじゃ到底手に負えません」

「ラッキーやないか。この稼業をこの先何年やっても、こんだけの事案にぶち当たることはないかもしれんぞ」

壮太の胸に少しだけ勇気が湧いてきた。

「今度の調査のきっかけは、ほんの偶然でした。ジェームス山のジョギングの帰り道に、エバーディールの名前を見かけたことでした。船の仕事をしている会社がなぜリース・マンションなんか手がけているのか。不思議に思ったんです」

エバーディールは、深刻な海運不況のさなか、自動車専用船の売買に手を出して更なる苦境に陥ってしまった。そこにバングラデシュの解撤屋タヘール・エンタープライズがあらわれ、自動車専用船をスクラップとして引き取ってくれ、かろうじて倒産を免れた。その直後、ウクライナ人が会社の経営に入り込み、永山社長は船舶ビジネスから手を引いてしまっている。

「このウクライナ人、ステパン・コヴァルチュックについては、先日、報告した通り、中国の空母『遼寧』を再生させた立役者のひとりです。そして、二〇一〇年十月、ここ神戸にやってきました。エバーディールのパートナーとして」

続く言葉を見つけ出せない壮太に、柏倉は言った。

「梶、ちょっとは自信持ったらどうや。お前、今回エバーディールを見つけたんは偶然や言うたけど、それはちゃうで。インテリジェンスの基本は、まず足元を照らすことや。そのちょっとした異変に気づけるかどうか。そこがインテリジェンス・オフィサーの大事な資質や。ジョギング中に看板見つけたんは、お前の成長を物語っとる」

柏倉は一拍置いて、思いついたように言った。

「この相関図を解き明かすには、補助線をもう何本か引かにゃならんな。お前の話を聞いているうち、牛若丸のマッコリ学校に通いつめていた頃、よく聞かされた言葉を思い出したわ」

「はぁ、あの焼肉の牛若丸ですか」

「お前、『土台人』という言葉を聞いたことあるか。建物を建てるときの土台、それに人とつけて土台人や」

壮太は首を振った。

「北のインテリジェンス機関は、外国で隠れ蓑として使う大物を『土台人』と呼ぶんや。その国、その地域にどっしりと根を張って信用を勝ち得ている人。たとえば優良会社の経営者とか、学校の校長とか、組織のエライさんとか。信用は一朝一夕には築くことができん。せやから、信用のある人物にはとてつもない利用価値がある。けどな、極上の土台人を手に入れるには、周到な計画と時間が要る。それにカネもぎょうさんかかる」

「エバーディールは、その土台人として眼をつけられたということですか」

「ああ、けどな、問題は、格好の土台人として、エバーディールを使っているのが誰かいうことや。いまの北にはそんな力量はない。ウクライナは表舞台に姿を見せて重要な役回りを演じとるが、目くらましにすぎん。本当の主役は別にいるはずや」

「ステパン・コヴァルチュックをエバーディールに送り込んできた中国ということですか」

「その正体をどうやって焙りだすか——」

柏倉はしばし瞑目したままだった。壮太はじっと次の言葉を待った。

「頭の地獄に堕ちたらまず手足を動かせ。そう言うやないか。よし、コヴァルチュックを徹底監視や。3プラス1のフォーメーションでいくぞ。作戦名は『鍛冶屋』や、いいか」

「はい」

「面白うなってきたぞ」

柏倉の目には不敵な笑みが浮かんでいた。

第七章 「鍛冶屋」作戦

旧居留地ではケヤキの新芽も膨らみ始め、春の足音が近づいている。柔らかな陽ざしを受け、梶壮太は足取りも軽やかに明石町筋にやってきた。紺のブレザーにグレーのスラックス、チェックのボタンダウンにノーネクタイ。このスタイルなら、レトロなカフェで作家と打ち合わせるコミック誌の編集者に見えるかもしれない。ダークスーツに白いワイシャツ、紺のネクタイという役所風の通勤着を脱ぎ捨てると、これほど気分が変わるものだろうか。

正午を過ぎてきっかり十五分。マル対がランチにでてくる時刻だ。白い御影石で造られたコロニアル様式の海運ビルは、メリケンパークを見下ろすように偉容を誇っている。壮太は、明石町筋を挟んで斜め向かいに建つビルの奥まった玄関で、「鍛冶屋」が現れるのを待ち受けている。標的はひときわ大柄だ。見逃す心配はまずないだろう。

神戸港に臨む旧居留地には、いまも多くの海運会社がオフィスを構えている。戦前は日本郵船や大阪商船といった名だたる船会社が自社ビルを構えていた。だが、世界有数の港湾都市として繁栄を誇ったＫＯＢＥも、阪神・淡路大震災を機に地盤沈下が進んだ。建物の一階は高級ブランドショップに取って代わられ、いまはハイエンドなショッピング街になっている。

海運ビルの六階には、壮太が追い続けるエバーディール社が入居している。前身のシップブローカー「永山辰治商会」が、ここ明石町筋に店を構えたのは、朝鮮戦争の特需景気で沸いた昭和二十六年のことだった。三代目、永山洋介の代になって深刻な船舶不況に見舞われ、一時は都落ちも危ぶまれた。だが、なんとか経営を立て直し、この一等地に踏みとどまっている。

「鍛冶屋」が出てきた――壮太がＭｉｓｓロレンスに二本指でサインを送ると、同じく二本指で「了解」と合図を返してきた。彼女は十メートルほど離れた海岸通のビル陰に身を潜めている。壮太は素早くスマホのSignalアプリを開き、近くに待機する柏倉にあらかじめ打ち込んでおいた文面を発信した。

「マル対が出てきた。いまから尾行を開始」

「了解、後詰の高橋にも連絡しておく」

Signalはメッセージを暗号化して通信文をやりとりする。内容を解読できるのは受信者だけという優れものだ。機密性が高く、アプリ開発者さえ内容にアクセスできない。アメリカの情報当局から機密情報を入手した内部告発者、エドワード・スノーデンもSignalの高度な秘匿システムを高く評価したほどだ。

この日の監視対象は、エバーディールの共同経営者ステパン・コヴァルチュック。公安調査官たちは「マル対」という符牒で呼んでいる。「監視対象者」を略して、対を○で囲んで書類に書くうち、いつしか「マル対」になったらしい。

「作戦名があったほうが、気合が入る」

チームを率いる柏倉がそう言いだし、マル対の名字をヒントに「鍛治屋」作戦と命名した。コヴァルチュックがパーティで「わが姓はウクライナ語では鍛治屋の子孫を意味する」と言っていたからだ。

この日の尾行作戦は「3プラス1」のフォーメーションだ。一番手はM・i s s ロレンス。マル対にぴたりと寄り添って尾行する。接近戦を担う者には瞬発力、さらに機敏な判断力が求められる。二番手は壮太。一番手を常にフォローしてマル対を見逃さないのが主な役割だ。尾行時間が長くなれば、タイミングを計って一番手と交代する。三番手は現場責任者を務める柏倉。仲間内では「ゲンセキ」と呼ばれている。全体の状況を見渡せる場所に身を置いて指揮を執る。「プラス1」の四番手は予備要員の高橋悠介。前の三人が尾行切りにあったときの切り札だ。

この一ヵ月、壮太はチームを挙げた尾行作戦に備えて、毎日のように海運ビルに足を運んできた。現場周辺の半径三キロの地図を脳内にすっかり取り込んだ。マル対が立ち寄りそうな建物の出入口を確かめ、隠れた抜け道がないかを確認し、市営地下鉄の構内もくまなく歩いてみた。

海運ビルから出てきたコヴァルチュックは、明石町筋を大股で三宮方面に向かい、クリスチャン・ディオールやヴァレンティノなど有名ブティック店が立ち並ぶ界隈にさしかかった。するとMissロレンスは歩みを緩めて距離をとる。マル対がプロフェッショナルなら、決して振り向いたりしない。ガラスのショーウィンドウを巧みに利用し、尾行の有無をチェックするはずだ。それゆえ自分の姿を映してはならない。ブティックが軒を連ねるこの一帯は、総鏡張りと言って通りの向かい側も要注意だ。

いい。追う側には細心の尾行テクニックが求められる。

仲町通の青信号が点滅すると、Ｍｉｓｓロレンスはすっと歩みを速めた。壮太の事前調査によれば、コヴァルチュックは信号の変わり目には駆け出さず、次の青信号をのんびり待つタイプだという。念のため間合いを詰めたが、やはりコヴァルチュックは立ち止まった。

再び歩き出したコヴァルチュックは、旧居留地三十八番館の前を通り過ぎて大丸神戸店に入った。大理石の階段を地下一階の食品売り場へと下りていく。

Ｍｉｓｓロレンスは距離を縮めて後を追い、壮太は通りの反対側からやや遅れてデパートに入った。地上で待機する高橋にも柏倉からメッセージが送られてきた。

「デパ地下で尾行切りを試みる可能性あり。油断するな」

壮太とＭｉｓｓロレンスは、ジェームス山のパーティでコヴァルチュック夫妻と話をしている。近づきすぎると気づかれる恐れがある。だが、あの日、ふたりは着物姿だった。この人ごみでは即座に見破られる心配はないだろう。

一番手のＭｉｓｓロレンスは、柔らかくカールした茶系のウィッグをつけ、白いブラウスにグレーのベストとスカート、そして紺色のカーディガンを羽織っている。どこからみてもランチを買いに出た銀行の窓口嬢だ。二番手の〝超ジミー〟壮太は、昼時で混みあうデパ地下で買い物客に紛れ込んでしまえばまず大丈夫だ。とはいえ、相手が尾行切りの手練れなら一瞬も気を抜けない。ふたりはマル対の視界に入らないよう慎重に後を追った。

コヴァルチュックは神戸開花亭のコーナーで立ち止まり、ビーフシチューとハンバーグのレトルトパック、シーザーサラダを買い求めた。夕食の総菜なのだろう。紙袋を受け取ると、今度は下りのエスカレーターに乗った。地下二階の化粧品・手芸用品売り場を通りすぎていく。

「連絡口から地下鉄に乗る可能性あり」

壮太はSignalで柏倉に急報した。

「高橋を投入する。柏倉、西海は分かれて別の車両に乗る」

地上で待機していた高橋は三宮中央通を走り抜け、地下鉄海岸線「旧居留地・大丸前」の三番出口の階段を駆け下りた。大丸側から歩いてきたマル対を待ち受け、背後にぴたりとつけて改札口を通り抜ける。

三分ほどして「新長田行き」の車両がホームに滑り込んできた。高橋は、エスカレーターの裏側に回り込み、素知らぬ顔でマル対と同じ三号車に乗り込んだ。壮太はそのまま残って次なる指示を待てと命じられた。

コヴァルチュックは右手に大丸の買い物袋を、左手にスマホを持ってドア近くに立っている。

Ｍｉｓｓロレンスは四号車に、柏倉は二号車に分乗して、ガラスの扉と窓越しに三号車のマル対をそれとなく窺っている。

二分後、電車はみなと元町駅のホームに到着した。軽快な発車メロディが鳴り、扉が閉まりかけたその瞬間だった。コヴァルチュックはスマホを耳に当て、素早く扉を擦り抜けホームに降り立った。Ｍｉｓｓロレンスもタッチの差でホームに飛び出した。高橋は見送るほかなく、柏倉も車内に取り残されてしまった。電車もホームも閑散としている。三人が慌てて同時に下車すれば、尾行に気づかれたに違いない。

地上に出たコヴァルチュックは、栄町通を戻るように歩き出した。海栄門をくぐって南京町に入っていく。南京南路の両側には、赤地に華やかな金文字で飾りたてた中華料理店が軒を連ねている。屋台からは白い湯気があがり、蒸した豚まんの匂いが漂ってくる。

Ｍｉｓｓロレンスは、Signalで現在位置を発信した。一つ先のハーバーランド駅で降りた柏倉と高橋はタクシーを拾って、南京町に駆けつけてくる。待機していた壮太も大丸デパートから急ぎ南京町に向かっている。

ウクライナの大男は、南京町広場の手前で右折し、南京東路を進んでいく。そして長安門の手前を東龍街の路地に入り、間口わずか一間の中華料理店「劉家荘」に姿を消した。

「私も入りますか」

Missロレンスが柏倉に連絡すると「待て」と指示された。

「梶がじきに着く。西海は目立ちすぎる。元町一番街の側で待機しろ」

壮太は元町商店街を駆け抜け、東龍街に急行した。曲がり角で細面の外国人とぶつかりそうになったが、相手は素早い身のこなしで体をかわしてみせた。壮太はぺこりと頭を下げた。しばし息を整えてから赤い木枠の扉を押し開けると、ローストチキンの香ばしい匂いが鼻をついた。厨房に面したカウンター席はたった六つ。コヴァルチュックはその真ん中に陣取り、メニューに見入っていた。両隣の客はいずれもサラリーマン風の若い男だ。スマホをいじりながらチャーハンをかっこんでいる。

「すんません、満席なんで二階へ」

黒いTシャツ姿の店主に促されて、壮太がやむなく狭い階段を上がりかけると、一番奥の客が「ごちそうさん」と言って席を立った。コヴァルチュックはメニューから眼をあげない。壮太は空いた席にさっと腰かけた。

南京町には広東系の料理店が多く、美味しい北京料理を食べさせる店は珍しい。この看板料理は焼鶏（しょうけい）。若鶏に秘伝のスパイスをまぶして丸一日寝かせ、じっくりと焼きあげた滋味豊かなローストだ。

ほどなくコヴァルチュックの前に焼鶏定食が運ばれてきた。器用に箸を使って白髪ねぎと香菜を鶏にのせて口に運んでいる。付け合わせは千切りキャベツと卵スープ。隣の男たちには関心を示さず、黙って食べている。誰かと待ち合わせている気配もない。

壮太は焼鶏ラーメンセットを注文した。細めの麺に醤油ベースのスープ、焼鶏は皮目に山椒（さんしょう）がピリリと効いて旨い。高温で揚げ、蒸した肉は柔らかく、あっさりした塩味はじつに美味だ。壮太はいつでも飛び出せるよう九百五十円を左手に握りしめ、炒飯に取りかかった。

コヴァルチュックは焼鶏定食を平らげると、コップの水を一気に飲み干して席を立った。支払いは現金だった。

今度は、外で待ち受ける高橋が一番手を、Missロレンスが二番手を受け持った。

海運ビルを出てから社に帰りつくまで一時間二十分。特定の人物と接触した節は窺えなかった。

その日の夕方、神戸公安調査事務所では、首席を囲み、チーム全員で尾行の経緯を検証した。

「梶、おまえの考えはどうや」

「尾行に気づかれた心配はまずないと思います。ですが、マル対が尾行切りを試みた可能性は捨てきれません。なんといっても、地下鉄での動きが解せません。大丸の元町玄関からスクランブル交差点を渡って南京町の劉家荘へは、歩いて三分もかからない。駅に残った僕がすぐに駆けつけられるほどの近さです。首席がよくやるルーティーンでしょうか」

Ｍｉｓｓロレンスも彼女なりの見立てを披露した。

「ドアが閉まる直前にスマホに着信があったと装い、ホームに飛び降りた。あれはやっぱり怪しいです。われわれを油断させて、尾行を切る〝掃除〟のテクニックを使ったのでは――」

同じ車両で監視していた高橋が付け加えた。

「地下鉄に乗ってすぐにスマホを見ていたのは事実です。何か連絡が入ったのか、急遽、予定が変わったのか。別の監視者がわれわれの尾行に気づいて、マル対に警告したという可能性も排除できません」

「劉家荘での様子はどうやった」

「とくに怪しい様子はなかったですね。常連なのだと思います」

腕組みをして聞いていた柏倉は、三人を励ますように言った。

「マル対に特別な意図があったのかどうか。きょうの尾行だけでは何とも言えんな。まあ、きょうは我がチームの初陣や。じっくりいこう。鍛冶屋とは長いつきあいになりそうや」

*

旧居留地のエリアはごく普通のオフィス街に見えるが、地下駐車場がほとんどない。六甲山から大量の土砂を運んで造成した埋め立て地だからだ。そのため一等地に建つ高層ビルが駐車場として使われ、エバーディール社も一ブロック先のパーキングビルと契約している。

壮太は、役所の黒いカローラを運転してパーキングビルの下見にやってきた。七階から上は月極契約で、高級車がずらりと並んでいる。壮太は六階の時間貸しスペースに車を停め、上のフロアを一台一台、歩きながら確認していった。七階にはそれらしい車は見当たらない。八階の奥まった一角に歩いていくと、住吉山手の永山邸で見かけたことのある濃紺の車が姿を見せた。レクサスＲＸ４５０ｈだ。ナンバープレートを脳内のデータと照らし合わせてみる。三秒後、数字はぴたりと符合した。

レクサスのすぐ隣には白いボルボＸＣ90のＳＵＶが停まっている。監視カメラを避けながら、運転席を素早く覗き込んだ。シートクッションが置いてある。白地に鮮やかな赤と黒の刺繍。マルーシャ夫人がパーティで着ていたブラウスの意匠に似ている。ヴィシヴァンカと呼ばれるウクライナの民族衣装の文様だと聞いた。コヴァルチュックの車にちがいない。車のナンバーを記憶に収めると、壮太はエレベーターで一階に降りていった。

出口に歩き出そうとしたその時だった。レーザー照射のような視線を感じた。サービス窓口に座る中年男がじっとこちらを見つめている。

あっ、あの男——。神戸製鋼コベルコスティーラーズの「私設コーチ」だ。神戸ユニバー記念競技場でチラシの裏に選手の配置図を描き、観戦の手ほどきをしてくれた、あのラグビー・オタクのおっちゃんだ。顔を覚えられているなら、駐車場からの追跡は断念せざるをえない。

ここは思いきって近づいてみよう。窓口の男と目が合うと、軽く頭を下げてみた。おっちゃんもぴょこんと頭を下げた。だが、にこりともしない。あの日のにわか弟子だと分かれば、勢い込んでラグビー話を持ちかけてくるはずだ。どこかで会ったような、という表情もみせない。壮太はそのまま通りすぎて、ふっと息を吐いた。

「影が薄いことがおまえの特技や」

長田の焼肉屋「牛若丸」で柏倉にそう言われたことを思い出した。今後のわが人生は超ジミーでいくほかないのだろうか。お洒落なカフェに立ち寄るのはやめて、いったん役所に引き返すことにした。

車を使った追跡をやるべきか——マル対が車で神戸の郊外や大阪に出かければ、複数の車両を動員して、大がかりなオペレーションになる。悩んだ末、柏倉に相談を持ちかけてみた。

「問題は待機場所です。会社契約の月極スペースは時間貸しとはフロアが違い、空きがあるかも神頼みです。路上も駐車禁止ゾーンが多く、違反の切符を切られる心配がありますす」

柏倉の判断は明快だった。

「車とバイクで張り付いてもすぐに気づかれるな。あおり運転に厳しい近頃や、外国人かて、ちょこちょこバックミラーをチェックするやろ。成功率は年末ジャンボの当たりくじなみや。やめとこ」

壮太は内心ほっとした。

「あの、正直言って、僕は足で走るのは得意ですが、車はここ数年、ペーパードライバーで。ぴったりくっついて走るなんて、とても無理です。車線変更すらドキドキします」

車での追跡ならMissロレンスに頼もう。心のうちではそう決めていた。彼女ならA級ライセンス並みの腕前だ。「運転、苦手やねん」と打ち明ければ、引き受けてくれるはずだ。

「おまえの報告書では、ここ一ヵ月、鍛冶屋が神戸の街なかでそれらしい人物と接触した節はないようやな」

「はい、目立った動きはありません」

「ほんなら、監視作戦を自宅周辺に切り替えてみるか」

「では、コヴァルチュックが住んでいるマンション周辺の下調べに取りかかります。しばらく時間をください」

こうして壮太の六甲アイランド通いが始まった。

＊

それから四日目の夕方のことだ。法務総合庁舎の裏に停めてあるカローラでマンション周辺の基礎調査に向かおうと支度していた時だった。

「おい、梶、西海、これから出かけるぞ。高橋にも声をかけてくれ」

柏倉はそう告げると、返事も聞かずに自席に戻っていった。Ｍｉｓｓロレンスが壮太の耳元で囁いた。

「梶さん、賭けましょうか。三つ目のビル、それとも四つ目のビル？」

壮太は黙って親指を折り曲げて、四つ目のビルに賭けた。

「なら、私は三つ目のビル。ハッカクの日替わりランチでいい？」

柏倉は十五分後に庁舎を後にした。ふたりは一階の自販機前で待機し、正面玄関を出ていく柏倉を急ぎ足で追いかける。柏倉は通りの向かい側に並ぶ三つ目のビルに消えた。Ｍｉｓｓロレンスは嬉しそうに三本指をかざしてみせた。

柏倉はエレベーターに乗って三階に行き、別のエレベーターに乗り換えて裏玄関から通りに出てきた。きょうの尾行切りは、ルーティーンの簡略版だ。従って、今夜は仕事の込み入った打ち合わせはないはずだ。壮太たちも急ぎビルの裏手に回って上司の背中を追いかけた。高橋もすぐ後ろからついてきた。

　JR神戸駅前から市バスに乗り、新長田駅前で降り、町工場が立ち並ぶ一帯を歩いていく。あの牛若丸かも——。ほどなく、空っぽの胃袋を猛烈に刺激する焼肉の匂いが漂ってきた。ああ、もうたまらない。

　焼肉屋の古びたドアを押し開けると、もうもうと煙が立ち込めていた。新人調査官時代の記憶が鮮やかに蘇ってくる。そうだ、Missロレンスにくぎをさしておかなくちゃ——。

「言うとくけどな、首席の名字はナカオ。根室で鮮魚を扱う仲買商やからな」

「ナカオの旦那ね。首席にぴったり」

　煙の向こうからド派手な花柄のワンピースを着た女将が現れた。アルマイトの丸盆にコップを四つ載せている。相変わらず、顔はふっくら、肌もつやつやだ。キムチの乳酸菌効果なのだろう。

「おばちゃん、きょうは四人や」

「いやぁ、中尾はん、嬉しいわぁ。まぁ、えらい別嬪（べっぴん）さんまで連れて。さあさあ、特等席へどうぞ、お兄さんたちも」

女将に誘われ、柏倉は、Ｍｉｓｓロレンス、高橋、壮太を従えて、いちばん奥のテーブル席に着いた。

「ここが伝説の『ヤキニク十年、マッコリ二十年』の店ですか。なんだか、うきうきします」

Ｍｉｓｓロレンスの声は、いつもより一オクターブ高い。

「若かったナカオさんが先輩たちの千本ノックを浴びた研修所がここなんですね。ああ、センチメンタル・ジャーニー」

柏倉は愉快そうに笑ってコップをかざしてみせた。

女将が眞露の一リットルボトルを手に、イチ押しの肉を告げた。

「中尾はん、きょうのユッケは絶品やで」

「ほんなら、それを三人前。あとは、生センマイ、塩タン、ハラミ、たれロース、レバー、山カルビ。どんどん持ってきてや」

「それと骨付きカルビもお願いします」

張りのある声で、いちばん値が張るメニューを注文したのはＭｉｓｓロレンスだった。壮太は気をもんだが、柏倉は顔をほころばせている。

「おい、ロレンス、飼葉(かいば)喰いがええな」

そう言って、部下のコップに眞露をなみなみと注いでくれた。

「ひよっこやったお前も、少しはカッコがついてきたな。けど、今度もおばちゃんはやっぱり分からんかった。これだけは、あの頃と少しも変わっとらん。たいしたもんや、超ジミーは」

高橋とMissロレンスは怪訝そうな顔をしている。

「あのおばちゃんはな、客の顔はいっぺん見たら絶対に忘れへんのや。それが自慢なんやけど、こいつだけは例外や。おばちゃんの記憶にちいとも痕跡を残さん。これだけは誰にも真似できん天性の能力や。うちのカイシャの秘密兵器やな」

Missロレンスが大きく頷いた。

「たしかに、ジミー先輩の印象は、8Hの鉛筆で引く線のようですね。それに比べて、ナカオの旦那は濃い2B」

「僕はカゲロウ男か」

壮太がぽつりと呟いた。

「やだ、けなしてるんじゃありませんよ。HBやBは書きやすいから子供向き。7H以上は精密図面向き、プロ級ってことです」

Ｍｉｓｓロレンスはそう言うと、眞露を一気にあおった。いける口なのだ。これなら、草原の蒙古兵でも、アムール河畔のホジェン族でも、酒の相手ができるだろう。

細切りのリンゴが入ったユッケが運ばれてきた。高橋が長いステンレスの箸を使って卵の黄身と肉を混ぜ、それぞれの皿に取り分けてくれた。

柏倉はユッケをほおばりながら、かつての事件に触れた。

「覚えとるか。清川江号は、オンボロの戦闘機とミサイルの部品を船底のコンテナに隠し入れて、その上に大量の黒砂糖の袋を積んでカモフラージュしとった」

パナマ当局が撮影した船倉の写真は、壮太の脳裏にいまも刻み込まれている。

「エバーディールも同じ手口かもしれんな。自動車専用船の商いも、リース・マンション業も、周到な偽装工作の疑いがある。しかも、その背後には北京の影がちらついとる。地元で厚い信用を得ている企業を是が非でも手のうちに収めて、ここぞという局面で役立てる。それが大陸の狙いや。俺はそう踏んどる」

「それって、いわゆる土台人として利用するってことですか」

高橋が尋ねた。柏倉が国テ班に移った後も、高橋は北朝鮮班で北の対日工作の調査に専念している。

「獲物を苦境に追い込んでおいて、にっちもさっちもいかなくなったところで救いの手を差し伸べる。そうやって、組織や会社を乗っ取る手法は、北もよく使います。エバーディールの自動車専用船をめぐる取引も、巧妙に仕組まれた罠だった可能性がありますね」

柏倉は壮太の顔を見た。

「自動車専用船を『生き船』として売り捌いて利ざやを稼ぐ計画は、なんでバレたんか、覚えとるか」

「それは、環境保護に熱心な商社ウーマンになぜか情報が漏れたからです。彼女が現地に問い合わせて調べた結果、クロだと踏んだ。それで、海事日報ウェブにリークして潰したようですが――」

「あまりにタイミングが良すぎる話やないか。ちとできすぎや。それで、窮地に陥ったエバーディールに助け舟を出したんは、いったい誰や」

「バングラデシュの解撤業者、タヘール・エンタープライズです。スクラップとして高値で買い取ってくれたようです。おかげで倒産をからくも免れたとか」

「これまた、突然、仏さんのようなありがたい奴が出てきよったもんや。どこぞの誰かさんが書いたシナリオやとは思わんか」

Ｍｉｓｓロレンスも、解撤屋の善玉説は怪しい、と首を傾げた。

「バングラデシュの解撤屋というのは、人海戦術で船を解体するようなブラックな業者です。敢えて損を被ってまで廃船を引き受けるような、そんなヤワな連中とは思えません」

「たしかに、あの解撤屋はしたたかな商売人や。しかも、そこらのリサイクル業者やない。電炉も転換炉も持ち、屑鉄の流通ルートも押さえとる。タヘール・エンタープライズは、言うたらバングラデシュのコングロマリットや。せこい商いには手は出さん。けどな、北京からの頼みとあらば話は別や。会社の資本はほぼ全額が北京から、それも人民解放軍から出とるんやからな。よう調べてみい」

柏倉の口吻は断定的だった。既に何か裏をとっているのだろう。

そこへ、女将がマッコリと山盛りのキムチを持ってやってきた。Missロレンスを見て、にやっと笑った。

「中尾さん、近頃は女の趣味が随分とようなりはって。あのつけまつげのお姐さんとは比べもんにならんわ」

そう言うと、腫れぼったい瞼に手をやって、短いまつげを摘まんでみせた。

「あのお姐さん、サムゲタンの湯気でつけまつげをスープのなかに落としてしもて。ワカメと思ってのみ込んで、えらい騒ぎやったわ」

Ｍｉｓｓロレンスが店中に響き渡るような笑い声をあげた。

「面白すぎです。笑いすぎておなかの筋肉が痛い――」

「おばちゃん、勘弁してや。こいつらは俺の部下や、ミナミの連中やないで」

柏倉にはろくに返事もせず、おばちゃんはＭｉｓｓロレンスの頭から足先までじっくりと眺めまわした。ネイビーブルーのカシミアのセーターに光る真珠のネックレスに目をとめる。

「八ミリ玉やろか。ええなあ、そんくらいの大きさ、品がようて。山の手のお嬢さん、またひとりでも来てや。けど、煙で燻製（くんせい）になるから、上等な服は着てこんといて」

おばちゃんはＭｉｓｓロレンスにはことのほか愛想がよかったが、隣の壮太には何の関心も示さなかった。

高橋がオイキムチを箸でつまみながら言った。

「真珠のネックレスといえば、タヘール・エンタープライズの本拠地、バングラデシュのチッタゴン港は、『真珠の首飾り戦略』のどでかい一粒です。いまや海洋強国を呼号する中国の――」

「そうや、一帯一路の重要な港や。インド洋で言うたら、バングラのチッタゴン港、スリランカのハンバントタ港、それにパキスタンのグワダル港が代表格やな」

原油の供給源である中東に至るシーレーン。中国政府は、石油の道を扼するように点在するアジアの主要な港に膨大な資金を注ぎ込み、最新の港湾設備を整えてきた。それらの拠点港を線でつないでみると、中国という巨人の首にかかる真珠の首飾りに見える。

「ハンバントタなら、私、行ったことがあります」

Missロレンスが手酌でマッコリを注ぎながら言った。

「十年ほど前ですが、ヨルダンに住んでいた頃、家族と夏休みでスリランカに行きました。その頃のハンバントタは鄙びた漁村でした。マレー系の住民が多くて、市場に出かけても雰囲気はどちらかと言えばイスラム風でした。野生の象やイグアナなんかもいて長閑なところだったことを憶えています」

「ふーん、そうやったんや」

壮太は頷きながら、意気揚々と巨象に跨るMissロレンスを思い浮かべてみた。

「それが、中国から巨額の資本が流れ込んで、いまじゃ最新の埠頭に巨大なクレーンを備える南アジア有数の港湾に変身したんですから驚きです。とはいっても、ハンバントタはもうスリランカとは言えないのかも——」

「なんでなん?」

「だって、借金漬けのスリランカは、ハンバントタ港を中国に向こう九十九年間、貸し出すことにしたんですから。事実上、中国の手に落ちたようなものですよ」

バングラデシュのチッタゴン港にも、同じように中国の手が伸びている。タヘール・エンタープライズが北京のフロント企業だとしても何の不思議もない、とMissロレンスは柏倉の見立てを補強してみせた。

「それじゃ、例の自動車専用船の一件も含めて、すべては中国が書いたシナリオだったというわけですか」

壮太が尋ねた。

「まあ、そんなところやろなぁ。エバーディールを倒産の淵に追い込んでおいて、最後はタヘール・エンタープライズに救済させる。資金も手当てしてやり、見返りにコヴァルチュックを送り込んでエバーディールの経営権を握ったというわけや」

柏倉の読み筋に、三人の調査官は息を呑んで聞き入った。

「だが、表向きは健全経営を続けてもらわんと困る。地元での信用が失墜すれば、苦労して乗っ取った意味がないからな。それで、社長の永山にはリスクの高い船舶ビジネスから手を引かせ、リース・マンション業を始めさせた。黒字経営に転換させ、法人税もきちんと納入させる。そうすれば、誰にも怪しまれん」

ウクライナ人のコヴァルチュックは、船舶エンジンの専門家だ。複雑な資金の流れは、いまも中国当局が陰で操っているのだろう。

「誰にも気取られないまま、エバーディールを極東の情報活動の工作拠点として存分に使うことができる。稀に見る土台人なんや。しかも、東京から離れた国際港湾都市神戸なら、目立たずに各国とのやりとりができる。絶好の立地や」

「ということは――」

壮太が弾かれたようにしゃべりだした。

「当時、エバーディールは、サライ・ホンコンという北朝鮮のフロント企業と連携して、中国吉林省延辺朝鮮族自治州産と称する松茸の通関手続きを請け負っていました。僕は北朝鮮の息がかかっているものと思い込んでいましたが、実際は中国からの指令だった。そう考えるべきなのでしょうか。すべては北京の目くらましだったと――」

「北の経済制裁逃れに一役買って出た。中国かて、それくらいのことはしてやったんかもしれん。松茸の密輸は麻薬や偽札と並ぶ、北朝鮮の大事な外貨獲得源や。多少は助けてやらんと、北は何をしでかすか分からん。そんなオペレーションでもエバーディールは使いでがあるいうことや」

だが、ここまで時間をかけ、周到に布石を打って、果たして北京は何をしようとしているのか。柏倉は、肝心の北京の意図については憶測すら口にしようとはしなかった。

「ところで」と、高橋が周囲を見回しながら、声をひそめた。

「北だの中国だの、こんなディープな話、この店は大丈夫なんでしょうか。壁に耳あり、障子に目あり、です」

するとＭｉｓｓロレンスが朗らかに言い放った。

「灯台もと暗し。かえって安全なんですよ」

「え？　なんで灯台もと暗しやねん。ヨルダン仕込みの諺は使い方がビミョーすぎるわ」

すっとんきょうな声を出した壮太を柏倉が制した。

「まあ、ええやないか。木を隠すなら森の中、そういうことや」

「ほらね。木を見て森を見ずなのはジミーさんよ」

Ｍｉｓｓロレンスは脂ぎったハラミをエゴマの葉に包むと、壮太の口に無理やり押し込んだ。

＊

午後五時五十分、壮太は、海岸通の路肩に黒のカローラを停め、コヴァルチュックのボルボを待ち受けていた。午後六時二分、ボルボは海岸通に姿を現した。神戸税関を右手にみながら左折し第四突堤線から高速道路に入る。夕映えの海に架かる摩耶大橋を渡り、六甲アイランドを目指す。ＳＵＶは真っ白な車体を輝かせ、広大な人工島にさしかかると間もなく高速道路を降り、六甲大橋南の交差点を右折した。壮太は付かず離れず、ここまでなんとか追尾してきた。

ボルボは、まっすぐ高層マンションの地下駐車場に滑り込んでいった。壮太は急ぎ近くのコインパーキングに車を停め、一階エントランスが見通せる隣のビルに身を潜めた。

二十分ほどすると、ポロシャツにセーター姿のコヴァルチュックが姿を見せ、近くのグルメマーケットに入っていった。壮太も素知らぬ顔で付いていく。ウクライナ男は大きなカートを引き、まず野菜コーナーでキャベツと大袋入りのジャガイモを入れ、次いで「さつま姫牛」のヒレステーキを、最後に六甲ビール「いきがり生」と一リットルの牛乳パックを放り込んだ。レジのおばさんとは顔馴染みなのだろう。にこにこしながら日本語で言葉を交わしている。

監視を始めて二週間になるが、外での食事は週に一回程度、ふだんは自炊している模様だ。買い物の量から推して、自宅に客を招いてはいない。

「これほどの土台を構えながら、誰とも接触せず、重要な任務をこなしている風にも見えん。どんなにセキュリティを高めても、通信はやはり傍受される危険がある。そろそろ、なんらかのコンタクト、動きがあってもいい頃や。来週あたり、賭けに出てみるか」

柏倉は六甲アイランドで「鍛冶屋」作戦の第二弾を決行すると告げた。陣容は明石町筋と同じ四人。首席調査官も再び現場で指揮を執るという。ここで突破口を拓いてみせるという決意が伝わってくる。

「梶、おまえは明石町筋からぼろいカローラで奴の車についてこい。マル対が別の場所に向かっても、絶対に無理をするな。お前は運転がからっぺたや。俺たちは鍛冶屋のマンションで待ち受ける。来週月曜の夕方からや。昼間はいつも通り勤務しろ」

「はい、でもまた空振りになるかもしれません」

「それも覚悟のうえや。この稼業で予定通りに事が運ぶことなどまずない。万馬券だって毎週は当たらんやろ、おんなじや」

こうして「鍛冶屋」作戦の第二弾が始まった。案の定、木曜日までは何事も起きなかった。

月末の金曜日はプレミアムフライデーだ。念のため、壮太が早めに待機していると、白いボルボが姿を見せた。午後三時十五分、いつもの帰宅ルートを通って六甲アイランドへ向かう。壮太はSignalですでに配置についている三人に速報した。

マンションの地下駐車場に車が消えて十分後。マル対はTシャツにチノパンツという気軽なスタイルで現れた。春とはいえ、陽が傾くとまだ肌寒い。軽い運動にでも出かけるのだろうか。

六甲アイランドを南北に貫く水路に沿って拡がるリバーモール。コヴァルチュックはそのウエストサイドを早足で南へと向かっている。ボードウォーク沿いには、イタリアン・レストラン、ダイニングバー、カフェ、スイーツの店などが立ち並ぶ。外国人の家族連れも多く、雑誌で見たメルボルンのリバーバンクのようだ。まだ蕾（つぼみ）がかたいバラ園を通り抜け、ポルシェのショーウィンドウを覗いて、水辺の散歩道を歩いていった。

「店のガラス窓、それにモールの水面にも気をつけろ」

一番手の壮太と二番手のＭ：ｉｓｓロレンスに柏倉がSignalで注意してきた。ＩＮＡＣ神戸レオネッサのフットボールセンター脇から学園通りに入り、こんどはリバーモールのイーストを北上する。自宅へ戻るのか。だとすれば、今日もまた空振りだ。マル対はごく平凡なビジネスマンで、すべては根室の仲買人の妄想では──壮太はそんな不安に駆られ始めていた。

コヴァルチュックは、うす雲の空を映すリバーモールをゆったりと歩いていく。いま建物の陰に入られれば姿を見失ってしまう。距離を縮めたいが、尾行に気づかれては元も子もない。そう思った次の瞬間、コヴァルチュックは思わぬ行動に出た。美術館通りを左折し、そのまま小磯記念美術館に入っていったのである。

時刻は午後四時二十七分。閉館間際の駆け込みだ。

柏倉に急報すると指示が返ってきた。

「西海がまず入れ。すぐに高橋を差し向ける」

柏倉は通りを挟んで向かいのビル駐車場出口に陣取った。

「梶は四番手として、美術館通りで待機せよ」

Ｍ：ｉｓｓロレンスがコヴァルチュックを視界にとらえる。マル対は受付で二百円を払って入場券を買うと、第一展示室を素通りし、まっすぐ第二展示室に入っていった。

そこは横に細長い部屋だった。中央に間仕切りがあり、二つのエリアに分かれている。仕切り壁の向こうは死角となり、反対側のエリアは見通せない。この展示室にいるのは、わずか六人。マル対と初老の男性、中年の女性の二人組、あとは制服姿の女性職員。Missロレンスはグレーのワンピースに同系色のカーディガンを羽織り、茶色いバッグを斜め掛けにしている。美術好きの女子大生のように見える。

「桃とクルミのある静物」「二人裸婦」「着物の女」。コヴァルチュックは、紫、白、朱の大胆な縦縞(たてじま)の銘仙を着た「着物の女」の前で立ち止まり、しげしげと見つめている。Missロレンスは五メートルほど後ろに控えていた。

コヴァルチュックは仕切り壁の向こう側に姿を消した。だが、Missロレンスはその後を追わず、大きく回りこんでマル対の背中を見通せる一角から様子を窺うことにした。

ウクライナの大男は「赤いマントの外国婦人」と題するパステル画の前に佇んでいた。白っぽい綿のブラウスに臙脂(えんじ)色のマントを羽織った女性を描いた作品だ。解説文によれば、モデルの名前はエステラ。インディオの血が入った南米コロンビアの女性らしい。髪は栗色の縮れ毛、肌はやや赤みがかっている。肩にかけたマントと髪の色がよく調和し、素朴で温かな人柄が伝わってくる。七〇年代の終わりから八〇年代はじめにかけて、小磯良平が好んでモデルにした女性だという。

仕切り壁の向こうから、ベージュのスプリングコートを着た小柄な女性がすっと近づいてきた。細いウエストをベルトでぎゅっと締め、黒いハイヒールの底からはマニキュアのように鮮やかな赤が覗いている。

レッド・ソールだわ。クリスチャン・ルブタンを履いた女──Ｍｉｓｓロレンスは心の中で呟いた。

真っ赤な靴底の女は、近づいて解説文を読むと、少し後ずさって「赤いマントの外国婦人」をもう一度眺めた。コヴァルチュックは彼女に気づいて、ひとこと、ふたこと言葉を交わす。英語か、ロシア語か。Ｍｉｓｓロレンスの位置からは聴き取れない。顔見知りらしいが、互いに笑顔は見せない。周りに人がいないことを確かめ、何やら低い声で話しあっている。会話を聞きたいが、近寄れば警戒される。

Ｍｉｓｓロレンスは素早くSignalを柏倉に送った。

「東洋系の女性と接触」

顔立ちはジェームス邸のパーティにきた中国系の女性に似ている。自分にジミーのような記憶力があれば、即座に断じることができるのに──。

「先日の会合で会った可能性あり。尾行を続行するか、指示を仰ぎたし」

「高橋に追跡させる。遠くから監視しろ」

その時、「まもなく閉館となります」というアナウンスが館内に流れ始めた。

二人はその後、二分ほど立ち話をして別れた。コヴァルチュックは隣の絵へと足早に歩き、女性はくるりと背を向けて部屋を出た。廊下をまっすぐ出口へ歩いていく。

Missロレンスから連絡を受けた高橋は、第三展示室前のソファに座ったまま、うつむいてスマホでメールを打つ振りをしていた。女が眼の前を通り過ぎる瞬間にシャッターを押す。無音カメラアプリを使って消音で撮影したのだが、相手がその筋のプロフェッショナルなら、気づかれたかもしれない。女は顔色一つ変えず、歩き去っていった。

「女性を尾行するか、マル対を追うか、指示を乞う」

高橋は、Signalで柏倉に打診した。

「高橋、西海は、女を追え。柏倉、梶は、マル対の行き先を見定めて、速やかに合流する」

レッド・ソールの女は美術館の正面玄関を出ると、左手の階段を上ってアイランド北口駅に向かった。住吉行きの六甲ライナーの最後尾に腰かけ、車窓の風景を眺めている。辺りに気を配ったり、窓ガラスに映る乗客をチェックしたりする様子は窺えない。高橋は前方の扉近くに立ち、Ｍｉｓｓロレンスは隣の車両に控えていた。

標的の女は、南魚崎に続く二つ目の魚崎駅で降りた。魚崎は阪神電車への乗換駅だ。六甲ライナーの改札口を出ると、阪神電車への連絡通路を人ごみに紛れて歩いていく。高橋はその華奢な背中を見失わないよう六メートルの距離を保って追う。Ｍｉｓｓロレンスはその後方二メートルに張りついている。通路が途中、クランクになり、ベージュのコートが一瞬見えなくなった。ふたりは小走りにクランクを曲がったが、阪神電車の改札口に女の姿はない。高橋は慌ててあたりを見回した。「櫻正宗記念館」方面出口の階段を下りていくベージュのコートがちらりと見えた。

「こっちだ」

Ｍｉｓｓロレンスに二本指でサインを送る。

急いであとを追うと、そこは駅裏の狭い通りだった。正面にデイリーヤマザキ、その隣がコインパーキング。だが、標的の姿は見当たらない。どこへ消えたのか――そう思った次の瞬間、眼の前を赤いＢＭＷが駆け抜けていった。一瞬見えた横顔は、サングラスをかけたレッド・ソールの女だった。

見事に裏をかかれてしまった。追跡しようにも、閑散とした駅裏にはタクシーなどいない。赤いBMWは住吉川沿いを南へと走り去っていく。魚崎インターから阪神高速に乗るのだろう。かろうじて神戸ナンバーと確認できたが、数字までは覚えきれない。鮮やかな尾行切りだった。

「切られました」

高橋は柏倉に報告した。

「了解。こちらのマル対は帰宅。三十分後、カイシャで集合」

その夜、柏倉を囲んでミーティングが行われ、美術館で撮った女の写真が壮太に回覧された。

「ジェームス邸のパーティに来ていた女性に間違いありません。名前はアグネス・ラウ。ジョージア人のアスラン・アナニーゼという夫との間に八歳くらいの男の子がひとりいます。この子によれば、母親はホンコン・チャイニーズ。パーティでは、ジョージア・ワインの輸入ビジネスをしていると話していました」

高橋は尾行切りにあった様子を悔しそうに報告した。

「思い込みが仇(あだ)になりました。首席からいつも注意されているのに。阪神電車に乗り換えるものと決めてかかったのが敗因です。あんな所に階段があるなんて——。女は駅裏のタイムズに車を停めていて、まんまと切られました」

「じつは——」と壮太がおずおずと切り出した。

「首席もその女には以前に会ったことがあるはずですが——」

「なんやて、俺も会っただと」

「はい、四カ月ほど前に、ハンター坂のバー・バンブーに入ってきた〝いい女〟ではないかと——。あの時の赤いハイヒールの女のような気がします」

柏倉はいまいちど写真にじっと見入っていたが、いつになく慎重だった。

「うーん、ほっそりした足首しか覚えてへんなあ——。いずれにしろ、尾行切りはプロの手並みや。ふつうなら、彼女がコヴァルチュックのコントローラーということになる。北京はアグネス・ラウを通じて奴を操っとる。俺らかて大事な局面でSignalは使わん。それと同じで、アグネスも極秘の指示は直にやるはずや。美術館のランデブーでは、かなり重大な案件を連絡したとみるべきやな。ただ、アグネスが本当にコントローラーかどうかはまだ断定できん」

この先は、壮太がコヴァルチュックを、高橋がアグネスの監視を続けることが申し合わされた。Ｍｉｓｓロレンスがすかさず食い下がった。

「首席、じゃあ、私はどこを探るんですか」

「お前は屑鉄拾いや」

「え？」

Ｍｉｓｓロレンスは、一瞬、戸惑った様子だったが、ああと呟いて声を弾ませた。

「お任せあれ！　きっと大きな屑鉄をひっかけてきます」

第八章　諜報界の仮面劇

明石海峡大橋が間もなく姿をあらわすはずだ。だが、春霞に煙ってまだ視界に入ってこない。ステパン・コヴァルチュックは、パイロット・ボートに座乗し、東方灯浮標を左手に望みながら西へ向かっている。神戸沖およそ十キロ、パイロット・ボートが海峡航路の主流に入ると、潮の流れがにわかに速くなった。舵を握る船長が前方の渦潮を指さした。

「あれがイヤニチや――」

本州と淡路島に挟まれた明石海峡は、最狭部の幅わずか三・六キロ、最深部は百十メートル。満潮時には大阪湾から播磨灘に海流がどっと流れ込み、時に七ノットの速さとなる。狭い海峡から溢れ出た激流は、反時計回りの渦を巻き起こして暴れまわる。船乗りたちは、イヤニチ、嫌な満ち潮と呼んで懼れてきた。コヴァルチュックは、遥かウクライナから極東の島嶼列島に流れ着いた我が人生を想って、「ＩＹＡＮＩＣＨＩ」と口ずさんでみた。

瀬戸内と神戸、大阪両港を結ぶこの航路は、外航船や内航船が頻繁に往来するだけではない。タイやイカナゴなどが獲れる格好の漁場でもある。底引き網や一本釣りの漁船も多く、衝突事故も頻発する。このため、総重量一万トン以上の船舶には水先人を乗せるよう義務付けられており、パイロット・ボートはその水先人を大型船に送り迎えしている。

乗船しているのは、船長、機関士、水先人に加えてコヴァルチュックとアグネス・ラウの五人。白髪交じりの水先人は後部座席に座り、小さな鞄から書類を取り出し何やらメモを書きつけている。潮の流れと天候状態を入念にチェックしているらしい。いまもなく須磨沖で大型タンカーに乗り込み、岡山県の水島港まで誘導するという。いまはその準備に脇目もふらない。

総重量十九トンのパイロット・ボートは、海峡の主流に入ると船体を左右に揺らし始めた。大潮に当たるきょうは、三角の波頭がとりわけ鋭い。船長は、右前方に唐崎鼻を見ながら、激流を縫うようにして船を北側の航路に導いていく。

コヴァルチュックがパイロット・ボートと不思議な縁ができたのは、日本に移り住んで半年ほどがたった頃だった。見ず知らずの国で無聊(ぶりょう)を慰めるため、海運ビルの前に広がるメリケンパークを毎日のように散策していた。近くには第五管区海上保安本部の建物があり、白い船体の巡視船や巡視艇が停泊している。そのすぐ隣にパイロット・ボートの波止場があった。白と緑に塗り分けられたボートが一日に何度も出入りしている。そのエンジン音を聞いているだけで、コヴァルチュックの気持ちは和んでくるのだった。

ある日、フェンス越しに船を眺めながら、内燃機関の唸り声にうっとりと耳を傾けていると、ひと仕事終えたばかりの船長が英語で話しかけてきた。

「よく見かけるね。船がよほど好きそうだな」

「ああ、エンジン音なら、日本語よりよほどよく聞き分けられるよ」

二人が親しくなるのに時間はかからなかった。船長はパイロット・ボートに乗せてくれると言う。だが、手続きが煩瑣(はんさ)だった。水先人を送迎する船に乗り込むには、水先人協会の許しが要る。社長の永山洋介に相談を持ちかけると、すぐに協会の幹部に話をつけてくれた。エバーディール社は船舶代理店として、外国貨物船から「水先人の派遣要請」も請け負っており、協会にはかなり顔が利く。「小型船のエンジン改良に関する調査・研究」を乗船の名目とした。

それ以来、コヴァルチュックにとって、パイロット・ボートはこの上ない憩いの場となった。操舵席に座らせてもらい、明石海峡、鳴門海峡、紀淡海峡と経めぐった。船のエンジン音は心安らぐ旋律だった。渦巻く潮を見つめていると、前途に待ち受ける試練に思え、雄々しく立ち向かえと心が奮い立った。

ここ数ヵ月、得体の知れない視線が我が身辺にまとわりついている。先日も地下鉄で尾行切りを試みたが、果たして若い女性が慌ててホームに飛び降りた。帰宅後の買い物に若い男が付いてきた節も窺える。恐らくチームで動いているのだろう。それだけではない。このところ、別の影も見え隠れしている。このままアグネスと接触を重ねていけば、いずれ監視網にからめとられてしまうに違いない。

パイロット・ボートをランデブーに使っては——いかにして追跡をかわすかと思い詰めていた時、そんなアイデアが閃いた。洋上の密室なら会話の中身は決して漏れないはずだ。

「ステパン、ほら、あそこを見て」

アグネスが前方の海面を指さして英語でささやいた。小さな流木が潮に揉まれて、くるくると回っている。

「HAIKUに雁風呂という春の季語があるの。渡り鳥の雁を偲んで風呂を焚くという──」

「雁の風呂、それがあの木切れとどんな関係があるんだ」

「津軽地方に伝わる、それは哀しく切ないお話なの。秋になって大陸から渡ってくる雁は、嘴に木片を咥えてくる。洋上の長旅に疲れると、その木片を海に浮かべて、しばし翼を休めるんですって。それを海辺に落としておいて、春になるとまた咥えて大陸に帰っていく」

アグネスは小さな流木をじっと見つめている。

「大陸に帰る雁は決まって自分の木片を見つけて拾っていく。だから、春になって海岸に打ち捨てられた木切れは、故郷に戻れなかった雁たちの墓標なの。浜の漁師たちは、そんな雁たちを供養しようと木片を拾い集め、お風呂を焚いて旅人をもてなしたんですって。どこか身につまされる話だわ。私たちのような者にとって──」

「僕は愛しい家族が待っているから、きっとウクライナに帰ってみせるさ。我が家でゆっくりとバスタブに浸かるよ」

「そうなればいいのだけれど――」

アグネスは寂しげに微笑んだ。そのあと二人は、密談のため最後部に席を移した。忍びやかな、だがニッポンにとっては驚愕のやりとりが船上で始まった。

ベテラン水先人は背を向けたまま、ふたりの動きには目もくれない。大阪湾海上交通センターが送ってくる気象・海象データと潮流情報をパソコンで入念に確かめている。そのUSBポートには秘密兵器が接続されていた。三メートル先で交わされる会話も聞き取れる超高性能の指向性マイクだ。緑のランプが灯り、録音機材が作動していることを示していた。

*

コヴァルチュックとアグネスが築きあげた堅城。それは柏倉チームにとって、攀じ登ろうとする者を峻拒して聳え立ち、どうにも攻略の手がかりが摑めなかった。時折、接触している事実は確認できたのだが、そこから先、どこを攻めれば陥ちるのか。寸分の隙も窺えない。

香港チャイニーズとリヴィウのウクライナ人。ふたりは昼夜にわたって監視されていることに気づいたのだろう。もはや神戸の街中では一切接触しようとしなくなった。密会の舞台を洋上に移してしまったのである。

メリケン波止場からパイロット・ボートに乗り込んで沖合に出る姿は捕捉できた。だが、彼らが交わす密やかなやりとりに肉薄することは全くかなわなかった。柏倉チームの面々は、峻険な石垣の前に佇んで、いたずらに頂を見上げるほかなかったのである。

そうしたさなか、国際テロ班に高橋悠介がワインを一本ぶら下げて現れた。右手にはプラスチックのグラスを持っている。

「梶、オレンジ・ワインを飲んだことあるか」

「いいえ、コヴァルチュックのパーティでアグネス・ラウが飲んでいたのを見かけただけです。僕はもっぱら発泡酒ですから、白や赤のワインもめったに飲みません」

「これがいま話題のジョージア産のオレンジ・ワインや。勤務中やけど、調査に欠かせないってことで、ちょっと飲んでみろ。あの首席のことや、うるさいことは言わんやろ」

高橋はワイン・オープナーで栓を開け、グラスにたっぷり注いでくれた。オレンジ色というより、赤褐色が際立つ透明な液体だった。アプリコットを思わせるアロマが漂ってくる。

「葡萄(ぶどう)じゃなくて、オレンジからもワインができるんですね」

隣席のＭｉｓｓロレンスが壮太の顔をまじまじと見上げた。

「それって桃から桃太郎が生まれた話に匹敵しますよ。お見合いで口にしたら、もう一発でおしまい、退場」

「ほんなら何でオレンジ言うん」

「いいですか。赤ワインは、黒葡萄の果皮や種を果汁と一緒に発酵させて造ります。それであの赤みが出るんです。白ワインは、白葡萄の果汁だけを搾って発酵させる。で、オレンジ・ワインはというと、白葡萄を原料にしながら、赤ワインと同じように果皮や種を一緒に発酵させる。それでオレンジがかった琥珀(こはく)色になるんです」

「ふーん、そうなん」

「さあ、桃太郎もいっしょに飲もうぜ」

三人は静かにグラスを合わせた。

「うーん、ドライフルーツのような香ばしさ。大コーカサス山脈を旅している気分。ユーラシア大陸を横断してアフガニスタンの山岳地帯に分け入り、いざインド亜大陸へ。ああ、われらがグレート・ゲーム」

Missロレンスは目を閉じて香りの余韻を味わっている。その長い睫毛に壮太はつい見とれてしまった。彼女がまぶたを開こうとした瞬間、慌てて自分のグラスに目を逸らした。

「これが、アグネス・ラウが輸入しているワインなんですね」

「そう、ジョージアの伝統的な製法で作られている特別なワインや。普通のワインは木の樽とかステンレスタンクで熟成させるやろ。ところが、ジョージアでは『クヴェヴリ』という大きな素焼きの甕(かめ)を使う。大人の男がすっぽり入ってしまうほど、どでかい甕やて。それを地面に埋めて熟成させる」

「ジョージアってワイン発祥の地ですものね。八千年も前から伝わる自然派ワイン」

「てな、知識を仕込んで、トアロードのワインショップに行ってきてん。これが戦利品や。税込みで二千六百四十円。ちょっと痛かったけど、ただのインテリジェンスはないからな。でもちゃんと元は取れたで」

「おいおい、高橋、どんな元が取れたんや」

三人が一斉に振り返ると、柏倉が立っていた。

「真っ昼間から役所で酒盛りか。俺にも一杯くれ」

こうして即席の調査報告が始まった。

「神戸税関に照会したんですが、オレンジ・ワインの通関業務はアグネス・ラウの名義でやっていることが分かりました。ところが、いいですか、驚いちゃいけませんよ、みなさん。申請書類によれば、アグネスは、香港チャイニーズではあるけれど、香港籍じゃない」

高橋が神戸税関と入管の情報源から聞き出したところでは、アグネスのパスポートは、中華人民共和国香港特別行政区の発行ではなく、アメリカ政府の発行だった事実が判明したという。

いまアグネス・ラウは、民間人を名乗っている。だが、十二年前に日本に入国した際のパスポートは公用旅券。しかも名義はアイリス・アナニーゼ。ジョージア人の夫の姓を使っていた。

「前回は米国の公用旅券で日本に滞在していた。それが、今回は民間人として入国し、査証もビジネスとなっているんですか。それじゃ公職を離れたというわけですか」

壮太の問いに高橋が首を振った。

「いや、旅券が公用から一般市民のそれに切り替わっているのも、名義そのものが変更されているのも、極めて不自然だ。通常はあり得ない。種類の異なる旅券を別の名義で使うことができるケースはたったひとつ。アメリカ政府の公認のもとで、身分を偽装して対象国に入国する場合だろう。一般の市民では旅券の中身をそんなに簡単に変えられるはずはないからな」

「うちのカイシャも、外交官や在外公館の警備担当として、要員を海外に送っています。でも、アグネス・ラウのように民間人に成りすまし、外国に赴任するなどできません。どうしても公用旅券を使わざるをえない。でも、それじゃ、対象国のカウンター・インテリジェンス機関に直ちに知られるところとなり、監視の対象になってしまいます」

「つまり、アグネス・ラウは、米国のその筋から送り込まれた、われわれのご同業というわけか。ところで、どの筋や」

柏倉が畳みかけた。

「まだ裏は取れていません。しかし、どうやらラングレーではないかと――」

高橋は、ワシントン郊外のノーザン・ヴァージニアにある地名を挙げて、ＣＩＡではないかと示唆した。

「国防総省情報局（DIA）や国家安全保障局（NSA）では、民間の会社を隠れ蓑にして神戸に新たな拠点を構えるのはかなり難しいと思います。相当な先行投資をして、派遣先の会社自体を周到に偽装させなければなりませんから」

「赤いBMWに乗ったレッド・ソールの女、アグネスは、ほんとうにラングレーによって送り込まれた諜報要員なんでしょうか――」

Missロレンスは、ラングレーの影をちらつかせること自体が一種の偽装で、こちらを混乱させる狙いがあるのではと疑っているらしい。

柏倉チームはこれまで、香港チャイニーズの女を中国人民解放軍か国家安全部が送り込んだエージェントと見立ててきた。その想定がいま音を立てて崩れようとしている。ワシントンの息がかかっているのか。二股をかけているのだろうか。それとも、そう見せかけてわれわれを攪乱しているのか。柏倉チームは、アグネス・ラウの正体をめぐって迷宮に入り込んでしまった。

南シナ海で、尖閣諸島で、そして宇宙空間でも、対立を深めつつあるアメリカと中国。この仇敵同士があろうことか国際港湾都市KOBEでわれわれの眼を盗んで密やかな接触を重ねているのだとしたら――。

柏倉チームは会議室に移って情勢を仔細に検討することにした。

「いまや米中の対立は、貿易戦争にとどまらず、あらゆる局面に及んでいます。凄まじいばかりの情報戦を繰り広げている。当のアメリカと中国の情報当局が、水面下でコンタクトを図ることなどほんとうにありうるのでしょうか――。しかもここ神戸で」

そう尋ねる壮太に、柏倉は当然の疑問だと言わんばかりに頷いてみせた。

「今日の友は、明日の敵となる。いまのうちに備えておけ――。英国の課報界に伝わる箴言だ。梶、これを裏返してみぃ」

「今日の敵は、明日の友となる。いまのうちに誼を通じておけ――」

「そのとおりや。敵対しているとはいえ、意思の疎通を図っておきたい案件は必ずあるはずや。冷たい戦争が沸点にあった時ですら、そうやった。東西対立の主戦場となった冷戦都市ベルリンでは相手陣営に囚われていたスパイの交換が粛々と行われとった。その仲介役を担ったのがキリスト教会や。対立が烈しければ烈しいほど、お互い、どこかにコンタクトの窓口を開けておきたいと考える。これが諜報界の公理や。梶、おまえはジェームス山でとてつもない金鉱脈の露頭に遭遇したということや」

金鉱の発見者だと言われても、壮太はただ戸惑うばかりだった。

「これは現場担当者のちょっとした接触やない。これほどのカネと手間をかけたオペレーションは、最上層部の承認を得なければ、とてもやれるもんやない。これはほんまもんや」

北京は周到な調査を重ねた末、ここ神戸で格好の土台人に眼をつけた。それを巧みな手口で手に入れ、経営陣にウクライナ男を送り込んだ。コヴァルチュックは船の内燃機関の技術者であり、諜報機関に身を置いた経歴がない。完璧な英語を操り、誰とでもすぐに打ち解ける明朗な性格だ。加えて、ウクライナ領の西端、かつてのオーストリア・ハンガリー帝国の古都だったリヴィウの生まれだ。ロシアに反感を抱き、西欧に親しみを持っていると見ていい。

「対米接触に備えてここを出城とし、その任務を委ねるには打ってつけの人材とは思わんか。ワシントンの側もまた、北京のカウンターパートとして差し出すために飛びっきりのタマを用意した。それがレッド・ソールの女だったと考えてみてはどうや」

東アジアの要衝にして、対中戦略の重要拠点たるニッポン。超大国アメリカは、数ある都市のなかから敢えてこの神戸を舞台に選び、日本のインテリジェンス機関の眼を盗みつつ、仇敵と密会を重ねているのではないか——。

三人の部下にとって、柏倉の読み筋は、エッジが利いた鋭いものに思えた。だが、確たるエビデンスが示されたわけではない。すべては自分たちの今後の調査にかかっている。

日本、中国、アメリカ、さらには北朝鮮、ウクライナが入り乱れて演じる諜報界の仮面劇。その舞台の袖からもうひとりの登場人物がじっと視線を注いでいることに、この時、壮太たちはまだ気づいていなかった。

＊

「壮太、元気にしちょうかね」

松江で古美術店「尚古堂」を営むおばばから、久しぶりに電話がかかってきた。暖かな陽だまりを思わせる、駘蕩(たいとう)とした話しぶりだった。その声に接すると子供時分に戻った気がする。

「ついこないだ、男前の面白ぇガイジンさんが店に見えたがね。イギリス人だ言わっしゃって。ガラガラッて戸を開けておいでぇなり、美しえ日本語で『軸ものを見せてつかあさい』て、言わっしゃーだけに、怯(おび)えたわぇー」

「ふーん、この頃はお茶をやる外国人も増えてるからね」

「店の品をたくさん見さっしゃったが、なかなか目利(めき)きでね。しまいにゃ、ほら、お爺さが、とっても大事にしちょった和歌の色紙を出いたら、こーがよかったさで、金目も聞かず、これもらーてって」

「へぇー、よかったね。買ってくれたんだ」

「小堀遠州公が定家様で書かしゃったもんだども、料紙が綺麗なもんでな。藍と朱がたらす込みになった上、金箔の切り紙が散らすてあっての。そこんとこを『綺麗さび』と言わっしゃあもんだけに、腰抜かしたわネ」

出雲弁に延々と付き合うのもおばば孝行だ。

「ふーん、綺麗さびなんて、遠州流のお茶でもやってるのかな」

「驚いたのは、そのあとや。そのガイジンさん、何と言うたと思う。『お孫さんもお茶をやられーそうですね』と言うたんよ。榛色(はしばみ)の目でニコッとすて」

「え？」

「そーで、うつの孫を知ちょられますやらと聞いたとこが、『近けうつぬ、どこぞでお目にかかるやな気がすます。この色紙の歌が気に入ったとお孫さんに伝えてつかーさい』って、言いなっしゃった」

壮太の背中に緊張が走った。

「そう僕に伝言しろって。その歌、おばばは覚えてる？」

「あたりーまえだわ。『ほのぼのとあかしの浦の朝霧に島隠れゆく舟をしぞ思ふ』。古今和歌集ね入っちょー。詠んだ人の分からん作だがね」

ほのぼのと夜が明け染め、明石の浦は朝霧に包まれる。そのなかを一艘(いっそう)の小舟が島陰へと隠れていく——。

松江のおばばを介して送られてきた謎のイギリス男からの伝言。壮太はそのまま柏倉に報告した。根室から来た魚の仲買人は、珍しく知的な笑みを浮かべ、感に堪えないといった表情を見せた。

「こりゃ、いつの日か、インテリジェンス・コミュニティの伝説になるような、じつに洗練されたメタファーや、そう思わんか。出世欲に憑(と)りつかれたラングレーの連中は及びもつかん」

「島隠れゆく舟ですか——」

「そうや、朝霧に島隠れゆく舟、その秘密を自分は知っている——そう仄めかしとるんや。しかも、お前が明石海峡を望む月見山に住んどることまで承知のうえだ。松江に突如現れた男は、まさしく英国諜報界の吟遊詩人やな」

謎のイギリス男、不昧公の城下にあらわる。諜報界の鉄則に従えば、直属の上司柏倉以外に漏らしてはならないのだが、Ｍｉｓｓロレンスに打ち明ける誘惑に抗し切れなかった。アングロファイルを自認する英国偏愛の帰国子女にそっと耳打ちした。

「それはMI6にちがいありません、きっと。そんな教養人を擁している情報機関はあそこの他あるはずがない。ヨルダン時代のクラスメートも、オックスフォードのリンカーン・コレッジに進んでMI6にリクルートされたんですが、彼はサンスクリット語をすらすらと読みこなす、知的エキセントリックの申し子でした。だから、古今和歌集をメタファーに使うイギリス人もヴォクソールが送り込んできた筋モノだと見て間違いありません」

Missロレンスは、MI6本部ビルの符牒であるヴォクソールの名をあげて、英国秘密情報部員だと断じたのだった。

「梶さん、いますぐ、おばばさまに電話してみてください。どんな人だったか、もっと情報があるはず」

「聞ける話はぜんぶ聞き出したと思うけどな」

「榛色の瞳は、英語ではヘーゼル色。光の加減で緑に見えたり、茶色に映ったりするんです。神秘的でしょ。でも、なにより問題は身長。アラビアのロレンスみたいに背が低いのかどうか、それを確かめてください」

Missロレンスは、ついに運命の人が出現したとばかりに、潤いのある瞳をいっそう輝かせている。

「君の見合いの話やないで。今夜はもう寝とるやろ。何年か前、電話で起こしたら、寝ぼけて大切な井戸茶碗を壊したことがあるんや。明日の朝いちばんで聞いてみるわ」

翌朝、壮太が席に着くや、Ｍｉｓｓロレンスが肘をついておばば情報を催促してきた。

「目は榛色。それに髪は栗色だって」

「それで背丈は？」

「挨拶に立ったら、おばばの頭が肩より下だったというから、たぶん百七十七センチから百八十センチくらいかな」

「やった、ホンモノのロレンスより、ずっと背が高い。それで声はどう？」

「日本語は格調に溢れていて、それは美しかったと言ってたけど」

「きれいな日本語はどうでもいいの。どうせ英語で話すんですから。深みのある低い声が好みなんだけど、ベネディクト・カンバーバッチみたいな」

「ＢＢＣのシャーロック？　おばばには全然、分からへんやろな」

「じゃあ、あの人でいいわ。ほら、黒澤映画に出てくるミフネって人」

壮太は再びおばばに問い合わせることを約束させられた。Ｍｉｓｓロレンスと直にやりとりしてもらうと面倒が省けるのだが、おばばの難解な出雲弁ではアラビア語で会話するほうがまだましだろう。

ロンドンから来た男は、なぜわざわざ松江から黙示のメッセージを送ってきたのだろうか。いつ、どのようにして自分の前に姿を現すのだろうか。そして何より、会えば、島隠れゆく舟の秘密を明かしてくれるのだろうか。そうすれば、アグネス・ラウの素顔を突き止める端緒も得られるにちがいない。

まだ見ぬひとに何としても会ってみたい——。壮太の切実な思いは、Missロレンスに劣らず日々募っていった。

＊

永山宗祥（そうしょう）から壮太のもとにメールが届いたのはその五日後だった。

「珍しいお客様がお見えになります。今週、土曜日の午後、お時間はおありですか。ご都合がつけば、ぜひ渓聲庵にいらしてください。気楽にお茶を一服差し上げたく思います」

壮太は「万難を排して」と返事をした。客が誰かは敢えて聞かなかった。「島隠れ」のひとにちがいない。

住吉山手の永山邸に着いて、いつものように水屋へ行こうとすると、手伝いの女性に「きょうはまっすぐお席へどうぞ」と案内された。寄付で身支度を整え、出された白湯（さゆ）で喉を潤していると、明障子が静かに開いた。納戸色（なんどいろ）の着物に仙台平（せんだいひら）の袴、利休鼠（りきゅうねずみ）の羽織姿の外国人だ。上背は百八十センチほどだろう。背をかがめて入ってくると、栗色の髪をかきあげた。手際よく羽織を脱いで正座し、小さな扇子を膝前に置き、壮太に一礼した。

「お初にお目にかかります。スティーブン・ブラッドレーと申します。本日はご一緒させていただきます」

笑顔がなんとも爽やかだった。瞳は明度の高い茶色。虹彩は緑がかっている。おばばがいう榛色だ。壮太の記憶エンジンが、AIを凌ぐ勢いで作動した。この顔はお初ではない。最初は半年前のバー・バンブー。壁際のソファでひとりスコッチを飲んでいた男だ。二度目は一月のジェームス邸だった。細身のスーツを着た紳士が、パーティルームの片隅からこちらを見ていた。三度目は、コヴァルチュックを尾行して元町商店街を走り抜けた時だった。東龍街の角を曲がった瞬間、危うくぶつかりそうになった外国人、それがこの男だった。

「野津翔太です。先日は、松江の祖母のところにお運び下さったと聞きました。綺麗さびのこと、祖母が感銘を受けたと申しております。本日はお相伴(しょうばん)させていただきます」

ふたりは露地に出て、外腰掛に並んで座った。もみじが若緑の葉を気持ちよさそうに風に揺らしている。足元のヤブコウジは深く艶のある緑色だ。静かに茶庭を眺めているうち、張りつめていた壮太の気持ちもすこしずつほどけていった。

「あれはマリア灯籠でしょうか。古田織部が好んだという」

ブラッドレーが見つめている灯籠の竿には女人らしき像が彫られ、その上に異形の文字が刻まれている。

「はい、キリシタン灯籠とも呼ばれています。宗祥先生は表千家流ですが、遠州流の綺麗さびにも魅(ひ)かれるらしく、露地の景色や道具には遠州好みも見受けられます」

「この国の文化はじつに奥深い。庭の灯籠ですら何事かを暗示しています。あそこの像だって、聖母マリアと見る人もいれば、お地蔵さまだと言う人もいる。そしてあの不思議な文字、あなたは何と読み解きますか――」

これがブラッドレー流の隠喩なのだろう。

「ところで、先生とはどんなご縁で」

「マダム堀が共通の知り合いでして。私の祖父は、戦前、ロンドンで船会社を経営しておりました。香港や神戸にも支社がありましたので、先代の堀善兵衛社長とは親しくお付きあいをさせていただいたと聞いています」

「たしか、堀さんのお宅も船会社でしたね」

「ええ、そんなご縁で——。マダム堀が、あなたは松江の尚古堂の縁続きだと教えてくれましたので、久しぶりにラフカディオ・ハーンの面影の町を訪ねてみたのです。金澤の東の茶屋街には暮らしたことがありますので、次に住むなら松江の宍道湖の畔と決めました」

「ブラッドレーさんの言語能力なら、うちの祖母ともじきに出雲弁で話ができるでしょうね」

「まあ、せいぜい励んでみます。じつは、ここでならあなたと二人だけでお目にかかれる、とマダム堀に聞いて、無理を言って押しかけてきました。とはいえ、日本に来るのも数年ぶりで茶の作法もおぼつかない。よろしく」

躙り口が開き、亭主の宗祥が手桶を持って蹲踞へと向かった。藤紫の一越縮緬に白いつづれの帯、帯締めは萌黄色。緑一色の露地にぱっと藤の花が咲いたように艶やかだ。

周りの植え込みや石に柄杓で水を打つ。ザーッと蹲踞を改める音がした。主客が歩み寄り、互いにつくばって黙礼する。ブラッドレーは亭主が戻っていくのを見届けると、「お先に」と壮太に軽く頭を下げた。

蹲踞に進み、作法通りに手と口を漱ぎ、しなやかな手つきで柄杓の水を切る。すっと立ち、飛石伝いに躙り口へと向かった。壮太も後に従った。

点前座には、どっしりとした鉄の道安風炉に、龍と雲を鋳込んだ筒形の釜。その隣に、たっぷりと水を含んだ杉の釣瓶水指が置かれていた。床の軸は「開径待佳賓」。表千家十四代家元而妙斎宗匠のおおらかな筆運びだ。

茶道口が開き、宗祥がにじって入ってきた。

「ブラッドレー様、ようこそお越しくださいました。堀久子さんからいろいろとお話は伺っていますよ。茶の湯にはいろいろ約束事もありますが、今日はどうぞお気楽になさってください」

「勝手なお願いをお聞き届けくださり、恐縮至極です。なにぶん不調法ですので、よろしくお導きください」

「まあ、なんと古風な日本語だこと。翔太さんもあまり硬くならないで、楽しんでくださいね。お詰めの勉強にもなりますよ。今日はちょっと略式、宗祥流のおもてなしですから」

「さっそくですが――」とブラッドレーが掛軸に視線を遣った。

「径を開いて――佳賓を待つ、と読むのでしょうか」

「ええ、佳賓とは佳き客、待ちかねていた人なのでしょう。山奥の庵に住む人のもとに佳き客が訪ねてくる。庵の主は客が歩いてくる山道に伸びた枝を払ったり、地面に転がる石を取り除いたり、細やかな心配りで賓客を迎える。そんな意味でしょうか」

「なるほど、僕も国に帰ったら、そんな心構えで遠来のお客さまをもてなさなければ、と思わされます」

「転じて、行き届いた心遣いがなければ、佳賓など来るはずがないとも読めます。わたくしも戒めにしなければ――」

　壮太が問いかけた。

「先生、佳賓とはどんな客なのでしょう。待ちかねているのは気心の知れた友人か、それとも朗報をもたらす使者か――」

　ブラッドレーは壮太の横顔をちらりと見た。

「それは客を迎えるまでは分かりませんよ。意外にも、禍々しい知らせを携えてきた客かもしれません。でも後になってみると、その人が思いのほか佳賓だったということもある。人生なんてそんなものでしょう」

薄暗い茶室のなかでヘーゼル色の瞳は深い褐色に変貌していた。

「うれしいわ、さすがマダム堀がイチ押しの佳賓。数寄談義がだんだんと禅問答のようになって――。ではそろそろ、お菓子を召し上がって」

宗祥は杉の銘々皿にのせた主菓子(おもがし)を持ち出した。白いウイロウ皮が折り紙の衣のように畳まれている。丸い粒餡(つぶあん)の紫が皮を通してほのかに透けて見える。

二人の客は、濃茶を練る亭主の所作にじっと見入った。織部黒の茶碗から馥郁(ふくいく)とした香りが立ちのぼってくる。

ブラッドレーが一口飲むと、宗祥が声をかけた。

「お服かげんはいかがでしょうか」

「大変結構です。ほのかに甘さが広がります」

壮太に茶碗が回り、二口ほど飲んだところで問答が始まった。

「お菓子は」と型どおりに問いかける正客に「銘は唐衣(からごろも)でございます」と宗祥が応じて微笑んだ。

「唐衣　着つつなれにし　つましあれば　はるばる来ぬる　旅をしぞ思ふ

あなたさまならご存じでしょう。伊勢物語の東下り、在原業平(ありわらのなりひら)が三河の国は八つ橋にたどり着き、見事に咲きそろう燕子花を前に詠んだ歌です。頭のひと文字をつなげると、かきつばた、となります」

「かきつばたと言えば、尾形光琳の燕子花図屏風を初めて見たときは心が震えました。なんとも斬新な構図。濃い紫の花、深い緑の葉が金地に映えて、絢爛にして豪華」

「あら、琳派がお好きなのね」

　宗祥は、ふふふと笑った。

「在原業平って、平安時代きってのプレイボーイ。高貴な家に生まれながら、反抗的な貴公子のイメージは、まさしくスティーブンだって、マダム堀が言っていましたよ。ですから、きょうのお菓子は唐衣にしてみました」

「業平とは違って、僕はイギリスに妻もいない、寂しい独り者です。それに歌心だってありません。無骨なだけの英国人です」

「あら、無骨なイギリス紳士は、篠笛がとてもお上手と聞きましたよ。しかも、お師匠さんがたいそうお綺麗だったって。金澤のひがし茶屋街でも素敵な方と深夜に犬の散歩をしていらっしゃったとか――」

　茶席では弾んだ笑い声が絶えなかった。こうして薄茶が出されるころには、主客はすっかり打ち解けていた。

別れ際、宗祥が壮太に言った。

「夕暮れ時の住吉川は素敵ですよ。川沿いの散歩にブラッドレーさんをお誘いしてはどうかしら」

ふたりは揃って宗祥に暇乞いをすると、坂道を上がって白鶴美術館の塀沿いに進み、住吉川に出た。清流の道とよばれる遊歩道を川下に向けて歩くことにした。

「この川はそう深くありませんが、流れが速く、よどみもない。街中には珍しい清流です。夏の初めにはゲンジボタルも見られ、とても幻想的です」

「ゲンジボタルはクリスチャンなんですよ」

ブラッドレーが真顔で呟いた。

「えっ、カトリック教徒ですか」

「そう、ゲンジボタルの胸には黒い十字架の模様がある。だからラテン名ではCruciataと綴ります」

微笑みながら胸で十字を切るスティーブンにつられて、壮太も口元を綻ばせた。アグネスもラングレーから飛んできたクリスチャンなのかと聞きたかったが、ここは忍耐が肝心と思いとどまった。

「ところで、松江でお求めいただいた色紙はお気に召しましたか。私は月見山の小さなアパートに暮らしていますが、晴れた日には窓から明石の海が見渡せます」

「でも、朝霧のなかを往く小舟が島陰に姿を隠してしまえば、月見山からも見通すことはかなわないでしょう」

「宗祥先生が親しくしておられる大徳寺の泉田和尚は『心眼でものごとを見れば、本質は自ずとあらわれる』とおっしゃいます。でも、厳しい禅の修行を積んだことがない僕のような者には、心眼など、とてもとても――」

「なーに、われわれだって同じです。人間の力などたかが知れている。そんな時には、心を許した友人に頼るに限ります。いま心眼と言われましたね」

壮太は黙って頷いた。

「FIVE　EYES――この言葉はご存じでしょう。そう、五つの眼。第二次世界大戦の後、超大国の座についたアメリカは、英連邦を構成するイギリス、カナダ、オーストラリア、ニュージーランドを選んで、血を分けた同盟国として、電波傍受で入手した機密情報を分かち合うことにしました。FIVE　EYESとはその符牒です」

「いままでは、電波傍受の施設を融通しあって、その成果を分かちあうだけでなく、五カ国による諜報協力という意味で使われていますね。でもわれわれ日本は未だに仲間はずれです」

「そのとおり。ドイツや日本は、冷戦期からずっと西側陣営の最前線に身を置きながら、血を分けた仲間には入れてもらっていない。かつての敵には気を許してはならない——ということかもしれません」

渓聲庵の出会いがなぜ用意されたのか。その意図が壮太にようやく分かりかけてきた。

「ですが、五つの眼がいつまでも機能するとは限りません。永遠の同盟など、歴史上あったためしがない。双眸（そうぼう）という漢語があるでしょう。TWO EYESです」

川の浅瀬にアオサギが身じろぎもせず立っていた。黄色い虹彩と鋭い嘴は水中の獲物を狙っているのだろう。

「ブラッドレーさんがおっしゃるTWO EYESは、この場合、左右の瞳という意味ではなくて、二つの眼が心をひとつにして何事かを凝視するということでしょうか」

「ええ、われわれが二つの観察眼とならなくては。米中両国の対立はいまや危険水域に入りつつある。そうしたさなか、当のアメリカと中国は、イギリスと日本に断りもなく、何やら始めようとしている。米中関係が一段と険悪になっている時だからこそ、極秘の窓口がなんとしても要るのでしょう」

ブラッドレーの話は、柏倉の読み筋とぴたりと重なり合った。だが、壮太はあえて訝しげな表情を崩さなかった。

「ワシントンと北京も、武力衝突を避けるため、正式な外交ルートを介して折衝を試みるはずです。ただ、交渉事ですから、時に柔軟な姿勢も示さなければならない。そんな折衝の経緯は公式の記録にも残ります。それが双方の強硬派に漏れれば、厄介なことになる」

「なるほど、表立っての交渉はリスクが大きい。けれど、インテリジェンス機関同士のコンタクトなら、記録にも残らず、会ったという事実すら隠しおおせる。都合が悪くなれば、水面下の接触など一言のもとに否定できるというわけですね」

今度はブラッドレーが黙って頷いた。

「ブラッドレーさんがそうまで言われるからには、確かなエビデンスを握ってのこと、そう受け取っていいですね」

「僕はイギリス人ですが、これからはどうぞ、スティーブンと呼んでください。あなたとは末永い友誼(ゆうぎ)を結びたい」

壮太の問いかけには直接答えようとしない。黙示の「YES」と受け取っていいのきりのインテリジェンスで応じてきた。

「尖閣諸島周辺に中国の漁船が大挙して押しかけて居座っていることはご存じですね。海警局の警備艦も周辺を動き回っています。たとえば、ここに猛烈な台風が来て、中国の漁船が尖閣諸島に上陸したとしましょう。海警局の乗組員も上陸して彼らを保護せざるをえない。そうなれば日本政府はどうしますか」

「そんなことが起きれば、中国側に厳重に抗議して、直ちに退去を求めるでしょう。もしも中国側が拒めば、武力で排除せざるを得なくなります」

「その時、アメリカはどうするか。日本が実効支配する尖閣諸島で日本が中国と戦闘状態に入れば、アメリカは、日米安保の盟約に従って、日本の側に立って戦わざるをえない。しかし、いくら重要な戦略拠点とはいえ、アメリカ国民の大半が名前すら聞いたことのない尖閣諸島を奪還するために中国と干戈を交える、そんな事態はなんとしても避けたいはずです」

「だから米中は密やかなチャネルを開けておきたい。一種の保険として。スティーブン、そういうことですか」

「中国側は、自分の領土だと主張する尖閣諸島に自国民が上陸しているのですから、日本がいくら抗議しようと『はい、そうですか』と引き下がるわけにいかない。表の外交交渉ではそうなります。だからこそ、どこかに極秘裡の接触ルートを用意しておきたいのでしょう」

ヘーゼル色の瞳に微かな緑色が兆し、ここは日英両国が手を携えて米中の密やかな接触を監視しようじゃないかと持ちかけてきている。

だが、練達のインテリジェンス・オフィサーが、初めての接触ですべてを語ることなどありえない。明石の浦の島陰の出来事を果たしてどこまで明かしてくれるのか。すべては壮太がロンドンから来た男とどれほど固い絆を結べるかにかかっている。

「ひとつだけお尋ねしてもいいですか」

「ええ、何でしょう」

「明石の浦でのやりとりをどうやってお知りになったのですか」

「ああ、それですか。実は、例のウクライナ人の消息を知る友人が神戸の港で働いていましてね――。まあ、情報源の話はこれくらいにしておきましょう。また僕のほうから連絡させてもらいます。松江の尚古堂さんに伝言を託しておきます。あそこにはじつに趣味のいい、そう、綺麗さびの品がありますから。小泉八雲（こいずみやくも）の小説に出てくるような、魅力的なおばあさまによろしく。こんどお会いするまでに出雲言葉をもう少し勉強しておきます」

「それにしても、初めてなのに、おばばの出雲弁がよくわかりましたね」

「なーに、ロンドンの下町、それもイーストエンド界隈のコックニー訛りにくらべれば、よほどわかりやすい。そーでは、われらがおばばさまによろしく」

ブラッドレーはそう言い残すと、暮れなずむ住吉川を去っていった。

翌々日の月曜日の朝、壮太は渓聲庵でスティーブン・ブラッドレーと会ったことを柏倉に報告した。そして彼と交わしたやりとりの一部始終を伝えたのだった。

「そうか、イギリスの当局も、超大国たるアメリカが同盟のシニア・パートナーであることは認めても、ジュニア・パートナーたる自分たちに何の断りもなく、新興の軍事大国、中国と直取引するのを黙って見過ごすわけにはいかんのやろ」

「はい、ですからヴォクソールは、ニッポンへのメッセージをそれとなくブラッドレーに託して、神戸に送り込んできたにちがいありません。それにしても、よりによって、松江のおばばのもとにまず姿を見せるとは——」

「それがヴォクソール流なんや。その男は、磨きあげられたメタファーに仕込んだシグナルをお前が読み取ることができたのか、瀬踏みをしたいうことや」

「僕がひとりでヴォクソールと渡り合うなど及びもつきませんが——」

柏倉は眉間に皺を寄せていた。いまや諜報の世界に地殻変動が起きつつある——さしもの柏倉も、自ら指揮する案件が我が制御の域を超えて独り歩きを始めたことに戸惑いを隠せない様子だった。

「とはいえ、英国秘密情報部としては、CIAにそれなりの気配りはせざるをえまい。従兄弟（いとこ）同士に譬（たと）えられる間柄なんやからな。万一のときには、ブラッドレーが独断で日本側とコンタクトしたことにして切って捨てるつもりやろ」

「そんな——。その時は僕も一蓮托生（いちれんたくしょう）ですか」

「男がそれしきのことで狼狽（うろた）えるな。万が一のときは、と言うたやないか」

柏倉は珍しく不自然な笑いを浮かべて、どこか取り繕っているように見えた。

*

四つのローターを備えたグレーの機体が、軽やかに8の字を描いて飛んでいる。白いヘルメットを被（かぶ）り、ブルーのジャンパーを着て、Mavic Air 2のコントローラーを操作しているのは西海帆稀だ。

「兵庫ドローンパイロットアカデミー」の飛行訓練場は、淡路島の北部にある。人口が密集する神戸市内から明石海峡大橋を渡ると景色は一変する。広い耕作地の向こうは瀬戸内海だ。この一帯には飛行制限が設けられていないため、ドローンの飛行訓練には最適なのである。

Ｍｉｓｓロレンスは、一年前の夏、このアカデミーの初級コースに入った。無人航空機の飛行に関連する法律や機体の構造を学び、円移動、スクエア移動など、二十五種類の操縦技能を身につけた。上級コースに進んで、赤外線サーモグラフィ対応の4Kカメラの操作も早々とマスターした。最新のドローンを操縦し、8の字旋回を決めるのは何とも気持ちがいい。いまや低高度でのドローン撮影もやってのけ、映像の解析・加工も手際よくできるようになった。

Ｍｉｓｓロレンスの撮影隊は、現場の尾行チームの盲点となる高いビルの陰や細い路地を俯瞰し、マル対の動きを追う活躍ぶりだ。国テ班を率いる柏倉にとっては、それだけでも十分な戦果だったのだが、真の狙いは別のところにあった。

このドローン・スクールは、神戸の大手鉄鋼メーカーから資本と高品質アルミ材を使ったハイテク機材を提供されている。「ドローン・スクールの大学院」と評価が極めて高い。最高レベルの技術水準に惹かれて、アジア諸国からの入学者も多い。そのなかに国際テロ組織の要員が紛れ込んでいるのではないか。柏倉はそう睨んで、Ｍｉｓｓロレンスを潜入させたのだった。

「西海とは縁がないやろうが、見合いの釣書というもんがある。ひと昔前は、お茶やお花の免状と並んで、普通自動車免許と書きこんだもんや。車の国内Ａ級ライセンスに加えて、ドローン・パイロットの資格もあれば縁談には箔がつくぞ。入学金はこっちで出してやる」

「首席、いまの発言は、人事院規則10―10、セクハラ防止規定では完全にアウトです」

Ｍｉｓｓロレンスはそう言いながらも「ぜひ入学させてください」と申し出た。

英語クラスには、企業から派遣されたマレーシア、フィリピン、インドネシア、バングラデシュの研修生がいた。食堂もベジタリアン向けの料理、コーシャー、ハラールが用意され、ムスリムのための礼拝ルームも整っている。資格試験が近づくと、Ｍｉｓｓロレンスは予想問題を作ってクラスメートに配布して、たちまちクラスの人気者となった。研修生ひとりひとりと親しくなり、詳細な個人調査書を柏倉に提出した。このなかでマレーシアのケミカル会社とインドネシアの石油プラント企業から派遣された学生が「要観察対象者」に指定された。

だが、柏倉の目に留まったのは、このふたりだけではない。根室の魚の仲買人として鳴らしたベテラン調査官が釣りあげた獲物は、バングラデシュから来たエンジニアだった。Missロレンスにはさらなる追跡調査が命じられた。

フサイン・ラーマン・カーンと名乗る三十代半ばの男は、褐色の肌に彫りの深い凜々しい顔立ちながら、常に笑顔を絶やさない。そのうえ、なかなかの高学歴だった。最難関の国立バングラデシュ工科大学を卒業した後、国費留学生として東京工業大学の修士課程で冶金を専攻し修士号を得ている。その後、いったん帰国して新興の解撤企業タヘール・エンタープライズの社員となり、二年前に再び神戸に派遣されている。一眼レフのカメラが趣味だという。

午後の休憩時間だった。カーンはラウンジのテーブルに日本語の旅行雑誌を広げ、缶コーヒーを飲みながら沖縄のサンゴ礁を写したグラビアに見入っていた。

「きれいな海ですね。撮影旅行にでも出かけるの」

Missロレンスが声をかけると、カーンは顔をあげた。

「日本にこんなに青く澄んだ海があるなんて羨ましいよ。チッタゴンの海は茶色く濁っているからね。再来週、八重山諸島に行こうと思うんだけど、この日本語がちょっと難しくて」

「ちょっと見せて」

Ｍｉｓｓロレンスは英語で説明してやった。

「八重山諸島なら石垣島か竹富島が断然、おすすめ。素敵なリゾートホテルがたくさんありますよ」

カーンはかぶりを振った。

「僕はヨナグニに行かなくちゃならないんだ。でもこの本にはあんまり情報が載っていない」

「与那国島？　そこはニッポン領で最も西にあるアイランドよ。台湾から行く方がずっと近いはず」

「飛行機は神戸空港から那覇経由にしようと思っているんだけど、問題はどこに泊まったらいいか――」

Ｍｉｓｓロレンスはスマホで早速検索してみた。

「せっかくの休暇なんだから、豪華なリゾート＆スパを勧めたいところだけど、この島ではちょっと無理。与那国には、ホテルと名のつくところは三軒しかなくて、高級な方はこの二つ星。一泊が一万円台だわ。それなら、いっそのこと民宿に泊まった方が面白いかも。私が良さそうな宿を見つけて、眺めのいい部屋を予約してあげます」

「島を回ってみたいからレンタカーも頼めるかな」

バングラデシュから派遣された男は、どうやら与那国島に出張を命じられたらしい。

Ｍｉｓｓロレンスは、神戸公安調査事務所に戻ると、ホテルと民宿、レンタカーの情報を添付ファイルにしてカーンのＰＣに送った。添付ファイルにはウイルスが仕込んである。すぐにカーンがファイルを開いたことが確認された。ハッキングは成功し、通信内容をそっくり傍受することができた。

チッタゴンの本社から、与那国島に飛んで、南部の海岸沿いの土地を買収するようカーンは指示されていた。環境にやさしいシップ・リサイクルの研究施設を建設する。現地の不動産会社にはそう説明し、島の南側に三ヘクタールの用地を買い付けるため、地権者と交渉に入るらしい。

中国の企業が土地の買収に動けば、どんなに巧みな偽装を凝らしても、日本の公安当局に突き止められてしまう。どうやら北京はバングラデシュの解撤屋をダミーに使い、日本の提携会社を介して与那国島の土地買収に動いている。

中国の諜報機関の狙いは、台湾海峡危機に備えて、台湾島と与那国島の間の海域に生じる中国側レーダーの死角を埋めることと思料（しりょう）される。偵察衛星による上空からの監視だけでは十分ではないと考え、与那国島の南側海岸で土地の取得に動いている。ここを飛行基地とし、高性能の長距離ドローンを飛ばして、台湾島の北側海域の動向を摑もうとしている模様だ。

Ｍｉｓｓロレンスの調査報告はそう結論付け、詳細な裏付け情報とともに上層部に提出された。

公安調査官、西海帆稀の「インテリジェンス報告」は、本庁を通じて内閣官房の合同情報会議等を経て国家安全保障会議に届けられた。そして、最高レベルの「ランクＡ」と評価され、褒賞が贈られることになった。

この報告は、直ちに沖縄防衛局を動かした。与那国島の土地買収に動く中国に先手を打って、村役場の仲介で問題の土地をすぐさま取得した。かなりのゴリ押しだったが、与那国島に進駐している陸上自衛隊の機材倉庫の用地に充てるとして事なきを得たのだった。

柏倉から褒賞の内示を受けたＭｉｓｓロレンスは、役所内の表彰にさほど嬉しそうな様子を見せなかった。

「Ｍｉｓｓロレンス報告」が上層部の高い評価を得た一方で、早々とお蔵入りになってしまった一通の報告書があった。

＊

中国の諜報当局は、バングラデシュの解撤企業を介して、神戸市内に本社を置くシップブローカー「エバーディール」社の経営の実権を掌握し、ウクライナ人の技術者を経営陣に送り込んで、対米接触の窓口とした模様である。米国の情報当局もこれに応じ、香港チャイニーズの女性諜報員をワインの輸入業者に偽装させ、中国側のカウンターパートとした事実が判明した。すでに両者は、累次に亘(わた)って接触を重ねており、尖閣諸島や台湾海峡を巡る諸情勢について極秘情報を交換しつつあると思料される。

国際港湾都市ＫＯＢＥを舞台に米中両大国が密やかなやりとりを繰り返している

――この報告は、総理官邸に深甚な衝撃を与えずにはおかなかった。起案者が神戸公安調査事務所の若手調査官であることもインテリジェンス・コミュニティの上層部を驚かせた。壮太はこのインテリジェンス・リポートに最重要の情報を盛り込まなかった。米中がここ神戸の地で繰り広げた秘やかな交渉の中身を探り当てていたのだが、官邸には敢えて伏せたままにした。

住吉川畔の密談から十三日目のことだ。松江のおばばから月見山のマンションに壮太の好物の茶菓子が送られてきた。彩雲堂の「若草」。奥出雲の上質なもち米を求肥（ぎゅうひ）に練り、萌える若草色の寒梅粉（かんばいこ）をまぶした風雅なお菓子だ。不昧公によって考案された春の和菓子と伝えられ、おばばは「お殿様のお菓子」と呼んでいる。ふっくらとした求肥の歯ざわりとふわふわとしたそぼろの仄かな甘みがお茶うけにぴったりだ。

曇るぞよ　雨降らぬうちに摘みてこむ　栂尾山（とがのおやま）の春の若草

銘菓「若草」は、この不昧公の歌から命名されたという。

若草色の美しい小箱を開けると、裏にマイクロSDカードが丁寧に張り付けられていた。

スティーブンからの贈り物にちがいない。

早速、PCに入れて確認すると、「AKASHI」という名のファイルがひとつだけ。クリックしてみると、雑音に混ざって英語のやりとりが録音されていた。聞き覚えのある男女の声だった。女性はネイティブのアメリカ英語、男性のそれはスラブ系の訛りがある。アグネス・ラウとコヴァルチュックの会話にちがいない。

切れ切れにしか聞き取れないが、「オペレーション・ロレンソ・マルケス」という言葉が何度も使われていた。ロレンソ・マルケスは、かつてポルトガル領だった東アフリカの港湾都市で、いまはモザンビークの首都、マプトとなっている。

ふたりの会話から察するに、どうやら中国でアメリカ人医学研究者が拘束され、米国では中国の生化学研究者が捕らえられている。双方の身柄を交換する折衝らしい。ロレンソ・マルケスは第二次世界大戦中、日本とアメリカが残留外交官や民間人の交換を行った港だ。一九四二年七月、日米の交換船が、中立国ポルトガル領のロレンソ・マルケスに入り、日本側は野村駐米大使ら、アメリカ側はグルー駐日大使らが、それぞれ自国の船に乗り換えて帰国を果たしている。

だが今回、アメリカと中国がマプトで極秘裡に人質を交換するわけではないだろう。洋上の会話では、ロレンソ・マルケスという符牒を使って、人質交換の場所と日時を協議しているようだ。

壮太は、柏倉のケータイに急報して、公安調査事務所に駆けつけた。

「曇るぞよ、と来たか」

柏倉は「若草」の箱を見て、ぽつりと言った。

「雨が降る前に行動を起こそう、いうんやな」

「はい」

「われわれの読み筋もこれでほぼウラがとれたわけや」

米中の当局が何としても奪還したい人質を極秘裡に交換するため、神戸に送り込んだふたりに折衝を委ねようとしている。米中双方の高官がこのオペレーションに関与し、承認を与えていると見て間違いない。

「アメリカはＣＩＡ、中国は人民解放軍の情報当局が、それぞれアグネスとコヴァルチュックをして折衝にあたらせている。そう受け取っていいですね」

壮太の問いかけに、柏倉は根室の密漁品の仲買商に戻ったような不敵な顔つきで頷いた。

「本庁への報告書はどうすればいいでしょう」

「なぁに、超一級のインテリジェンスは故郷に容れられずというやないか。人質交換の日時と場所が特定されていない限り、本庁は信じるはずがない。接触の事実だけ箇単にまとめておけ。ブラッドレーのことや、いつ、どこでオペレーションが決行されるか。二十一世紀のロレンソ・マルケスはどこか。いまごろ死力を尽くして追っているはずや。しばらくはヴォクソールに任せよう。ただ、周辺情報で奴の役に立てそうなものがあれば、どんな些細なものでもいい。知らせてやれ」

スティーブン・ブラッドレーというインテリジェンス・オフィサーはただものやない――柏倉の表情はそう物語っていた。

「梶、いいか、その男との絆は大切にせえよ」

壮太は思わず右のこぶしをぎゅっと握りしめた。スティーブンからは、メールアドレスも携帯番号も何ひとつ聞き出してはいなかったからだ。かぼそい糸はたったひとつ。スティーブンが松江のおばばに残していった古美術品の搬送先だった。壮太は恐る恐るその事実を柏倉に告げた。

「何もないよりはましや」

米中の諜報当局は、まずは人質交換のためにこの極秘チャネルを神戸で設けたのだろうか。壮太はワシントンと北京の意図を図りかねて柏倉に質してみた。

「彼らにとって人質の交換は極めて重要な案件やろう。だが、俺の見立ては少し違う。双方ともにこの神戸チャネルがどこまで信頼に足るものか、まずは瀬踏みをしたんや。

人質の交換が淡々と進み、これが確かに使えるとなればさらに踏み込んだやり取りを交わすことになるはずや。いいか、いっときもふたりから眼を離すな」

梶壮太がひょんなきっかけから探りあてた極秘接触は、中国とアメリカ双方にとって、日本には断じて知られてはならない秘め事だった。アメリカの諜報機関が、日本政府に内報しないまま、日本の領域で中国と接触している。そんな事実が露見すれば、日米間の信頼が傷つき、日米同盟を根幹から揺るがしかねない。翻って、日本側も、最大の同盟国であるアメリカをスパイしていたことを米側に知られてしまう。それゆえ、日本側としても、この密やかなコンタクトに勘づいたことを決して気どらせてはならない。

かくして、内閣官房の合同情報会議は、本件に関して、神戸公安調査事務所に厳格な機密保持を命じてきた。壮太の報告書には永久の封印が施された。関連の調査資料も一つ残らず本庁に送るよう厳命が下された。

当然、梶壮太には一切の褒賞を授与しないことが決まった。以後、米中の接触の現場にも近づいてはならない、と矢継ぎ早の訓令が神戸公安調査事務所に届いたのだった。

柏倉チームは直ちに解散を命じられた。Ｍｉｓｓロレンスには、在英国日本大使館へ辞令が下り、外務省へ移籍の上、外交官の身分が付与された。英国陸軍の語学学校でアラビア語課程を専修すべし。上層部の意向で来月早々にはロンドンに発(た)つよう指示があった。一方、壮太には、広島にある中国公安調査局管内の松江事務所への異動が発令された。

*

「どうやら今回のオペレーションでひどいドジを踏んだらしい。それで松江に左遷されるんじゃないか」

神戸公安調査事務所内の同僚たちはそう囁きあった。高橋とＭｉｓｓロレンスは真相を知っているが、口をつぐんでいる。誰もが壮太を腫れものに触るように扱い、近寄ろうとしない。

「首席、松江への転勤に当たって、永山祥子先生に挨拶に伺うことを許してもらえませんか」

壮太は柏倉にそう願い出た。

「役所のなかでは一切口にするなよ」

柏倉は暗黙の許可を与えてくれた。

「それともうひとつ、別件でお話があります。じつは私事なのですが、このたび――」

壮太が言いにくそうに切り出した。

「おう、いよいよ身を固めるのか。よかったやないか」

「いえ、松江の祖母の家に養子に入ることにしました。これで正式に野津姓となります。人事上の手続きも宜しくお願いします。これで、祥子先生には、結果としてですが、身分を偽らずに会えることになり、内心ほっとしています」

翔太という名前はどうするんだ――そう口にしかけた時、柏倉の脳裏に雷鳴に打たれたように一つの着想が閃いた。それは天啓ともいうべき妙案だった。

野津をこのまま古美術商にしてしまおう。

公安調査官、梶壮太を名簿から抹消し、野津壮太として松江の古美術商に仕立てる。超ジミーの転職としては悪くないはずだ。そのうえで、覆面公安調査官としてロンドンから来た風変わりな秘密情報部員のカウンターパートを務めさせ、米中の密やかな接触を監視する秘密要員とすればいい。公安調査庁にはごく稀なのだが、重偽装を施して地下に潜伏している調査官がいる。役所の極秘名簿からも名前が消され、公安調査庁の司令塔である参事官室だけがその存在を知っているにすぎない。

「インテリジェンス・オフィサーは、生涯を通じてインテリジェンス・オフィサーなり——この箴言(しんげん)は知っているな。お前、松江の古美術商というカバーを被って、この仕事を続けてみいひんか」

壮太は、あまりに唐突な話に思わず言葉を失った。

「え、カイシャをやめるんですか」

「まあ、表向きはそうなるな。古美術商の仮面をかぶって、俺の下で仕事をするいうことや」

「しばらく考えさせてもらってもいいでしょうか」

「もちろんや、急ぐことやない」

「それと、あの、決める前にひとつ伺ってもよろしいですか」

「お前の一生のことや。なんでも言うてみい」

「その場合、僕の年金はどうなるんでしょう。そもそも安定志向でこの役所に入ったものですから——」

「男子たるもの、そんなことは心配すな。俺が手を回しておく。松江に赴任した後、じっくり結論を出してもええんやぞ」

柏倉は、自らの思い付きがすでに実現したかのように晴れ晴れとした表情を見せた。

梶壮太という愛弟子の新たな旅立ちにあたって、柏倉は一冊の本を贈った。『石光真清の手記』という分厚い愛蔵版だ。石光真清は、明治元年、熊本城下に生まれた陸軍士官。極東に忍び寄る帝政ロシアの脅威を敏感に感じ取り、栄光の軍服を脱ぎ捨て、志願して「露探」となった。そして、中露両国を分かつアムール河の畔に潜み、来るべき日露の戦いに備えて、第一級のインテリジェンスを参謀本部に送り続けたのだった。

石光自身はその功績を生涯、語ろうとしなかった。『石光真清の手記』は、息子の真人が父の残した諜報の記録を編纂し、初めて世に知られることになった奇書なのである。柏倉は、この手記を贈り、「顔のない諜報員」となるはずの壮太への餞とした。

「神戸公安調査事務所での勤務は、きょうが最後や。今夜はどこにでも連れてったるから、遠慮せずに言ってみろ。例の高級イタリアン、ビアンキッシマでもかまわんぞ」

「あのぅ、もしよければ、神戸の思い出にハッカクのコース料理を食べたいのですが。フカヒレと蟹肉のスープと、黒豚のうま煮・金華ハムソース仕立てが入っている四千五百円のコースです。僕は七百五十円の日替わりランチしか食べたことがないので――」

「そんなんで、ほんまにええんか。それならハッカクにしよ。Ｍｉｓｓロレンスと高橋も誘っていこう」

かくして、ささやかな送別の宴が催されることになった。

その夜、壮太は出雲焼の茶碗を持参して、別れ際、Ｍｉｓｓロレンスに手渡した。大名茶人として知られる松平不昧公が指導し、いまに伝わる楽山窯（らくざんがま）の伊羅保（いらぼ）茶碗だ。

「これで時々、アラビア珈琲を飲んでみて」

Ｍｉｓｓロレンスは欧米式にその場で桐の箱を開いた。小石まじりの温かみのある土、淡い山吹色の釉薬（ゆうやく）、素朴で品格のある野武士のような佇まいをもつ茶碗だった。

「ありがとうございます。お抹茶も点（た）ててみますね。このお茶碗、なんだか梶さんっぽい。飾り気がなくて、地味に凄い」

蓋の表に書かれた銘は「面影」。ロンドンで愛しのロレンスが見つからなければ、松江の自分を思い出してほしい。そんな想いを託したのだが、四字熟語の解釈すら怪しい帰国子女にわが胸の内が伝わるかどうか。それなら、それでいい――。

出立の朝、ＪＲ神戸駅のホームで壮太を見送ったのは、柏倉、Ｍｉｓｓロレンス、高橋、それにハンチングを被った兵藤史郎の四人だけだった。柏倉らはハンチングの男と初対面だったのだが、訳ありの同志には軽く会釈をしただけで、それ以上は尋ねようとしなかった。

「兵藤さんの人相見、意外に当たってたのかもしれませんね」

壮太は微笑んだが、兵藤は自らの見立てを喜んでいなかった。

「そやなぁ、前にあんたの人相を見て、『右目の大きな男は忍耐強い。だが、波瀾万丈の人生を歩む』ってなことを確かに言うたなぁ。すまんかった」

「いえ、そんなことはありません。僕の人生にこれから想像もつかないような運命が待ち受けている、そう思っただけで楽しみになってきました」

「何言うとるんや。お前は松江の地味な道具屋の孫やろ、生涯、平々凡々なはずや」

愛弟子を危局に送り込もうとしている。そんな苦い思いが柏倉にそう言わせたのだろう。一瞬、暗くなりかけた空気を察してか、Ｍｉｓｓロレンスが兵藤のほうに歩み寄った。

「あの、初対面でお願いするのもなんですが、私の運勢も観ていただけませんか。間もなくロンドンに赴任するのですが、向こうでドラマチックな出会いがあるでしょうか」

兵藤は、Ｍｉｓｓロレンスに正対して、思うさま顔を近づけた。

「ふーん、聞きしに優るぺっぴんさんやな――、あんた」

「どうぞ、何なりと遠慮なくおっしゃってください」

「そやなぁ、あんたの運勢は、『灯台もと暗し』や」

兵藤はそう言うと、壮太をちらりと見た。

「えっ、灯台もと暗し――それはどういうことでしょうか」

Ｍｉｓｓロレンスが大きな瞳をみひらいて兵藤に詰め寄ったその時、電車がホームに滑り込んできた。

壮太は新幹線を使わず、ここ神戸駅から新快速で明石へ。そこから山陽本線に乗り換えて、特急「スーパーはくと」で鳥取へ抜け、山陰本線で日本海沿いに松江に向かうという。超ジミーにふさわしい旅立ちだった。

エピローグ

シックな濃紺の制服に身を包んだキャビン・アテンダントが、これ以上はない笑顔で語りかけてきた。ロンドン・ヒースロー空港行きブリティッシュ・エアウェイズ4603便が東京国際空港を離陸して二十五分が経っていた。

「お食事前のお飲み物は何になさいますか」

「ウォッカトニックを」

ステパン・コヴァルチュックは、プレミアム・エコノミーの最前列の通路側シートに収まって、ロンドン経由でウクライナ・リヴィウへ向け、一時帰国の途に就いている。

膝の上に『ももたろう』の絵本を広げて、スナックのあられを口に運びつつ、ウォッカトニックを飲んでいた。通りがかった日本人のアテンダントがクスリと笑う。大男と桃太郎。そのミスマッチがよほど可笑(おか)しかったのだろう。

絵本の桃太郎は、大海原に浮かぶ帆掛け船の船首に立って、遥か彼方の鬼ヶ島を見つめている。そのすぐ後ろには険しい表情の白い犬と雉、それにのんびり顔の猿が付き従っている。

「うみをこえ、ゆくがゆくが　ゆくと――」

文字はすべてひらがなで綴られているため、コヴァルチュックでも読みこなすことができる。まだ幼かった娘のターニャに日本語で読み聞かせてやれば、さぞかし喜んだはずだ。あの頃、ターニャのお気に入りは『コティホローシュコ』だった。日本語にすると、まさしく「豆太郎」。この話が「にほん昔話」の桃太郎に瓜二つなのを知ってコヴァルチュックはひどく驚いた。

豆太郎は、ドラゴンに愛しい子供たちを奪われてしまった両親の間に生まれた末っ子だ。ある日、母親が川で洗濯をしていると、えんどう豆がころころと転がってきた。それを拾って食べたところ、男の子が生まれ、この子は「転がってきたえんどう豆っ子」を意味する「コティホローシュコ」と名付けられた。

豆太郎は逞しく育って、並外れた力持ちとなった。ある日、豆太郎はドラゴンにさらわれた兄と姉を救いに行こうと心を決める。村の鍛冶屋に太い鉄の棍棒を作らせて、ドラゴン退治の旅に出発する。このくだりにかかると、小さなターニャは決まって

「鍛冶屋だって。パパのことだ」とぴょんぴょん跳びはねてはしゃぎだしたものだ。

豆太郎は旅の途中で、山砕き、木抜き、長髭という三人のコサックの魔法使いに出会う。そして、彼らの助けを借りながら、見事にドラゴンを退治してしまうという物語だ。

川で洗濯する母親とおばあさん、えんどう豆と桃から生まれた男の子、ドラゴンと鬼退治、それに三匹のお供の者。ウクライナと日本列島は遥かに隔たっているのに、おとぎ話が瓜二つという偶然はありうるだろうか。かつてシルクロードを行き交った商人たちが遠い異国の昔話を伝え合ったのかもしれない――。

ウクライナと日本の不思議なつながりに思いをはせながら、コヴァルチュックは三杯目のウォッカトニックを飲み干した。振り返ってみれば、つくづく数奇な旅を続けてきたものだ。三十年以上も昔、黒海造船所でワリャーグの建造に関わり、中国で空母として蘇らせた。それだけでも大冒険だった。修復を終えれば、ただちに家族のもとに飛んで帰るつもりでいた。ところが思いがけないことに、神戸への赴任をもちかけられた。これも神が定めた運命と自分に言い聞かせ、シップブローカーという新しい仕事に打ち込んでみた。そこに、突如、驚くべき指令が降りかかってきた。アメリカの諜報当局と極秘裡に接触せよ――。だが、船のエンジンの設計と修理しかやったことのない人間に容易に務まる仕事ではない。

北京はなぜ自分を選んだのだろう。その真意はいまだに判らない。船のエンジン屋と諜報要員。その意外ともいえる落差のゆえに敢えて選ばれたのか。それとも、リヴィウというウクライナ・ナショナリズムの揺籃の地に生まれたゆえなのか。ローマ・カトリックの流れを汲む宗教を心の拠り所とし、ウクライナ語と独自の民族文化を誇りとする。それこそが自分にとって自然な生き方だと信じてきた。ロシアがクリミア半島を実効支配したことで、ロシアに対する敵愾心はいっそう募っている。敵の敵は味方――。リヴィウに生を享けた者にとって、ロシアは仇敵。そのロシアと鋭く対峙するアメリカは味方とも言える。リヴィウ生まれの男なら、ワシントンが送り込んでくる接触相手ともウマが合う、そう北京は踏んだのかもしれない。

だが実際に秘密と隣り合わせの暮らしを始めてみると、神経をすり減らす日々だった。通信が傍受されてはいないか。尾行されているのではないか。一日として心休まるときはなかった。

絵本を閉じて窓の外を見ると、それまでタブレットで一心不乱に論文を読んでいた隣のブルネットの女性が、優しく微笑んで話しかけてきた。

「いま読んでいらしたのは日本の童話かしら。日本語が読めるなんて羨ましい。私は学会で初めてあの国を訪れたのですが、京都の美しさにすっかり魅せられてしまって。次は仕事を離れてゆっくりと過ごしてみたいわ」

桃太郎と豆太郎の話をひとしきり披露するうち、すっかり打ち解けた。

「お仕事の資料とは知りながら、タブレットの画面をつい拝見してしまいました。肝臓のお医者様なのですか。じつは私の一人娘が肝臓病を患っていまして――」

「ええ、私は肝臓の専門医です。京都で開かれた国際肝移植学会で研究発表を終えてロンドンに帰るところです」

コヴァルチュックはおずおずと切り出した。

「あの、もし差し支えなければ、相談に乗っていただきたいのですが」

「もちろん、私でよければ。それでお嬢さんのご容態は」

「娘は十年ほど前、ポーランドのワルシャワで肝臓の移植手術を受け、その後も経過はよかったのですが――。それが、ことし初めから肝機能の数値が急に悪くなりまして。免疫抑制剤も前ほどは効きません。これからどんな治療を受けるべきか、担当医と相談するために、日本での仕事を一時切り上げてリヴィウに帰るところです」

「なるほど、ワルシャワで移植を」

女医はそう呟くと一瞬顔を曇らせた。

「それはご心配ですね。こうしてお目にかかったのも何かの縁、どうぞ遠慮なくお話しください。私でできることならお力になりますから」

彼女はそう言ってカードケースから名刺を取り出した。「キングス・カレッジ・ロンドン生命科学部教授」とあった。専門は移植免疫学だという。神様が相談相手として差し向けてくださったとしか思えない。

「もしも再移植をお考えなら、ポーランドはおやめになった方がいいでしょう。医療レベルの話ではありません。ポーランドの移植五年後の生存率は七十三パーセントで、西欧諸国と遜色(そんしょく)ありませんから。ですが、ハンガリーは別として、東欧諸国は国際的な移植ネットワークに入っていないのです。つまり、ドナーはポーランド国内で調達するしかなくて、緊急性の高い患者さんでも順番を待たなくてはなりません」

コヴァルチュックはため息をついた。

「なるほど、ならどこへ行けばいいんでしょうか」

「そうですね、もしできるなら、ロンドンへいらしてはいかがでしょう。デンマーク・ヒルにあるキングス・カレッジ・ホスピタルはご存じですね。欧州全域でも最大の移植プログラムを備え、肝移植を年間に二百二十例も行っています。肝移植では世界最高の水準です」

「もちろん、名前は存じ上げています。ですが、私にはなんの伝手もありませんし、手術後も検査に通うには遠すぎて――」

「たしかに術後は週に一度、病院でチェックを受けなければなりません。しばらくロンドンに滞在するにしろ、リヴィウから通うにしても、かなりの出費となりますね。でも、たったひとりのお嬢さんの命がかかっているのです。私が信頼している最高の専門医をご紹介します。トランジットでロンドンに一晩滞在されるのなら、話だけでも聞いてみてはどうでしょう。空港に着いたら、早速その医師に連絡してみます」

獲物はついに投網にかかった――。ブルネットの教授は赤いフレームのリーディンググラスを左手に持ち替えて、打ち合わせ通りに、窓の近くで小さく三度振ってみせた。

消えかけている愛娘の命の炎を前に、救いの手を拒む親などいるはずがない。リヴィウの男はまもなくわが手に落ちる――。すぐ後ろの座席に座るスティーブン・ブラッドレーは、心のなかで快哉を叫んだ。だが、何食わぬ顔でグレアム・グリーンの名編『ヒューマン・ファクター』を読みふけっている。

ダブル・エージェントに誘う側にとって、寝返りの動機ほど重要なものはない。カネはいうに及ばず、思想・信条も、相手を繋ぎとめておく決定的な拠り所にはならない。二重スパイを取り巻く状況が変われば、あっさりと裏切られるからだ。だが、愛する妻や子供のためなら、決心は容易に揺らがない。

『ヒューマン・ファクター』の主人公、モーリス・カッスルが英国秘密情報部を裏切ってソ連の二重スパイになったのも、愛する女性のためだった。彼が赴任していた南アフリカでは白人と黒人の恋愛はご法度だった。カッスルは恋人の黒人女性セイラを国外に逃がそうと試み、その手引きをしてもらう代償として、ソ連の秘密工作員になることを約束させられる。こうしてクレムリンのダブル・エージェントとなった。

コヴァルチュックを落とし、中南海から引き剝がして、二重スパイとして運用するにはどうすればいいか。様々に思いを巡らしているうち、『ヒューマン・ファクター』から啓示を得て、このオペレーションを思いついた。作戦名はカッスルの妻の名をとって「セイラ作戦」とした。

「われ奇襲に成功せり」

通路を挟んでアイル側の座席に控えている松江の古美術商に手話でサインを送った。

「本作戦の完遂を祈念する」

ほっそりとした指でサインが返ってきた。

野津壮太をこの作戦に帯同させるには、気の遠くなるような手間と時間がかかった。日英の諜報当局は、ともに病的なほどラングレーの意向を恐れ、このオペレーションに許可を出そうとしなかったからだ。

果たして、今回も独断専行を強いられた。作戦に裁可を与えなくても、ブラッドレーは例によって単独でも決行する――。狡猾にもヴォクソールはそう読んだのだろう。成功するにしろ、失敗するにしろ、ラングレーには申し開きがたつ。何というおぞましい連中だ。

スティーブンはかつて湯島天神近くに居を構え、BBCの東京特派員に成りすまして、超絶技巧の偽札「ウルトラ・ダラー」の行方を追ったことがあった。北の独裁国家は偽ドルを原資にウクライナから巡航ミサイルを買い付け、新興の軍事大国、中国はその背後で巧みに糸を引いていた。これらの新鋭兵器は台湾海峡を挟む彼我の軍事バランスを塗り替えるだろう――そんな暗い予感は不幸にも的中してしまった。

二十一世紀のグレートゲームが東アジアの地で幕をあけ、日本が米中角逐（かくちく）の新たな舞台となりつつある。海洋強国、中国が武力で台湾を手中に収めれば、日本列島に吹きつける烈風は一層強まるだろう。

米中の対立は百年の永きに及ぶ――。そして今世紀の半ばには米中の武力衝突が起きると米国の戦略家たちは警告する。だが、スティーブンは彼らほど楽観的になれない。台湾海峡を挟んで対峙する米中の戦力差は接近しており、いまなら勝機があるとみて、中国側は武力発動の誘惑に駆られ始めているのではないか。かつて日本の統帥部が真珠湾奇襲に踏み切ったように。

スティーブンはいま香港のヴィクトリアピークに住み、北京から聞こえてくる鼓動にじっと耳を澄ましている。中南海は、対米対決姿勢を露わにしながらも、水面下で対話の糸口を懸命に探りつつある。中国の最高指導部の意図を精緻に摑むためにも、大陸を望む日本に情報拠点を設け、信頼できる僚友を得なければ——。

世界第三の経済大国でありながら、戦後の日本は対外情報組織を持とうとしなかった。日米同盟の盟主アメリカが、情報強国ニッポンの出現を望まなかったからだろう。警備・公安警察や外務・防衛の情報部門はあるものの、インテリジェンス・オフィサーを海外に配していない。加えて彼らは自らの組織への忠誠心が強すぎ、共同のオペレーションを組んでも極秘情報をすぐ上層部にあげてしまう。

その点で公安調査庁は、政府の情報コミュニティに属しながら人目も惹かず、メディアも関心を払おうとしない。「最小にして最弱の諜報機関」と見なされているが、いつの日か意外に有効な手札として使えるかもしれない——。実は、以前からそう考えていた。だからこそ、北の後継候補のひとり、金正男が偽造パスポートで密かに成田空港に降り立つことをヴォクソールの叛乱分子と謀（はか）って内報し、明日への布石としたのだった。二〇〇一年五月のことだ。

駄馬の群れに紛れ込んだ汗血馬（かんけつば）―それが野津壮太だった。一見すると動きも緩慢で、いつも僚馬の群れから離れてのんびりと草を食んでいる。よほどの名伯楽でなければ千里を駆ける逸材とは見抜けまい。そもそも自身が内に眠る才能に少しも気づいていないのだから。

過剰な愛国心や嫌中意識などの夾雑物（きょうざつ）を持ちあわせていないのがじつにいい。緻密な調査能力、頭抜けた記憶力、野心のなさ、どれひとつをとっても、彼に優る人材はロンドンにも多くないだろう。今回の日本行きで、共に事を為すにふさわしい資質を秘めた逸材を見出すことができたのは幸運だった。

野津壮太は、かつてラフカディオ・ハーンが暮らした日本海沿いの城下町に移り住み、古美術商を継いだらしい。自ら志願してスリーパーになったのだろう。これで我が僚友となる条件をほぼ完璧に満たしたことになる。

とはいえ、壮太をセイラ作戦に引き込むにはそれなりの智慧を絞り、布石を打たなければならなかった。ミッドランド・プレースにある我が家のマナーハウスに、祖父が「乾隆ルーム」と呼んだ蒐集部屋がある。そこには、中国清朝の乾隆帝が作らせた鼻煙壺、すなわち、嗅ぎ煙草を容れるスナッフボトルのコレクションが収められていた。なかでも、祖父の自慢の品は、藍色の透明ガラスに蘭の花が印刻された美しい小壺だった。高さ六センチ余り、首は短く、肩が豊かに張った梅瓶のような形をしている。翡翠色の蓋が付いていて、底には「乾隆年製」と彫られている。今回、これをこっそり持ち出してきた。

箱を開いて見せたときの壮太の表情が忘れられない。

「なんと神秘的な青の玻璃。さすが乾隆ガラスですね。これはめったにお目にかかれない名品です。この乾隆ガラスは当時、ヨーロッパにも輸出されてアール・ヌーヴォーにも影響を与えたと聞きます」

光にかざして、目を細めて、精巧な彫りの細工に見入っている。真剣なまなざしは、すっかり古美術商のそれだった。

「香煎を容れる振出に見立ててはどうかな。目利きの茶人なら何としても欲しがるはずです」

「それなら」と、スナッフボトルを破格の安値で譲るのを条件に、セイラ作戦への参加を約束させたのだった。

行き先はロンドン——。そう伝えると、壮太の瞳の奥に心なしか光が灯ったようにみえた。清朝の名品が手に入るうえに、密かに想いを寄せるひとにも会えるかもしれない——そう思ったのだろう。しかし、あの男の押しの弱さでは、せっかくの再会も松江に伝わる古風な帯留めを土産に手渡すだけに終わってしまうに違いない。機会があれば、かつてコーパス・クリスティのクラスメートだったブルネットの肝臓専門医に頼んで女心の講義を受けさせてやりたい。そうすれば、強引さこそ運命の扉を押し開くと気づくはずなのだが——。

かくして奇妙な二人組は、米中の密やかな接触の手の内を探る絶好のダブルエージェントを手中にした。いまだ孤高の情報戦士の間に限るとはいえ、インテリジェンスの日英同盟がここに誕生したのである。鬱蒼(うっそう)とした森に逼塞(ひっそく)していた一羽のカッコウは、エキセントリックな同志を得て、蒼穹(そうきゅう)に向けていま思うさま飛翔しようとしている。

解説

後藤謙次

二〇二三年一〇月七日、イスラエルから衝撃的なニュースが届いた。パレスチナ自治区ガザを実効支配するイスラム組織ハマスがイスラエルに向けて三〇〇〇発以上のロケット弾を発射し、イスラエルに多数の死傷者が出たというものだった。イスラエル軍は直ちにガザの空爆に踏み切り、ネタニヤフ首相は声明を発表した。

「我々は戦争状態にある。敵はかつてない代償を払うだろう」

以来、多数の子供を含む一般市民が暮らすガザにイスラエル軍の容赦のない空爆が続いた。一万人を超える死者を出し、なお犠牲は増え続ける。

ハマスによるイスラエル攻撃はもう一つの衝撃を国際社会に与えた。世界屈指の情報機関であるイスラエルのモサドがハマスの攻撃を事前に察知できなかったことだ。イスラエルをヒステリックとも言えるガザへの空爆に駆り立てたのは「モサドの失態」があるようにすら思える。

イスラエルの建国は一九四八年。周辺は全てアラブ諸国。この歴史的経緯、背景から、イスラエルは周辺国だけでなく世界中の国家存亡に関わる情報を集めなければ国家として生き延びることはできなかった。それがモサドという情報機関を生み、発展させてきたとされる。

　モサドはサイバーなど最新のテクノロジーを駆使した情報収集を展開して国家の危機の芽を摘んできた。ところが、そのモサドがハマスの急襲を察知できずに戦闘を誘発した。モサドのハイテク化が逆に徒(あだ)となり、危機を呼び込んだ。日本政府関係者も「モサドの極限のハイテク化が盲点になった」と語る。ハマスの徹底したアナログ戦略が、モサドを完全に欺くことに繋(つな)がったからだ。

　ガザの北部地域には「メトロ（ガザの地下鉄）」と呼ばれる地下通路が縦横に走り、そこをハマスの戦闘員が行き来したという。戦闘員たちの連絡手段は「手紙や口頭」（日本政府関係者）とされ、ハイテクを無力化した。

　これに対して二〇二二年二月のロシア軍によるウクライナへの侵攻は全く逆の展開から始まった。米国のサイバー軍を中心としたハイテクがロシア軍の動向を丸裸状態にした。日本の茶の間でもテレビを通じてロシア軍の展開を見ることができたほどだ。戦力では圧倒的優位に立っていたはずのロシア軍戦車の残骸が放置される結果になった。通信手段に関しても米国のイーロン・マスクがCEO（最高経営責任者）を務める「スペースX」が運用するスターリンク衛星がウクライナで利用され、ロシアは劣勢に回った。その後ロシアが押し戻し、戦況は一進一退の状態にあるが、この二つの戦争（紛争）は国家の存亡に関わる情報をめぐるインテリジェンスがいかに重大な結果をもたらすのかを鮮明に浮かび上がらせた。

インテリジェンス分野の第一人者として知られる著者はしばしばこう指摘している。

「インテリジェンスとは、動乱の時代を生き抜くため、選りすぐられ、磨き抜かれた情報をいう」

確かに優れた情報機関を有する国はいずれも国家存亡の危機を絶えず意識せざるを得ない歴史を背負ってきていることが分かる。イスラエルはその典型だが、米ソ冷戦中に分断国家となった中国と台湾、南北朝鮮、旧ソ連の影響下にあった東欧諸国にも記憶の残滓があるように見える。この中にはかつては分断国家だったドイツも含まれる。

その点では日本は比較のしようがないほどインテリジェンスには無頓着に過ごしてきたが、今や過去の話だ。著者は早くから繰り返し述べている。

「ロシアのウクライナ侵攻を機にパラダイムシフトが生じて、世界の風景が変わりつつある」

指摘の通り世界はかつて経験したことがない地殻変動に直面していると言っていいだろう。日本周辺でも中国公船の領海侵犯は恒常化し、北朝鮮の核・ミサイルの脅威は止むことがない。台湾有事に関するニュースが日常的に報じられる。その地殻変動が日本国民のインテリジェンスに対する意識をも徐々に変えているのではないか。政府関係者も「突然、世界情勢がリアルになった」と語る。

二〇二三年七月からTBSテレビが放送した連続ドラマの「VIVANT」が高い視聴率を獲得した。ドラマに登場するのは陸上自衛隊に存在するとされる秘密情報部隊「別班」。ドラマでは海外での諜報活動も担い、米中央情報局（CIA）を想起させた。日本の法制下ではあり得ない場面も登場するが、ドラマの高視聴率はインテリジェンスをめぐる国民の関心の高さの反映かもしれない。

「別班」が自衛隊であるのに対して本書『鳴かずのカッコウ』の主人公は公安調査庁の若き調査官だ。通称「公調」と呼ばれる公安調査庁は、破壊活動防止法や団体規制法に基づいて調査対象組織の監視を続ける日本の情報機関の一つ。日本のインテリジェンス情報の収集は内閣情報調査室（内調）や警視庁公安部など人事を含めて警察庁主導だが、公調は法務省の外局として活動する。このため旧オウム真理教事件で一時的にクローズアップされたが、普段は目立つことはなく、あくまでも黒子に徹して、実際の活動はベールに包まれている。

ただし、任務の目的は明確だ。かつて政権中枢で危機管理を担当した元政府高官によると、日本社会や日本国民の安危に関わる情報を集めて分析することだ。日本政府にとって必要なインテリジェンス情報とは①周辺国（中国、ロシア、北朝鮮）の動向②周辺国の諜報員の動向③国際テロリストの動向――に集約されるという。

しかし、公調には警察庁のサイバー特別捜査隊や自衛隊のサイバー防衛隊のような組織があるわけではない。あくまでも基本は人間を介した情報収集だ。「ヒューミント」と呼ばれる。重要な情報に接触できる人物を協力者として獲得することで情報を入手する手法だ。ハマスによるイスラエル急襲は改めてヒューミントの価値を再認識させたと言っていい。

無論、「協力者」は一朝一夕に現れるはずはない。派手なスパイ活動とは無縁の存在だ。

本書はその地道な活動をリアルに描くことによって知られざる公調の実像に迫る。「情報源と接触するに当たって、どのように身分を偽装するか。公安調査官のヒューミント、対人諜報活動の成否はこの一点にかかっている」

本書のタイトルにも使われている「カッコウ」は他の種類の鳥の巣に卵を産み、孵(ふ)化(か)させ、雛(ひな)を育てさせる「托卵」の習性を持つことで知られる。このタイトルにも多くの制約を抱えながらも任務を遂行する公安調査官の一面を伝えようとする著者の意図を感じる。

著者との初めての出会いは今から約四十年前に遡る。首相官邸記者クラブでNHKと共同通信の政治部記者同士で、ともに時の鈴木善幸首相のいわゆる総理番だった。著者の前任地はNHKの横須賀。通称「番小屋」と呼ばれた小部屋で雑談していた時のことだ。著者がさりげなく漏らしたエピソードが今も忘れられない。

「横須賀ではニュースはなかなか取れない。そこで時間をつくっては東京の六本木に出向いていた」

理由は米軍横須賀基地に所属する米軍オフィサーが息抜きに訪れる六本木で接触を図るためだったという。著者は後にNHKのワシントン支局長を経て、『ウルトラ・ダラー』『スギハラ・サバイバル』を世に問い、日本のインテリジェンス小説のジャンルに新しい地平を切り拓(ひら)いた。その原点が横須賀時代にあったように思えてならない。

当時のメディア内のスタンダードからすると横須賀を離れて米軍を取材する発想は〝規格外〟だった。著者のニュースに向かう姿勢はその後も一貫して変わらず、むしろ俯瞰的な取材は一層磨きがかかってきた印象を受ける。

本書の主人公である若き調査官の地道な活動は著者自身が歩んできたジャーナリスト人生そのものにも見えてくる。日々の取材の積み重ねによって世界の大きな構図、見えない流れを読み解こうとする強い意志を感じるからだ。

著者の頭の中には地球儀がすっぽりと収まっているのだろう。ただし、それは単なる国境線が引かれただけの単純な地球儀ではない。目には見えない国境を越えて蠢き続ける国際社会の鼓動が刻み込まれている特別な地球儀だ。本書は著者が描く近未来の国際社会に於ける日本の立ち位置を示す見取り図と言っていいかもしれない。

インテリジェンスの重要性はますます強まっている。その直接の担い手である公調も人知れず静かな変質を遂げているようだ。二〇二〇年七月、短いニュースが流れた。中国でスパイ罪に問われ、服役した日本人男性が刑期満了で出所し、帰国したというものだった。記事の中にこんな記述があった。

「日本政府はスパイ行為を否定しているが、中国は男性を公安調査庁の協力者だとみ

なしている」（共同通信）

明らかに従来の公調のイメージとは異なる役割が顔をのぞかせた。本書で霞が関の公安調査庁本庁の現場への調査要請を「情報関心」と呼ぶことを初めて知った。国家にとって重要な情報とは何か。もちろん本書は公調の内情を描いた潜入ルポではない。変転する国際情勢とインテリジェンスの世界を知り尽くす著者が公調を取り上げること自体に強いメッセージを感じる。本書が描く若きインテリジェンス・オフィサーの成長と重ねながらインテリジェンスにあまりに無頓着だった日本社会に対する「警告の書」として本書を読むべきだろう。

（ごとう・けんじ／ジャーナリスト）

―本書のプロフィール―

本書は、二〇二一年二月に弊社より単行本として刊行された同名作品を改稿の上、文庫化したものです。

小学館文庫

鳴(な)かずのカッコウ

著者　手嶋龍一（てしまりゅういち）

二〇二四年一月十一日　初版第一刷発行

発行人　庄野　樹
発行所　株式会社　小学館
〒一〇一-八〇〇一
東京都千代田区一ツ橋二-三-一
電話　編集〇三-三二三〇-五九五九
販売〇三-五二八一-三五五五
印刷所――TOPPAN株式会社

この文庫の詳しい内容はインターネットで24時間ご覧になれます。
小学館公式ホームページ　https://www.shogakukan.co.jp

ISBN978-4-09-407322-5